바스커빌가의 개

바스커빌가의 개
The Hound of the Baskervilles

셜록 홈스의 새로운 모험

아서 코넌 도일 장편소설　조영학 옮김

THE HOUND OF THE BASKERVILLES
by ARTHUR CONAN DOYLE (1902)

이 책은 실로 꿰매어 제본하는 정통적인 사철 방식으로 만들어졌습니다.
사철 방식으로 제본된 책은 오랫동안 보관해도 손상되지 않습니다.

이 이야기는 내 친구 플레처 로빈슨 덕분에 시작되었다.
그는 전체적인 플롯과 지방의 세부 묘사에 도움을 주었다.

A. C. D.

1. 셜록 홈스	9
2. 바스커빌가의 저주	20
3. 사건	35
4. 헨리 바스커빌 경	48
5. 끊어진 세 개의 실마리	65
6. 바스커빌 홀	80
7. 매리피트 저택의 스태플턴 남매	94
8. 왓슨 박사의 첫 번째 보고	114
9. 황무지의 불빛	125
10. 왓슨 박사의 일기	151
11. 바위산의 남자	166
12. 황무지의 시체	184
13. 포위망을 좁히며	204
14. 바스커빌가의 개	219
15. 회고	236
역자 해설 코넌 도일, 〈셜록 홈스〉의 모습으로 영원을 살다	251
아서 코넌 도일 연보	257

1
셜록 홈스

셜록 홈스는 느지막이 일어나 아침 식탁에 앉았다. 이따금 밤을 지새운 날이 아니면 늘 보는 모습이다. 나는 지팡이를 들고 벽난로 앞 깔개 위에 서 있었다. 전날 밤 손님이 두고 간 지팡이다. 손잡이 부분이 주먹코처럼 생긴 두툼한 고급 지팡이로 이른바 〈페낭로여〉로 알려진 종류인데, 손잡이 바로 밑에는 직경 2.5센티미터쯤 되는 은판이 붙어 있었다. 그 위에 〈1884〉라는 연도와 함께 〈MRCS[1] 제임스 모티머에게, CCH 친구들〉이라고 새긴 문구가 보였다. 누가 봐도 보수적인 개업 주치의에게 어울릴 법한 지팡이였다. 품위 있고 단단하며 왠지 신뢰가 가는.

「이보게, 왓슨. 그래, 그 지팡이를 보고 알아낸 게 뭔가?」

홈스는 내게서 등을 돌리고 있었고 나는 인기척 하나 내지 않고 있었다.

---

[1] 왕립 외과 학회 회원을 뜻한다.

「내가 뭘 하는지 어떻게 알았나? 뒤통수에 눈이 달린 것도 아닐 테고.」

「글쎄, 내 앞에 잘 닦인 은도금 커피포트가 하나 있긴 하군. 아무튼 말해 보게나, 왓슨. 손님 지팡이를 보고 무엇을 알아냈지? 불행하게도 우린 그를 만나지 못했고 용건이 뭔지도 모른다네. 그러니 그 뜻밖의 선물이 중요한 단서가 되지 않겠나? 지팡이를 보고 그 친구에 대해 알아낸 바를 들려주게.」 홈스가 말했다.

나는 최대한 친구의 추론 방식을 따라가 보기로 했다.

「아무래도 모티머 박사는 나이 지긋한 의사겠지? 어느 정도 성공을 거뒀고 평판도 좋을 걸세. 그러니 지인들이 이런 선물도 하지 않았겠나?」

「좋아! 아주 훌륭하군!」 홈스가 감탄했다.

「시골 개업의일 가능성이 크겠어. 걸어서 왕진 다니는 일이 많은.」

「이유는?」

「이 지팡이 때문이지. 원래는 아주 멋진 물건인데 너무 닳았어. 글쎄, 이런 걸 도시 개업의가 들고 다닐 것 같지는 않구먼. 쇠로 만든 두꺼운 물미[2]가 이 정도로 닳은 걸 보니 분명 걷는 양도 상당할 걸세.」

「기막히군그래!」 홈스가 다시 탄성을 질렀다.

「그리고 여기 〈CCH 친구들〉이라는 글이 있는데, 아무래

---

2 나무가 갈라지는 것을 막기 위해 지팡이 끝을 감싼 금속 고리.

도 무슨 사냥 클럽인 모양이야. 그러니까 박사는 회원들에게 일종의 의료 지원을 해주고, 회원들은 보답으로 성의 표시를 한 게지.」

이쯤에서 홈스는 의자를 밀어내며 담뱃불을 붙였다

「정말 대단하네, 왓슨. 한 가지 말해 둘 게 있네. 내 보잘것없는 명성을 위해 지금껏 훌륭한 추론들을 제공했음에도 불구하고, 자네는 습관처럼 자신의 능력을 과소평가해 왔다네. 스스로 빛을 내지 못할지는 모르나 자넨 빛을 끌어당기는 피뢰침 같은 존재야. 천재성을 지니지 못한 이들 중에 상상력을 자극하는 능력이 지대한 사람들이 있지. 친애하는 벗이여, 고백컨대 난 자네한테 많은 빚을 지고 있다네.」

홈스한테 그런 칭찬을 들은 것은 처음이었기에, 솔직히 크게 기뻐했음을 시인해야겠다. 능력에 대한 인정은커녕, 그의 업적을 널리 알리려는 내 시도마저 외면하는 통에 이따금 마음이 상하기도 했던 것이다. 마침내 그의 수사 체계를 터득해 그의 인정을 받을 만한 경지에 이르렀다고 생각하니 뿌듯하지 않을 수 없었다. 이제 그는 지팡이를 건네받아 몇 분 정도 이리저리 살폈다. 이윽고 그가 재미있다는 표정을 짓더니 피우고 있던 담배를 내려놓고 창문 쪽으로 자리를 옮겼다. 그러고는 이번에는 확대경으로 지팡이를 조사하기 시작했다.

「기본적인 경우지만 흥미롭군그래.[3] 지팡이에는 분명 한두

---

3 셜록 홈스 시리즈의 대부분에는 〈기본이야, 왓슨〉이라는 유명한 대사가 존재한다. 이 경우는 그 대사의 변주인 셈이다.

가지 표식이 더 남아 있네. 몇 가지 추리를 해볼 수는 있겠어.」 홈스가 모퉁이 의자로 돌아가며 말했다. 그가 좋아하는 자리다.

「내가 놓친 게 있던가? 특별히 빠뜨린 건 없다고 보네만.」 내가 다소 거만하게 대꾸했다.

「왓슨, 안됐지만 자네의 결론 대부분이 허점 투성이라네. 자네한테 자극받은 바가 크다고 한 말은, 솔직히 말해 자네의 오류를 지적하는 과정에서 종종 문제의 본질을 깨닫게 되는 경우가 있다는 뜻이었어. 아, 그렇다고 자네의 추리가 모두 엉터리라는 얘긴 아닐세. 사내는 분명 시골 의사고 아주 많이 걸어다니는 것도 사실이니까.」

「그럼, 내 말이 옳다는 얘기가 아닌가?」

「거기까지만.」

「또 뭐가 있다는 말이지?」

「아, 있지. 있고말고. 아주 많다네, 왓슨. 예를 들어, 의사에게 선물을 준 곳은 사냥 클럽이 아니라 병원이 맞을 걸세. 〈CC〉라는 머리글자를 병원이라는 단어 앞에 두면 〈차링크로스〉[4]라는 단어가 아주 자연스럽게 떠오르지 않나?」

「이런, 자네 말이 맞는 것 같군.」

「일단 개연성은 더 크다고 봐야겠지. 그리고 이를 기본 가설로 받아들인다면, 이 미지의 손님을 재구성할 새로운 근거를 얻게 되는 거야.」

---

4 영국 런던의 트라팔가 광장 동쪽에 이어지는 번화가 일대. 본문에 나오는 차링크로스 병원 *Charing Cross hospital*의 소재지이다.

「에, 그래, 그럼 〈CCH〉를 〈차링크로스 병원〉이라고 해보지. 그 밖에 또 어떤 추리가 가능하다는 건가?」

「아무것도 떠오르는 게 없나? 자네는 내 추리 방법을 알고 있잖나. 한번 응용해 보라고!」

「내가 생각할 수 있는 건, 남자가 시골로 내려가기 전에는 도시에서 근무했을 거라는 명백한 결론뿐이야.」

「그보다는 좀 더 대담해도 될 걸세. 이런 식으로 해보자고. 그런 선물을 하는 경우가 주로 어느 때일 것 같나? 친구들이 마음을 모아 우정의 표시를 한 게 언제였을까? 분명 모티머 선생이 병원을 그만둘 때였을 걸세. 물론 개업을 위해서였겠지. 선물이 전해졌고, 또 도시 병원에서 시골 개업의로의 변화가 있었다는 사실은 알고 있잖나. 그러니 그를 축하하기 위해 선물이 건네졌다고 한다면 지나친 확대 해석일까?」

「아주 그럴듯하네.」

「그러면 이제 그가 병원의 정규직이었을 리가 없다는 사실도 알게 될 걸세. 왜냐하면 그런 자리는 런던 개업의로 웬만큼 지위를 굳힌 사람에게만 열려 있거든. 그런 사람이라면 시골로 내려갈 이유가 뭐가 있겠나. 그럼, 뭐가 남지? 병원에 있었지만 정규직이 아니라면? 고작 입주 외과의나 내과의 신세였을 거야. 졸업반 학생보다 나을 것도 없는 지위지. 지팡이에 적혀 있듯이 그가 떠난 건 5년 전일세. 자, 그렇다면 왓슨, 이제 자네의 우중충한 중년의 주치의는 증발하고, 그 대신 사람 좋고 느긋하고 아무 생각 없는 서른 미만의 젊은이가 보이지 않나? 아, 또 애견이 있군그래. 대충 보니 테리어

보다는 크고 마스티프보다는 작은 종류인 듯하이.」

내가 실소를 흘렸다. 그것만은 나도 믿을 수가 없었다. 셜록 홈스는 의자에 등을 기대더니 담배 연기로 작은 고리를 만들어 천장을 향해 뿜어냈다.

「테리어에 관해서라면 자네 말을 확인할 길이 없네. 하지만 사내의 나이와 경력에 대해 몇 가지 조사해 보는 건 그리 어려운 일이 아니지.」

나는 의학 관련 서가에서 의료인 명부를 꺼내 이름을 찾아보았다. 모티머라는 이름은 여럿이었으나, 의뢰인일 가능성이 있는 자는 단 하나뿐이었다. 내가 큰 소리로 그의 이력을 읽어 내려갔다.

> 제임스 모티머. 왕립 외과 학회. 데번셔 주 다트무어 그림펜. 1882년부터 1884년까지 차링크로스 병원 입주 외과의. 논문 「질병은 유전인가?」로 비교 병리학 잭슨상 수상. 스웨덴 병리학회 통신 회원. 「격세 유전의 장난」(『란셋』, 1882년). 「인간은 진보하는가?」(『심리학 저널』, 1883년 3월) 발표. 소슬리 그림펜 교구 및 하이배로우 보건소장.

홈스가 장난스러운 미소를 지어 보였다.

「지방의 사냥 클럽 얘기는 없나 보군, 왓슨. 하지만 시골 의사라는 추측은 아주 정확했다네. 그리고 내 추리도 비교적 정확했다고 봐야겠지. 그 형용사들, 내 기억이 맞는다면 사람 좋고 느긋하고 아무 생각 없다고 했을 텐데, 내 경험으로 미루어 이 세상에 감사 선물 받는 사람치고 악인 없고, 야심만만한 사람이 런던을 버리고 시골을 택할 리 없기 때문이었어. 게다가 어제는 자네 방에서 1시간이나 기다리고도 명함 대신 지팡이를 두고 갔으니, 정신을 빼놓고 다니는 게 아니고 뭐겠는가?」

「그러면 개는?」

「지팡이를 물고 주인 뒤를 따라다니는 개라네. 무거운 지팡이라 중간 부분을 단단히 물어야 했지. 여기 이빨 자국이 선명하게 보이지 않나. 이빨 사이의 간격으로 보아, 개의 턱은 테리어보다 넓고 마스티프보다는 좁은 것 같아. 아무래도…… 그래, 분명 곱슬곱슬한 털을 가진 스패니얼이 맞을걸세.」

그는 이야기를 하는 도중에 자리에서 일어나 지금은 구석진 창가에 서 있었다. 솔직히 말해, 그의 마지막 말이 너무도 구체적인 탓에 난 깜짝 놀라 그를 쳐다보았다.

「맙소사, 어떻게 그렇게 자신할 수 있단 말인가?」

「아주 간단해. 그 개가 지금 계단에 와 있으니까. 주인의 모습도 보이는군. 아, 방에서 나갈 필요 없네, 왓슨. 자네와 같은 일에 종사하는 손님 아닌가. 자네가 여기 있는 게 내게도 도움이 될 걸세. 그래, 이 순간이야말로 극적인 운명의 순간이라고 할 수 있겠군. 계단의 발소리가 지금 우리 인생으로 들어오는데, 우린 아직 좋은 일인지 나쁜 일인지도 모르고 있어. 의료인 제임스 모티머 선생께서 이 셜록 홈스에게 뭘 요구하려는 걸까? 나 같은 범죄 전문가한테. 들어오세요!」

방문객의 외모에 나는 놀라지 않을 수 없었다. 내가 기대한 것은 전형적인 시골 의사의 모습이었지만, 그는 키도 훤칠하고 몸매도 아주 날렵해 보였다. 긴 매부리코, 좁은 양미간과 금테 안경 너머 반짝거리는 회색 눈동자. 전문가다운 옷차림이었으나 다소 허름했으며, 프록코트엔 얼룩이 지고 바지도 낡은 편이었다. 젊은 나이임에도 불구하고 길고 구부정한 등으로 잔뜩 고개를 빼고 걸었는데, 전체적으로는 귀족다운 너그러움을 풍겼다. 그는 들어서자마자 홈스가 들고 있는 지팡이를 보더니 탄성을 지르며 달려갔다.

「세상에, 이렇게 기쁠 수가! 이곳인지 해운 회사인지 알쏭달쏭했거든요. 절대로 잃어버려서는 안 되는 물건인데.」 그가 말했다.

「선물이죠?」 홈스가 물었다.

「예, 그렇습니다.」

「차링크로스 병원?」

「결혼 선물이죠. 그곳 친구 한두 명이 선물한 거랍니다.」

「이런, 이런, 안됐군.」 홈스가 고개를 저었다.

모티머 박사가 다소 놀란 표정을 지으며 안경 너머로 눈을 깜빡거렸다.

「안됐다니요?」

「사소한 추론 하나가 망가졌답니다. 결혼이라고 했던가요?」

「예, 결혼했죠. 그래서 병원을 떠난 겁니다. 물론 그럼으로써 자문 의사라는 희망도 물거품이 됐지만요. 저 스스로 병원을 꾸려야 했답니다.」

「오, 그래. 결국 그렇게 헛다리를 짚은 것만은 아니군. 아무튼 제임스 모티머 박사님……」

「모티머 씨. 선생님, 그냥 모티머 씨입니다. 보잘것없는 왕립 외과 학회 회원에 불과하답니다.」

「물론 엄밀한 사고방식의 소유자이시기도 하고.」

「그저 과학에 발을 담근 정도랍니다, 홈스 선생님. 광활한 미지의 바닷가에서 조개껍질을 줍는 정도죠. 방금 제게 말씀하신 분이 셜록 홈스 선생님 맞죠? 아니면……」

「아니, 그 사람은 제 친구 왓슨 박사랍니다.」

「만나 뵙게 돼서 반갑습니다. 친구분과 함께 선생님 성함도 많이 언급되더군요. 홈스 선생님, 선생님은 외모가 대단히 특이하시네요. 선생님과 같은 장두(長頭)[5]는 처음이랍니다. 두드러지게 생장한 상안와(上眼窩)[6]도 아주 독특하군요. 실례지만 잠깐 두정열(頭頂裂)[7]을 만져 봐도 괜찮겠습니까? 선생님의 진짜 두개골이야 아직 안 되겠지만, 모형만으로도 어느 인류학 박물관에서든 훌륭한 장식이 될 것입니다. 괜한 말씀이 아니랍니다. 정말로 선생님의 두개골이 부러워서 드리는 말씀이니까요.」

셜록 홈스는 손짓으로 괴짜 손님을 의자에 앉혔다.

「전문 분야에 대한 열정이 대단하시군요. 저도 마찬가지이긴 합니다만. 그리고 손가락을 보아하니 담배를 말아 피우시

---

5 매우 〈긴〉 두상.
6 머리 안와 위의 뼈.
7 정수리를 따라 난 좌우 두정골 사이의 균열 또는 틈새.

는 듯한데, 원하신다면 한 대 피우셔도 상관없습니다.」 홈스가 말했다.

남자는 종이와 담배를 꺼내 매우 능숙하게 담배를 말았다. 길고 섬세한 손이 곤충의 더듬이만큼이나 연약해 보였다.

홈스는 아무 말도 하지 않았으나, 눈빛으로 보아 이 기이한 손님에게 흥미가 있음을 알 수 있었다.

그가 마침내 입을 열었다. 「어젯밤은 물론 오늘까지 찾아주신 목적이 제 두개골을 관찰하기 위해서는 아니라고 믿습니다만.」

「아뇨, 물론 아닙니다, 선생님. 예기치 못한 기회를 얻어 행복하긴 합니다만, 제가 온 이유는 무엇보다 제가 별로 현실적이지 못한 인간이라는 사실을 깨달았기 때문이죠. 전 난데없이 매우 중대하고 특별한 문제에 시달리기 시작했답니다. 선생님께서 전 유럽의 2인자라는 소문을 들은 터라……」

「그래요? 그렇다면 도대체 일인자의 영광은 어느 분이 차지하셨는지 여쭤 봐도 되겠습니까?」 홈스가 물었다. 다소 감정이 상한 어투였다.

「정교한 과학을 다루는 사람에게라면야, 베르티옹[8]의 업적은 언제나 감동적이죠.」

「그러면 그 사람을 찾아가시죠.」

「홈스 선생님, 그래서 〈과학을 다루는 사람〉이라는 전제를

---

[8] 알퐁스 베르티옹Alphonse Bertillon(1853~1914). 프랑스의 인류학자로 흉터 등의 신체 특성을 측정하고 기록하여 이를 다시 개인의 골상 길이에 따라 분류하는 작업을 포함한 〈인체 측정학〉을 고안했다. 이 자료는 범죄자와 소위 〈범죄형〉을 식별해 내는 데 매우 가치 있는 정보로 여겨졌다.

단 겁니다. 실무자로서 본다면 선생님께서 단연 독보적인 존재이십니다. 설마 제가 생각 없이 선생님을…….」

「잠깐만. 모티머 선생, 이제 공연한 말씀은 그만두고 도움이 필요한 문제에 대해 자세히 말씀해 주시겠습니까?」

2
바스커빌가의 저주

「주머니에 문서가 하나 있습니다.」 제임스 모티머 박사가 말했다.

「방에 들어오실 때 눈치챘습니다.」 홈스가 말했다.

「아주 오래된 문서죠.」

「위조가 아니라면, 18세기 초 물건이겠더군요.」

「그걸 어떻게 아십니까?」

「선생 주머니에서 3, 4센티미터 가량 삐져나온 덕분에 말씀하시는 동안 줄곧 살펴보았답니다. 문서의 작성 연도를 10년 이내까지 추적하지 못한다면 전문가라고 할 수도 없겠죠. 그 주제에 대한 제 어설픈 논문을 보신 적이 있는지 모르겠지만, 그 문서는 1730년대에 작성된 것으로 보이는군요.」

모티머가 상의 주머니에서 문서를 꺼냈다.

「정확히는 1742년입니다. 찰스 바스커빌 경께서 맡기신 가문의 비문(祕文)이죠. 안타깝게도 경께서는 3개월 전 비극적인 급사로 데번셔를 슬픔으로 몰아넣고 말았습니다. 저로 말씀드리자면 그분의 주치의이자 친구였답니다. 강인한 분이었죠. 저만큼이나 상상력이 풍부한 분은 못 되셨지만, 그래도 매사에 빈틈없고 현실적인 분이었으니까요. 경께서는 이 기록을 대단히 소중하게 생각하셨고, 그래서 만약을 대비해 제게 맡기셨죠. 결국 현실이 되고 말았습니다만.」

홈스는 문서를 받아 무릎 위에 펼쳐 놓았다.

「왓슨, 자네도 ʃ와 s가 번갈아 사용되는 것을 볼 수 있을 걸세. 이건 내가 작성 시기를 추적하는 몇 가지 지표 중 하나라네.」

나는 그의 어깨 너머로 노란 종이와 색 바랜 글자들을 보았다. 맨 위에는 〈바스커빌 홀〉이라는 글자가, 아래쪽에는 마구 휘갈긴 필체로 〈1742〉라는 숫자가 큼직하게 쓰여 있었다.

「무슨 보고서 같군.」

「예, 바스커빌가에 전해 내려오는 전설 얘기죠.」

「하지만 나에게 조언을 구하려는 것은 보다 현대적이고 현실적인 문제에 대한 것이 아니었던가요?」

「매우 현대적이고 현실적인 문제죠. 게다가 스물네 시간 안에 해결되어야만 합니다. 하지만 이 기록은 짧은 데다 사건과 아주 깊은 관계가 있답니다. 괜찮으시다면 제가 읽어 드렸으면 좋겠군요.」

홈스는 체념한 듯, 의자에 등을 기댄 다음 손끝을 붙이고 두 눈을 감았다. 모티머 박사는 문서를 불빛 쪽으로 돌려놓고, 고음의 갈라지는 목소리로 다음과 같은 기이한 옛이야기를 읽어 내려갔다.

바스커빌가의 개에 대한 소문은 얼마든지 있다. 하지만 나는 위고 바스커빌의 직계 후손이고, 이 이야기는 아버님으로부터 들은 것이다. 물론 아버님 또한 당신의 아버님께 전해 들었다고 하셨다. 따라서 나는 여기에 기록한 사건이 실제 그대로 일어났다는 사실을 믿어 의심치 않는 바이다. 그러니 자손들이여, 내 말을 명심할지어다. 죄를 벌하시는 정의로운 신께서는 동시에 가장 자비롭게 죄를 사하시며, 또한 기도와 참회로서 벗어나지 못할 저주는 없느니라. 이 이야기를 전하는 이유는 과거의 유산을 두려워 말되 미래에는 보다 조심하라는 취지인바, 가문을 그토록 처참한 비극에 빠뜨린 과거의 더러운 욕망이 재현되어 우리를 파멸로 이끌 수 있음을 항상 명심해야 한다.

청교도 혁명의 시대에(그 역사에 대해서는 정통하신 클라렌던[9] 경의 저서를 찾아볼 것을 진지하게 권하는 바이다) 바스커빌 영지는 위고 바스커빌의 소유였는데, 그는 무척이나 추하고 불경스러운 무신론자였다고 한다. 하긴, 이웃 사람들은 그러한 그를 용서했을 수도 있겠다. 성인(聖人)들도 등을 돌리는 지역이었으니 오죽했겠는가. 그는 너무도 음탕하고 잔인한 기질의 소유자였으며, 그 덕에 서부 지방 전역에 악명을 떨쳤다. 그런데 이 위고라는 작자가 바스커빌 영지 인근에서 땅을 치는 어느 자작농의 딸을 사랑

---

9 클라렌던 백작 에드워드 하이드Edward Hyde(1609~1674). 왕당파 정치인이자 역사가. 청교도 혁명으로 왕당파가 불리해지자 프랑스에 망명하여 『영국의 반란과 내란의 역사』를 집필하며 왕정 복고에 힘썼다.

(그런 암울한 열정이 그렇게 밝은 이름으로 불려도 되는 걸까?)하게 되었다. 생각 깊고 행실 바르기로 소문난 처녀는 어떻게든 그를 피하려 들었다. 그의 악명을 두려워한 까닭이다. 그러던 어느 날 미카엘 축제[10] 때의 일이었다. 위고는 나태하고 악독한 친구 대여섯 명과 함께 몰래 농장에 들어가 처녀를 납치했다. 처녀의 아버지와 오빠들이 집을 비웠다는 사실은 미리 알아 둔 터였다. 그들은 그녀를 바스커빌 홀에 데려와 위층에 가둔 다음, 언제나처럼 밤새 술판을 벌였다. 불쌍한 처녀는 아래층에서 들려오는 노랫소리와 고함 소리, 끔찍한 욕설에 크게 당황했을 것이다. 소문에 의하면 고주망태가 된 위고 바스커빌의 입에서 나오는 언어는 그 말을 한 자신의 혼마저 빼놓을 정도였다고 한다. 마침내 공포가 극에 달한 처녀는 가장 용맹스러운 용사조차 망설였을 만한 일을 저지르고 말았다. 남쪽 벽을 덮고 있던 (그리고 지금도 덮고 있는) 기다란 담쟁이넝쿨에 매달려 처마 아래까지 내려온 후 황무지 저편의 집을 향해 달아나기 시작한 것이다. 바스커빌 저택에서 집까지의 거리는 무려 15킬로미터나 되었다.

잠시 후, 위고는 먹을 것과 마실 것을(어쩌면 음험한 흉계까지) 들고 포로에게 갔다가, 새장이 비어 있고 새는 탈출했다는 사실을 알게 되었다. 그 순간 그는 누가 보아도 악마였으리라. 그는 계단을 달려 내려가 식당으로 들어가

---

10 성(聖) 미카엘의 날. 9월 29일.

서는 곧바로 대형 식탁 위로 뛰어올랐다. 식당에서는 포도주 병과 나무 접시가 사방으로 날아다니고 있었다. 그는 그날 밤 계집을 다시 잡아올 수만 있다면 악마의 힘에 몸과 영혼이라도 바치겠노라고 친구들 앞에서 큰소리를 쳤다. 난봉꾼들은 사내의 분노에 놀라 멍하니 서 있다가, 그 중에서도 제일 사악한(어쩌면 제일 술에 취한) 자가 개를 풀라고 소리쳤다. 그 말을 들은 위고는 밖으로 뛰쳐나가며 하인들에게 말에 안장을 채우고 개들을 풀어 놓으라고 외쳤다. 그는 개들에게 처녀의 손수건을 던져 주고 그녀가 달아난 방향으로 몰아가기 시작했다. 이제 달빛 찬란한 황무지는 개 짖는 소리로 가득했다.

난봉꾼들은 한동안 입을 떡 벌린 채 서 있었다. 너무도 순식간에 벌어진 일이라 상황을 이해하기 쉽지 않았던 것이다. 하지만 그들도 황무지에서 일어날 일에 대해 어렴풋이 깨닫기 시작하면서 식당은 순식간에 난장판이 되었다. 총을 가져오라고 소리치는 자, 말을 대기시키는 자, 심지어 술을 더 내오라고 외치는 인간들도 있었다. 그런 광기 속에서도 일은 진행되어, 도합 열세 명이 말에 올라타 추적을 시작했다. 달은 휘영청 밝았다. 그들은 두 줄로 늘어서서, 처녀가 집으로 돌아가기 위해 택했음 직한 행로를 따라 말을 달렸다.

2~3킬로미터쯤 달렸을 때였다. 그들은 황무지에서 밤 당번을 서는 양치기 하나를 만나, 혹시 사냥감을 보았는지 큰 소리로 물었다. 소문에 의하면, 양치기는 공포에 질려

거의 아무 말도 못했지만 어쨌든 그 불행한 처녀를 보았다고 실토하고 말았다. 그는 그녀를 쫓는 개들도 보았다. 양치기는 이렇게 말했다.

「하지만 제가 본 건 그게 다가 아닙니다요. 위고 바스커빌 나리께서 검은 말을 타고 가시는데, 아주 커다란 사냥개 한 마리가 그 뒤를 조용히 쫓아가던걸요. 죽어도 제 옆에 두고 싶지 않을 만큼 끔찍한 놈이었습죠.」

술 취한 지주들은 양치기에게 욕을 퍼붓고 계속 달려갔으나, 잠시 후에는 그들도 그만 간담이 서늘해지고 말았다. 황무지를 가로질러 오는 말발굽 소리가 들리더니, 곧 입가에 하얀 거품을 문 흑마가 텅 빈 안장에 고삐를 질질 끌고 그들을 지나쳐 갔던 것이다. 난봉꾼들은 계속 말을 몰았다. 공포에 사로잡혀 서로 바짝 달라붙기는 했으나 그래도 추적을 포기할 수는 없었다. 행여 혼자였다면 기꺼이 말머리를 돌렸을 테지만 말이다. 그들은 그런 식으로 느릿느릿 달리다가 마침내 개들을 만났다. 용맹하기로 소문난 혈통이건만, 놈들은 가파른 벼랑 위에서 떼를 지어 낑낑거리고 있었다. 개중에는 슬금슬금 달아나는 놈들도 있었고, 털을 곤두세운 채 협곡을 내려다보는 놈들도 있었다.

무리는 말을 세웠다. 당연한 얘기겠으나 처음 저택을 나설 때보다 술이 많이 깬 터라, 솔직히 대부분은 더 이상 나아갈 마음이 없었다. 하지만 그중 가장 무모한(아니면 가장 술에 취한) 세 사람이 계곡 아래로 말을 몰았다. 계곡 끝으로는 넓은 평지가 이어졌고, 커다란 선돌 두 개가 놓여 있었다. 그 돌들은 지금도 그곳에 있는데, 태고의 어느 이름 모를 선조들이 세워 둔 것이리라. 달은 빈 땅을 훤히 비추고 있었다. 그 가운데 불쌍한 처녀가 쓰러져 있었는데 공포와 탈진으로 숨이 끊어진 채였다. 하지만 이 무모한 취객들의 모골을 송연케 한 것은 처녀의 시체도, 그 옆에 놓인 위고 바스커빌의 시체도 아니었다. 위고를 짓밟고 서서 그의 목을 물어뜯는 괴물이 있었다. 검은색의 거대한 야수. 외모는 사냥개를 닮았으나, 놈은 지금껏 인간이 목격한 어느 사냥개보다도 덩치가 컸다. 그리고 위고 바스커빌의 목을 뜯어 먹던 괴물이 이글거리는 두 눈은 물론 피가 뚝뚝 떨어지는 턱까지 그들을 향해 돌리는 순간, 세 건달은 공포의 비명을 지르며 죽어라 말을 달렸다. 그들의 비명 소리는 황무지를 지나는 내내 그치지 않았다. 그중 하나는 괴물을 본 충격으로 그날 밤 숨을 거두었다는 얘기가 들렸고, 나머지 둘도 여생을 폐인으로 지냈다는 소문이 있었다.

후손들이여, 이런 식으로 등장한 사냥개는 그 후 우리 가문을 쑥대밭으로 만들어 놓고 말았노라. 내가 굳이 이 이야기를 기록하는 까닭은, 분명하게 아는 것이 막연한 짐작이나 억측보다 두려움이 덜한 법이기 때문이다. 지금껏 많은 이들이 불행한 죽음을 당한 것은 분명한 사실이다. 급사, 사고사, 의문사 등등. 하지만 우리는 하느님의 무한한 자비 속에 숨을 수 있으리라 믿는다. 성서에 쓰였다시피 하느님께서 제3세대와 제4세대 이후의 무고한 후손들까지 벌하지는 않으시리라.[11] 후손들이여, 그대들에게 명하노니, 이후 악의 세력이 기승을 부리는 어둠의 시간에 부디 황무지를 지나는 일이 없도록 할지어다.

(이 편지는 아들 로저와 존에게 남겨졌으며, 여동생 엘리자베스에게는 아무것도 알리지 말라는 당부도 들어 있었다.)

이 기이한 이야기를 다 읽은 모티머는 안경을 이마 위로 밀어 올리고 셜록 홈스를 건너다보았다. 홈스는 하품을 하며 담배꽁초를 난롯불에 던져 넣었다.

「그래서요?」 홈스가 물었다.

「재미있지 않습니까?」

「동화 수집가라면 그렇겠죠.」

모티머는 주머니에서 잔뜩 구겨진 신문 한 장을 꺼냈다.

「에, 홈스 선생님, 그러면 보다 최근 이야기를 해드리죠. 이 신문은 올해 6월 14일자 〈데번 카운티〉입니다. 그 며칠 전에 일어난 찰스 바스커빌 경의 죽음에 대한 간단한 설명이 실려 있죠.」

내 친구는 열심히 듣겠다는 표정으로 상체를 조금 앞으로 내밀었다. 손님이 안경을 고쳐 쓰고 다시 읽기 시작했다

　　　최근 찰스 바스커빌 경의 갑작스러운 죽음은 카운티 전

---

11 나 야훼 너희의 하느님은 질투하는 신이다. 나를 싫어하는 자에게는 아비의 죄를 그 후손 삼대에까지 갚는다(「출애굽기」 20장 5절).

체에 어두운 그림자를 드리웠다. 찰스 경은 다음 선거에서 데번셔 중부의 유력한 자유당 후보로 물망에 오른 인물이었다. 경이 바스커빌 홀에서 지낸 기간은 상대적으로 짧은 편이었으나, 특유의 온화한 성품과 후한 인심으로 주변 사람들의 애정과 존경을 한 몸에 받아 왔다. 누보 리쉬[12]의 시대에, 옛 명문가의 후손이 자수성가하여 고향의 쇠락한 가문을 다시 일으켜 세운 건 훈훈한 소식이 아닐 수 없다. 알려진 바와 같이 찰스 경은 남아프리카 공화국에 대한 투자로 갑부가 된 사람인데, 운명의 수레바퀴가 거꾸로 돌 때까지 버티는 사람들과 달리 그는 재빨리 수익금을 환수해 영국으로 돌아오는 지혜를 발휘하기도 했다. 그가 바스커빌 홀에 둥지를 튼 것은 불과 2년 전이었다. 그 2년 동안 엄청난 규모의 재건 공사가 진행되고 있었건만, 안타깝게도 그의 죽음으로 부활의 꿈도 물거품이 되고 말았다. 슬하에 자녀가 없던 탓에 고인은 생전에 지역 사회를 위해 투자하겠다는 의지를 틈틈이 밝혀 왔으며, 그의 이른 죽음에 많은 사람들이 애통해하는 것도 바로 그 이유 때문이다. 지역 자선 단체들에 대한 그의 후한 기부에 대해서는 본지에서도 여러 번 다룬 바 있다.

찰스 경의 죽음을 둘러싼 상황에 대해서는 아직 수사가 진행 중이나, 최소한 지역 미신에 근거한 소문과는 하등의 관계가 없다는 정도는 밝혀졌다 하겠다. 폭력이나 초자연

---

[12] 신흥 졸부를 일컫는 말이다.

적인 현상을 의심할 만한 근거는 어디에도 없다. 독신의 찰스 경은 다소 독특한 성격으로도 유명했다. 그는 거액의 재산에도 불구하고 매우 소박한 생활을 해왔으며, 바스커빌 홀의 하인도 각각 집사와 가정부로 일하는 배리모어 부부가 고작이었다. 두 사람과 몇몇 친구들의 증언으로 미루어, 최근 찰스 경의 건강은 좋지 않았던 것으로 보인다. 그들은 특히 심장 이상을 지적했다. 고인은 그로 인한 피부 탈색과 호흡 곤란, 급성 우울증 등으로 고생하고 있었는데, 이에 대해서는 고인의 친구이자 주치의인 제임스 모티머 박사도 확인해 주었다.

사건은 단순하다. 찰스 경은 매일 밤 잠자리에 들기 전, 바스커빌 홀의 유명한 주목(朱木) 산책로를 따라 산책하곤 했다. 배리모어 부부의 증언에 따르면 밤 산책은 경의 오랜 습관이었다. 6월 4일 찰스 경은 배리모어를 불러 다음 날 런던으로 떠날 터이니 짐을 꾸리라고 지시한 후 그날 밤도 어김없이 밤 산책에 나섰는데, 산책 도중에는 언제나처럼 시가를 피우기도 했다. 그리고 나서 경은 돌아오지 않았다. 밤 12시, 배리모어는 현관문이 열려 있다는 사실에 놀라 등불을 켜 들고 주인을 찾아 나섰다. 습한 날씨라 산책로에 새겨진 찰스 경의 발자국을 쫓는 건 어려운 일이 아니었다. 산책로 중간쯤 황무지로 통하는 게이트에는 찰스 경이 한동안 머물렀던 흔적이 남아 있었다. 배리모어는 산책로를 따라 걸음을 재촉했고 시신은 그 끝에서 발견되었다. 배리모어의 증언 가운데 아직 그 진상이 밝혀지지 않은 사실은, 황무지 입구를 지난 후부터 주인의 발자국이 달라졌다는 부분이다. 그 후로는 경이 계속해서 발꿈치를 들고 걸은 것처럼 보인다는 얘기였다. 당시 우연히 근처 황무지에 있던 〈머피〉라는 이름의 집시 말 장수는, 비명 소리를 듣긴 했으나 만취한 탓에 어느 방향인지는 알 수 없었다고 증언한 것으로 전한다. 찰스 경의 시신에서 폭행의 흔적은 발견되지 않았다. 외상의 흔적도 전혀 없었다. 모티머 박사는 경의 안면 왜곡이 너무 심해 처음에는 친구이자 환자인 경의 모습을 알아보지 못할 정도였다고 주장했으나, 이는 호흡 곤란과 심장 마비의 경우 충분히 있을 수 있는 증세이며 부검을 통해서도 증명되었다. 고인은 만성적인 질환을 앓고 있었기 때문에 검시 배석자 역시 이러한 임상적 판단에 따른 결론을 내렸다. 너무도 다행스러운 판결이라 하겠다. 찰스 경의 상속자가 바스커빌 홀에 정착하여 예기치 않게 중단된 지역 사업을 지속하는 일이 무엇보다 시급하기 때문이다. 검시관의 소견이 사건과 관련하여 항간에 떠도는 헛소문들에 종지부를 찍어 주지 않았던들, 바스커빌 홀의 차가인(借家人)을 구하는 일 또한 어려울 수밖에 없었을 것이다. 찰스 바스커빌 경의 가장 가까운 친척은 조카인 헨리 바스커빌 씨로 알려져 있다. 동생의 아들인 헨리 바스커빌 씨의 생사는 아직 확인되지 않고 있으나, 마지막 소식을 전했을 때 미국에 있었다고 한다. 막대한 재산의 상속을 알리기 위해 현재 그의 행방을 수소문 중이다.

모티머는 신문을 다시 접어 주머니에 넣었다.

「홈스 선생님, 여기까지가 찰스 바스커빌 경의 죽음에 대해 공식적으로 알려진 사실들입니다」

「우선 흥미로운 사건에 대한 관심을 환기시켜 주신 데 감사드려야겠군요. 나 자신도 기사를 확인한 바 있었죠. 하지만 그때는 바티칸 보석 사건과 교황에 대한 걱정으로 정신이 없던 터라 영국의 몇몇 흥미로운 사건들을 놓치고 말았답니다. 그런데 이 기사가 공식적인 사실 전부인가요?」 홈스가 물었다.

「그렇습니다.」

「그럼 이제 비공식적인 얘기를 들어 볼까요?」 그는 등을 기대고 손끝을 모은 다음 가장 무덤덤하고 냉엄한 표정을 지어 보였다.

모티머는 이미 격정적인 감정을 드러내고 있었다.

「사실 아직 아무한테 하지 못한 얘기입니다. 검시관한테도 털어놓지 못했죠. 이유는 과학을 다루는 사람으로서 일반인의 미신을 부추기는 입장을 취할 수가 없었기 때문입니다. 더욱이 신문 기사에도 나와 있듯이, 바스커빌 홀을 아무도 살지 않는 폐가로 만들게 될까 봐 두렵기도 했죠. 가뜩이나 흉흉한 소문들이 떠도는 판에 그런 얘기까지 덧붙일 수가 없었습니다. 그 두 가지 이유 때문에라도 어느 정도는 입을 다물고 있는 편이 낫다고 판단한 거죠. 어차피 그래 봐야 좋은 일도 없을 텐데. 하지만 선생님에게라면 솔직하지 않을 이유가 없을 듯하군요.

황무지에는 거의 사람이 살지 않습니다. 그래서 이웃들끼리의 유대가 매우 돈독하고, 제가 찰스 바스커빌 경을 자주 뵙게 된 것도 그 덕분이었죠. 또 래프터 홀의 프랭클랜드 씨와 박물학자인 스태플턴 씨를 빼면, 수 킬로미터 내에 지식인들이라고는 하나도 없답니다. 찰스 경은 원래 내성적인 분인데, 저하고는 그분의 오랜 병환 때문에 알게 되었습니다. 그 이후로는 과학에 대한 관심을 통해 친분을 다져 왔죠. 남아프리카 공화국에서 돌아오실 때 상당한 과학 지식들을 섭렵하신 터라, 부시먼족과 호텐토트족의 비교 해부학에 대해 논하며 즐거운 저녁 시간을 보내곤 했습니다.

지난 몇 개월 동안, 찰스 경의 스트레스는 극에 다다라 있었습니다. 조금 전에 제가 읽어 드린 전설 이야기를 너무 심각하게 받아들이신 겁니다. 어느 정도였느냐 하면, 일단 밤이 되면 당신의 영지 정도는 산책해도 황무지에 나가는 법이 절대로 없었으니까요. 홈스 선생님, 믿지 못하시겠지만 그분은 끔찍한 운명이 가문을 노리고 있다고 확신했습니다. 후손들에게 과거의 기록을 전한다는 사실도 별로 위로가 되지 못했죠. 어떤 유령에 대한 생각이 끊임없이 그를 괴롭혔던 것 같습니다. 심지어 제가 야간 왕진을 다녀오면 이상한 짐승을 보거나 사냥개의 울음소리를 듣지 못했는지 묻기도 했으니까요. 후자의 질문은 여러 번 있었는데 그때마다 목소리는 흥분으로 들떠 있었죠.

언젠가 저녁 무렵에 바스커빌 홀에 마차를 몰고 갔을 땐 이런 일도 있었답니다. 운명적인 사건이 있기 3주쯤 전이었죠. 웬일인지 경께서 현관문 앞에 나와 계시더군요. 이륜마차에서 내려 다가갔는데, 기이하게도 경의 시선은 제 어깨 너머에서 벗어날 줄을 몰랐습니다. 세상에, 공포로 가득한 그 끔찍한 표정이라니! 저도 재빨리 고개를 돌려 보았죠. 그리고 때마침 크고 검은 송아지 한 마리가 진입로 끝에서 사라지는 광경을 목격했답니다. 경이 워낙 흥분하고 두려워하신 탓에 제가 짐승이 있던 곳까지 내려가 찾아보기도 했지만, 놈은 이미 사라진 후였죠. 하지만 그 사건이 결국 경께 치명적인 충격을 준 모양입니다. 저는 저녁 내내 그의 옆에 머물렀습니다. 경께서 조금 전의 흥분에 대해 설명하고, 또 두 분께 읽어 드린 문서를 제게 맡긴 것도 바로 그 자리에서였죠. 이런 사소한 에피소드를 말씀드리는 이유는, 그 후의 비극과 관련해 중요한 의미가 있다고 판단해서입니다. 하지만 솔직하게 말씀드리면, 당시만 해도 전 그 얘기를 대수로이 여기지 않습니다. 그의 불안감도 괜한 기우에 불과한 것이라고 믿었고요.

찰스 경께 런던으로 가시기를 권한 것도 저였습니다. 심장이 워낙 안 좋은 데다. 아무리 그 근거가 터무니없다 해도 이런 식으로 끝없이 불안감에 휘둘려 봐야 좋을 게 없다고 판단한 겁니다. 혼잡한 도시에서 몇 개월 보내면 새로운 사람이 되어 돌아올 수도 있으니까요. 이는 스태플턴 씨도 동의한 내용입니다. 그도 경의 건강 상태를 크게 걱정하던 터였으니까요. 그런데 마지막 순간 그런 끔찍한 파국이 일어난 겁니다.

찰스 경이 돌아가시던 날, 최초의 목격자인 배리모어 집사가 마부 퍼킨스를 제게 보냈습니다. 저도 늦게까지 깨어 있던 터라 1시간이 채 안 되어 바스커빌 저택에 도착할 수 있었죠. 전 검시에서 언급된 사실 모두를 검사하고 확인해 주었습니다. 산책로의 발자국을 따라가 보기도 했죠. 그가 머뭇거린 장소도 보았고 그 이후로 발자국이 변한 사실도 확인했습니다. 부드러운 모랫길엔 배리모어의 발자국 말고 다른 흔적은 없었습니다. 물론 경의 시신도 조사했습니다. 제가 오기 전까진 아무도 손을 대지 않은 상태였죠. 찰스 경은 얼굴을 땅에 댄 채 쓰러져 있었습니다. 두 팔은 바깥쪽으로 뻗어 있었는데, 손으로 땅을 파냈더군요. 공포로 안면이 얼마나 일그러졌던지, 처음에는 거의 못 알아볼 정도였죠. 외상은 분명히 없었습니다. 하지만 시신 주변에 아무런 흔적도 없었다는 배리모어의 진술은 사실과 다릅니다. 물론 그는 보지 못했을 겁니다. 그러나 전 봤습니다. 조금 떨어진 곳에 아주 선명하게 찍혀 있었으니까요.」

「발자국?」

「예, 발자국입니다.」

「남자? 여자?」

　모티머 박사는 잠시 묘한 시선으로 우리를 보았다. 마침내 그가 입을 열었을 때, 목소리는 거의 속삭임에 가까웠다.

「홈스 선생님, 그건 거대한 사냥개의 발자국이었습니다!」

3
사건

나 또한 온몸에 소름이 돋았음을 고백한다. 의사의 목소리에 담긴 전율로 보아 그 자신 역시 크게 동요하고 있는 게 분명했다. 홈스도 흥분했는지 상체를 앞으로 기울였다. 딱딱하고 건조한 눈빛은 이미 커다란 호기심이 발동했음을 고백하고 있었다.

「직접 봤다고요?」

「지금 선생님을 뵙는 것만큼이나 확실하게 봤죠.」

「그런데도 입을 다물었다?」

「소용이 없잖습니까.」

「그럼 다른 사람들은 왜 보지 못한 거죠?」

「발자국은 시신에서 20미터 가까이 떨어져 있는 데다, 아무도 신경 쓰는 사람이 없었습니다. 가문의 전설을 몰랐다면 저 역시 마찬가지였을 테지만요.」

「황무지에 양치기 개가 많은가요?」

「당연하죠. 하지만 그놈은 양치기 개가 아니었습니다.」

「크다고 했죠?」

「거대했죠.」

「시체에 접근한 건 아니었다고 했던가요?」

「예.」

「그날 밤 날씨는 어땠습니까?」

「습하고 을씨년스러웠습니다.」

「비가 내린 건 아니군요.」

「예.」

「오솔길은 어떻게 생겼나요?」

「오래된 주목 울타리가 두 줄로 이어져 있습니다. 4미터 가까운 높이에 워낙에 빽빽해 도저히 뚫고 지나갈 수 없을 정도죠. 중앙 산책로의 넓이는 2.5미터 정도입니다.」

「양쪽 울타리와 산책로 사이에 다른 것도 있나요?」

「예, 산책로 양쪽으로 2미터 넓이의 풀밭이 길게 이어져 있습니다.」

「주목 울타리로 들어가는 곳이 단 한 군데라고 했죠? 게이트라니, 구체적으로 어떤 문입니까?」

「황무지와 연결되는 쪽문입니다.」

「다른 입구도 있습니까?」

「아뇨, 없습니다.」

「그렇다면 주목 산책로에 접근하려면 저택 쪽에서 오거나 황무지 쪽문으로 들어오는 수밖에 없겠군요.」

「반대쪽에 여름 별장으로 통하는 출구가 하나 있긴 합니다.」

「찰스 경이 거기까지 갔습니까?」

「아뇨, 그곳에서 거의 50미터나 떨어진 곳입니다.」

「자 그럼, 모티머 선생, 중요한 질문 하나 하겠습니다. 선생이 보신 발자국이 길에 있었습니까, 아니면 풀밭인가요?」

「풀밭엔 어떤 흔적도 남을 수가 없습니다.」

「황무지 게이트가 있는 쪽이던가요?」

「예, 산책로 가장자리에 찍혀 있었는데, 황무지 쪽이었죠.」

「아주 흥미롭군요. 또 하나, 쪽문은 닫혀 있었습니까?」

「닫힌 데다 자물쇠까지 채워져 있었죠.」

「문 높이가 어느 정도입니까?」

「1.2미터는 될 겁니다.」

「그럼 누구든 타 넘을 수 있다는 얘기인가요?」

「예.」

「쪽문 근처에서 특별한 흔적을 보셨습니까?」

「아뇨, 별로 특별한 건 없었죠.」

「맙소사! 아무도 조사한 사람이 없다는 얘깁니까?」

「제가 직접 살펴본걸요.」

「그런데, 아무 흔적이 없었다?」

「저도 그 점이 혼란스러웠습니다. 찰스 경이 분명 그곳에서 5~10분 정도 서 있었거든요.」

「그걸 어떻게 아시죠?」

「시가에서 떨어진 담뱃재가 두 군데서 발견되었으니까요.」

「멋지군요! 왓슨, 우리 마음에 쏙 드는 동업자를 만났구먼, 안 그런가? 그런데 발자국은?」

「작은 모랫길 여기저기 발자국을 남겨 두셨더군요. 다른 발자국은 찾지 못했습니다.」

셜록 홈스가 안타깝다는 듯 손으로 무릎을 쳤다.

「내가 그 자리에 있어야 했는데! 이 사건은 보기 드물게 흥미로운 데다, 과학적인 수사를 펼칠 엄청난 기회가 될 수도 있다고! 내가 있었다면 그 산책로에서 수많은 얘기를 읽었겠지만, 지금은 비에 씻기고 호기심 많은 농부들이 나막신으로 짓밟아 놓았을 것 아닌가. 오, 모티머, 모티머 선생, 어떻게 나를 부르지 않았단 말이오! 이 노릇을 어찌하시려고요.」

「선생님을 부를 수는 없었습니다. 그랬다가는 이 얘기가 전 세계에 알려질 테니까요. 그렇게 되지 않기를 바란다는 말씀은 이미 드렸죠. 게다가, 게다가……」

「또 무슨 문제죠?」

「아무리 빈틈없고 노련한 탐정이라도 어쩔 수 없는 영역은 있는 법이니까요.」

「그 짐승이 초자연적인 것이라는 얘긴가요?」

「꼭 그렇게 말씀드리진 않았습니다만.」

「예, 하지만 그렇게 생각하는 건 분명하군요.」

「홈스 선생님, 사건이 있은 후 자연의 법칙으로는 이해하기 어려운 얘기 몇 가지를 들었습니다.」

「예를 들면?」

「끔찍한 사건이 일어나기 전, 황무지에서 전설의 짐승과 비슷한 괴물을 본 사람들이 있습니다. 과학적으로 알려진 어느 피조물과도 다르다고들 했죠. 상상을 초월할 정도로 섬뜩하고 거대한 데다 유령처럼 빛을 발한다는 데 모든 의견이 일치했답니다. 전 그 사람들도 일일이 조사해 봤습니다. 고집 센 촌로와 대장장이 그리고 황무지에 사는 농부였는데, 그들이 봤다는 짐승이 전설 속 지옥의 개와 정확히 일치하더군요. 지금 그곳은 공포가 지배하는 형국입니다. 어지간한 강심장이 아니고서야 밤에 황무지를 지난다는 건 상상도 못한답니다.」

「그리고 당신은, 과학을 다루는 사람임에도 불구하고 그놈이 초자연적인 무엇이라고 생각한다는 거죠?」

「솔직히 뭘 믿어야 하는지도 모르겠습니다.」

홈스가 어깻짓을 했다. 「저도 지금까지는 이 세계만을 상대로 수사해 왔죠. 나름대로 악과 싸웠다고 자부합니다만, 상대가 악마의 아버지 본인이라면 힘에 부칠 수도 있겠군요. 하지만 발자국이 물리적인 현상이라는 것은 선생도 인정하지 않습니까?」

「전설 속의 사냥개도 인간의 목을 물어뜯을 만큼 물리적이었죠. 그럼에도 불구하고 충분히 악마적이기도 했습니다.」

「아무래도 완전히 초자연주의자가 된 모양입니다그려. 좋소, 모티머 선생, 하나만 더 묻죠. 정말로 그렇게 생각한다면 도대체 왜 나를 찾아오신 게요? 이제 와서 찰스 경의 죽음을 조사해 봐야 소용없다고 하면서도, 한편으로는 내가 수사해 주기를 바라는 것 아닙니까?」

「수사를 부탁한 적은 없습니다.」

「그렇다면 어떻게 도와 드리는 게 좋겠소?」

「헨리 바스커빌 경을 어떻게 해야 할지 모르겠습니다.」 그는 시계를 쳐다보고는 말을 이었다. 「정확히 1시간 15분 후에 워털루 역에 도착할 예정이랍니다.」

「상속인이라는 사람?」

「예. 찰스 경이 돌아가신 날 밤, 우린 이 젊은 신사분의 행방을 수소문했고 마침내 그가 캐나다에서 농사를 짓고 있다는 사실을 알아냈죠. 우리가 파악한 정보에 의하면 어느 모로 보나 훌륭한 분이시라더군요. 지금은 의사로서가 아니라, 찰스 경의 대리인이자 유언 집행인으로서 말씀드리는 겁니다.」

「다른 상속자는?」

「없습니다. 우리가 추적해 낼 수 있는 다른 유일한 친척은 로저 바스커빌 씨였죠. 세 형제 중 그분이 막내고, 찰스 경이 장남이셨습니다. 둘째 형제는 젊어서 돌아가셨는데, 바로 이 헨리라는 젊은이의 부친입니다. 막내인 로저는 망나니였다고 들었습니다. 과거 바스커빌 가문의 오만한 기질을 그대로 물려받은, 말 그대로 위고를 빼다 박은 위인이었다더군요. 결국 영국을 온통 뒤집어 놓고 중앙아메리카로 달아났다가, 1876년 그곳에서 황열병으로 숨을 거두었죠. 헨리 경은 바스커빌가의 마지막 생존자입니다. 이제 1시간 5분 후면 그를 워털루 역에서 만나야 하죠. 오늘 아침 사우샘프턴에 도착했다는 전보를 받았거든요. 자, 홈스 선생님, 제가 어떻게 하면 좋겠습니까?」

「그가 백부의 집에 들어가면 안 될 이유라도 있습니까?」

「아시다시피 그곳에 들어간 바스커빌 사람들 모두가 끔찍한 운명을 맞았습니다. 기회만 있었더라도, 찰스 경께서는 저 마지막 후손이자 막대한 거금의 상속자가 이 죽음의 저택에 들어오는 것을 막았을 겁니다. 이 황폐하고 빈곤한 시골의 미래가 그 상속자에게 달려 있음에도 불구하고 말입니다. 저택에 주인이 없다면 찰스 경이 해왔던 선행 모두가 곤두박질치고 말겠죠. 솔직히 말하면, 제가 그 문제에 대한 이해관계 때문에 판단을 그르치게 될까 봐 불안합니다. 선생님께 사건을 가져와 조언을 구하는 것도 그 때문이죠.」

홈스는 잠시 생각에 잠겼다.

「다시 한 번 정리해 봅시다. 그러니까 문제는 저기 다트무어에는 악마가 있고, 따라서 바스커빌 사람이 들어와 살 만한 곳이 못 된다……. 바로 그런 얘기인 거죠?」

「최소한 그 점을 뒷받침해 주는 증거가 있다는 정도로만 말씀드리죠.」

「좋소이다. 하지만 선생의 초자연적 이론이 옳다면, 젊은이는 데번셔가 아니라 런던에 있다 해도 해코지를 당할 수 있지 않을까요? 지역 교구 같은 데서만 힘을 쓰는 악마라는 게 도대체 말이 됩니까?」

「홈스 선생님, 이 일을 너무 가볍게 보시는군요. 하지만 상황을 직접 겪으셨다면 생각이 달랐을 겁니다. 그러니까 선생님의 조언은, 그 청년이 런던에서만큼이나 데번셔에서도 안전할 거라는 말씀이신가요? 제가 제대로 이해한 겁니까? 이제 50분 후면 도착입니다. 제가 어떻게 하면 되죠?」

「제 조언은 이겁니다. 당장 마차를 불러 지금 내 현관문을 박박 긁고 있는 저 스패니얼을 데리고 워털루 역에 가서 헨리 바스커빌 경을 만나도록 해요.」

「그다음에는요?」

「일단 그에게는 아무 말도 하지 맙시다. 그 문제에 대해 내가 어떻게 판단할지 결정할 때까지만이라도.」

「판단을 내리는 데 얼마나 걸릴까요?」

「스물네 시간. 내일 10시에 다시 한 번 방문해 주면 매우 고맙겠소. 그리고 모티머 선생, 헨리 바스커빌 경도 함께 온다면 앞으로의 계획을 세우는 데 큰 도움이 될 겁니다.」

「그렇게 하겠습니다, 홈스 선생님.」

그는 셔츠 소매 단에 약속 시간을 적고는 자리에서 일어났다. 여전히 넋이 나간 듯하면서도 묘하게 눈치를 살피는 표정이었다. 홈스는 층계 위에서 다시 그를 불러 세웠다.

「하나만 더 묻죠, 모티머 선생. 찰스 바스커빌 경이 죽기 전 사람들이 황무지에서 그 유령을 봤다고 했죠?」

「예, 세 사람입니다.」

「그 후에도 봤답니까?」

「그런 얘기는 못 들었습니다.」

「고맙소. 그럼 내일 봅시다.」

홈스는 자리에 돌아와 앉았다. 마음에 드는 일을 맡았을 때의 차분하고 흐뭇한 표정이었다.

「외출할 텐가, 왓슨?」

「딱히 내가 도울 일이 없다면.」

「아직은 없네, 친구. 자네에게 도움을 청하는 건 행동을 개시하는 순간일 테니까. 어떤 점에서 보면 지금이야말로 가장 특별하고 근사한 순간이라네. 혹시 브래들리 상점에 들르게 되면, 제일 독한 파이프 담배 500그램만 올려 보내라고 해주겠나? 고맙네. 이왕이면 저녁때까지 돌아오지 않는 게 좋을 것 같구먼. 그 후에 오늘 우리에게 맡겨진 이 흥미로운 사건에 대해 의견을 교환하세나.」

증거 하나하나를 가늠하고 가능한 가설을 세우고 가설의 균형을 잡고, 또 어떤 단서가 중요하고 어떤 것이 무의미한지를 결정해야 하는 몇 시간 동안, 홈스는 집요한 정신 집중을 위해서라도 혼자 있을 필요가 있었다. 난 하루 종일 클럽에서 지내다가 저녁 시간이 되어서야 베이커 가에 돌아왔다. 거실에 들어온 건 거의 9시가 다 되었을 때였다.

문을 열었을 때, 벽난로는 꺼져 있었고 방은 온통 연기로 가득했다. 테이블 위의 램프 불빛이 흐릿하게 보일 정도였다. 하지만 걱정할 필요는 없었다. 연기에서 독하고 거칠고 시큼한 담배 향이 났던 것이다. 덕분에 목이 따끔거려 잔뜩 기침을 해야 했다. 아스라한 연기 속에 어렴풋이 홈스의 모습이 보였다. 옷 방 안락의자에 앉아 입에 검은색 사기 파이프를 물고 있는 홈스. 주변에는 종이 두루마리 몇 개가 어질러져 있었다.

「감기 걸렸나, 왓슨?」 그가 물었다.
「아니, 이 유독한 환경이 문제일세.」
「그 얘기를 들으니 공기가 조금 탁하긴 한 것 같군그래.」
「탁해! 이건 질식할 정도야!」
「그럼 창문을 열면 되잖아! 하루 종일 클럽에 있었나 보군.」

「세상에, 그걸 어떻게!」

「맞춘 건가?」

「아주 정확히. 하지만 그걸 어떻게……?」

그가 당혹해하는 내 표정을 보며 웃음을 터뜨렸다.

「왓슨, 자네한테는 아주 순진한 구석이 있어. 덕분에 내 능력을 조금만 발휘하면 놀려 먹는 재미가 여간 아니라네. 한 신사가 아침에 비오는 진창길을 나섰는데, 저녁에 돌아왔을 때도 모자와 부츠까지 반짝반짝한 그대로잖나. 요컨대 하루 종일 어딘가에 처박혀 있었다는 얘긴데, 유감스럽게도 그 신사에게는 가까운 친구도 없다네. 그럼 도대체 어디 있었겠나? 빤한 얘기 아냐?」

「글쎄, 듣고 보니 빤한 것도 같군.」

「세계는 빤한 일로 가득하건만 신기하게도 사람들은 거들떠볼 생각도 않는다네. 그래, 자네 생각에 난 어디 있었을 것 같나?」

「마찬가지로 처박혀 있었겠지.」

「그 반대로, 데번셔에 다녀왔다네.」

「영혼이?」

「맞았어. 내 육신은 이 의자에 붙박여 있었지. 그런데 유감스럽게도 영혼이 없는 사이에 대형 커피포트를 두 번이나 끓이고 엄청난 양의 담배를 작살냈더구먼. 자네가 떠난 후에 난 스탠포드 상점에 사람을 보내 황무지 인근의 육지 측량부 지도를 구해서 하루 종일 그 위를 떠다녔지. 어쨌든 길을 찾을 수 있어 기쁘군그래.」

「대형 지도겠지?」

그는 지도 한 귀퉁이를 펼쳐 무릎에 올려놓았다.

「아주 크지. 이곳이 우리가 관심을 가져야 할 지역일세. 여기 중앙에 있는 게 바스커빌 홀이지.」

「숲으로 둘러싸인 곳?」

「맞아. 그 이름으로 표시되어 있지는 않지만 주목 산책로가 이 선을 따라 뻗어 있을 거야. 보다시피 그 오른쪽이 황무지라네. 여기 이 작은 마을이 그림펜 부락이야. 친애하는 모티머 박사의 본부가 있는 곳이지. 반경 10킬로미터 이내에는 집들이 아주 띄엄띄엄 흩어져 있는데 여기가 래프터 홀, 그러니까 아까 모티머 박사가 언급했던 곳이야. 여기 표시된 건물이 아무래도 박물학자의 집일 듯싶구먼. 내 기억이 맞는다면, 이름이 스태플턴이었을 걸세. 황무지 농장인 하이 토르와 파울마이어는 바로 이곳에 있네. 그리고 여기 20킬로미터 떨어진 곳이 대형 교도소 프린스타운이지. 이 흩어진 점들을 둘러싼 지역이 모두 황량한 죽음의 땅 황무지라네. 바로 비극이 연출된 무대이자, 어쩌면 우리가 재상연을 막아야 할 공간인 셈이지.」

「황량한 곳이겠군.」

「그래, 무대로는 안성맞춤이라네. 악마가 인간들의 삶에 개입하고 싶어 한다면······.」

「그럼, 자네도 초자연적인 해석에 기댈 용의가 있다는 얘긴가?」

「악마의 대리인이라고는 해도 살과 피로 이루어져 있지 않겠나? 지금 당장 우리가 맞서야 하는 질문은 두 가지일세. 하나는 실제로 범죄가 행해졌는지의 여부고, 다른 하나는 어떤 범죄가 어떤 식으로 행해졌느냐의 문제지. 물론 모티머 박사의 추측이 정확하고 우리가 다루어야 할 상대가 자연 일반 법칙 외부의 세력이라면, 수사는 그것으로 끝나는 거야. 하지만 그 전에 가능성은 타진해 봐야겠지. 괜찮다면 창문을 다시 닫아도 되겠나? 괴팍하다고 생각할지는 몰라도, 난 밀폐된 환경이 사고의 집중을 도와준다고 믿는다네. 생각을 위해 상자 안에 들어가겠다는 얘기는 아니지만, 그래도 지난한 고민의 결실이라네. 그래, 자네도 사건에 대해 생각은 해본 건가?」

「하루 종일 그 생각만 했다고 해도 과언이 아니지.」

「그래서 내린 결론은?」

「매우 당혹스러운 사건이더군.」

「아주 특별한 사건이긴 하지. 어쨌든 눈여겨볼 만한 대목은 있지 않나. 예를 들어 발자국의 변화 같은. 자넨 그 문제에 대해 어떻게 생각하나?」

「모티머는 찰스 경이 그 이후부터 까치발로 걸었다고 했지.」

「그건 어떤 얼간이가 수사 중에 한 얘기를 그대로 전한 것일 뿐이야. 산책로를 발끝으로 걷는 사람이 어디 있단 말인가?」

「그럼 어떻게 된 거지?」

「달아나고 있었던 거야, 왓슨. 미친 듯이 달리고, 죽어라 달린 거지. 결국 심장이 터져 얼굴을 처박고 죽고 만 거라네.」

「왜 달아난 거지?」

「바로 그게 우리의 문제겠지. 달아나기 전부터 공포에 휩싸여 있었던 것 같네.」

「그걸 어떻게 아나?」

「내 생각에, 공포의 원인은 황무지에서 비롯되었다네. 그리고 그는 혼비백산한 나머지 집이 아니라 그 반대쪽으로 달려갔다고 봐야 할 걸세. 집시의 증언이 사실이라면, 도움의 손길을 기대하기 불가능한 방향으로 달아나며 살려 달라고 외친 셈이지. 그건 그렇고, 그날 밤 그는 도대체 누굴 기다린 걸까? 게다가 자기 집이 아니라 주목 산책로에서 기다린 이유가 뭐지?」

「그가 누굴 기다렸다고?」

「찰스 경은 늙고 허약한 남자야. 저녁 산책이야 이해할 수 있네. 하지만 땅은 축축하고 밤 날씨도 험악했어. 모티머 박사가 담뱃재로 추론해 냈듯 — 그 친구 의외로 판단력이 쓸 만하더군 — 5분에서 10분 정도 그곳을 서성댔는데, 그게 자연스러운 일이라고 생각하나?」

「하지만 매일 저녁 산책을 나갔다지 않나.」

「그렇다고 매일 저녁 황무지 게이트에서 서성댄 건 아니겠지. 오히려 황무지를 두려워한 게 아니었던가? 그날 밤 그는 그곳에서 무언가를 기다렸어. 그것도 런던으로 떠나기 바로 전날 밤에 말일세. 그래, 뭔가 보이는군, 왓슨. 가닥이 잡히고 있어. 미안하지만 바이올린 좀 건네주겠나? 모티머 박사와 헨리 바스커빌 경을 만날 아침까지만이라도 이 문제는 덮어두기로 하세나.」

4
헨리 바스커빌 경

아침 식사를 일찍 마친 후 우리는 약속 시간이 되기를 기다렸다. 홈스는 실내복 차림이었다. 고객들은 시간을 정확히 지켰다. 모티머 박사가 젊은 준남작[13]과 함께 들어서는 순간 시계가 막 10시를 알린 것이다. 헨리 바스커빌은 30대 초반의, 작고 다부진 체구에 매우 날렵한 인상의 사내였다. 검은 눈에 역시 검고 짙은 눈썹. 인상은 강인하면서도 호전적으로 보였다. 불그레한 색조의 트위드 재킷을 입고 있었는데, 대부분의 시간을 실외에서 보낸 탓인지 전체적으로는 풍파에 찌든 외모였으나, 안정된 눈빛과 차분한 태도에서는 분명 신사로서의 풍미를 엿볼 수 있었다.

「헨리 바스커빌 경을 소개하겠습니다.」 모티머 박사가 말했다.

「에, 안녕하십니까. 신기한 일이군요, 홈스 선생님. 오늘

---

13 *baronet*. 영국 세습 위계의 최하위 작위.

여기 박사님께서 말씀하시지 않았다 해도 제 발로 찾아올 참이었죠. 저희의 작은 퍼즐을 풀어 주신다고 하셨다죠? 마침 오늘 아침 저에게도 문제가 하나 생겼는데, 제 능력으로는 도저히 해결할 방법이 없군요.」

「앉으세요, 헨리 경. 런던에 도착하자마자 당혹스러운 일을 당하신 모양이로군요.」

「특별한 건 아닙니다, 홈스 선생님. 장난 같기는 합니다만, 아침에 이 편지가 날아왔더군요. 이런 걸 편지라고 해도 되는지는 모르겠지만 말입니다.」

그가 식탁 위에 편지 봉투를 내려놓자 우리 모두 시선을 집중했다. 흔히 볼 수 있는 회색 봉투였다. 〈노섬벌랜드 호텔, 헨리 바스커빌 경〉이라는 주소가 지저분한 필체로 적혀 있었고, 어제 일자로 된 차링크로스 소인도 보였다.

「노섬벌랜드 호텔에 묵는다는 사실을 아는 사람이 있나요?」 홈스가 예리한 시선으로 방문객을 바라보았다.

「알 리가 없죠. 모티머 박사님을 만난 후에야 숙소를 결정했으니까요.」

「그럼, 모티머 박사께서 먼저 그곳에 들렀겠군요.」

「아닙니다. 전 친구 집에 머물고 있는걸요. 이 호텔에 묵기로 했다는 얘기는 아무에게도 하지 않았습니다.」 박사의 대답이었다.

「흠! 누군지 몰라도, 경의 움직임에 관심이 지대하다는 얘기군요.」 그는 봉투에서 네 겹으로 접은 반쪽짜리 풀스 캡 용지[14]를 꺼내 식탁 위에 펼쳐 놓았다. 종이 한가운데 달랑 한 문장, 그것도 인쇄된 활자를 오려 붙여 만든 문장이 있었다. 〈생명과 영혼이 아까우면 황무지에서 달아나라.〉 단, 〈황무지〉만은 잉크로 쓴 글씨였다.

「어떻습니까, 홈스 선생님, 도대체 무슨 의미죠? 내 일에 이렇게 관심이 많은 사람이 누굴까요?」

「모티머 선생, 당신 생각은 어떤가요? 어쨌든 이 편지에 초자연적인 의미는 없는 거겠죠?」

「그렇겠죠. 하지만 그 사건이 초자연적인 일이라고 확신하는 사람이 보낸 편지일 수는 있을 겁니다.」

「그 사건이라뇨? 그러고 보니 여러분은 내 문제에 대해 나보다 훨씬 많이 알고 있는 것 같군요.」 헨리 경이 불안한 듯 내뱉었다.

「이 방을 나가기 전에 모두 알게 해드리죠, 헨리 경. 약속 드리리다. 괜찮으시다면 우선 이 흥미로운 편지부터 처리하고 싶군요. 보아하니 저녁에 만들어 보낸 듯한데……. 왓슨, 어제 일자〈타임스〉있지?」

「여기 구석에 처박아 뒀네.」

「미안하지만 가져다주겠나? 사설이 실린 내지가 필요하네만.」 신문을 받아 든 그는 눈으로 재빨리 사설을 훑었다. 「여기 자유 무역에 대한 사설이 있군. 잠깐 요 부분만 읽어 볼 테니 들어 봐요. 〈특수 무역이나 산업이 보호 관세로 인해 탄력을 받는다고 주장하는 사람들이 올바른 영혼일 리가 없다.

---

14 가로 203밀리미터, 세로 330밀리미터의 인쇄용지.

오히려 그런 식의 입법은 결국 아까운 국부를 훼손하고, 덩달아 수입품의 품질과 삶의 질을 전반적으로 저하시키며, 궁극적으로는 애꿎은 기업의 생명을 위협할 수도 있다. 차라리 손으로 하늘을 가리면 모를까, 이 나라의 위정자들은……〉 자네 생각은 어떤가, 왓슨? 그야말로 기막히지 않나?」 홈스는 외쳤다. 아예 신이 나서 두 손을 문지르기까지 했다.

모티머 박사는 전문가로서의 관심으로 홈스를 바라보았으나, 나를 돌아보는 헨리 바스커빌은 당혹스러운 표정이었다.

「관세 같은 건 잘 모릅니다만, 그 편지 얘기라면 아무래도 살짝 삼천포로 빠진 것 같군요」 그가 투덜댔다.

「아니, 오히려 제대로 가고 있는 중이랍니다, 헨리 경. 여기 있는 왓슨이 경보다는 내 수사 방법에 정통하지만, 그 또한 이 문장의 의미를 제대로 이해한 것 같지는 않군요.」

「솔직히 무슨 관계인지 모르겠군.」

「아주 깊은 관계가 있지. 편지가 바로 여기에서 나왔으니까. 〈영혼〉과 〈생명〉, 〈나라〉. 아직도 그 단어들이 어디에서 나왔는지 모르겠나?」

「세상에, 그러네요! 별로 독창적인 것 같지는 않지만.」 헨리 경이 외쳤다.

「〈덩달아〉와 〈가리면〉의 일부를 분리하고, 〈아까운〉의 받침은 떼어 냈군.」

「에, 어디 보자……. 예, 정말 그러네요!」 그가 다시 탄성을 질렀다.

모티머도 놀란 눈으로 내 친구를 바라보았다.

「홈스 선생님, 정말로 상상을 초월하는 분이시군요. 단어를 신문에서 오려 냈다고만 말하는 게 아니라, 아예 신문 이름에다가 출처가 사설이라는 점까지 맞히시네요. 정말 놀라운 일이 아닐 수 없습니다. 어떻게 그게 가능하죠?」

「박사, 당신도 흑인과 에스키모의 두개골을 구분할 수 있잖습니까?」

「그야, 당연하죠.」

「어떤 식으로?」

「당연히 관심이 있기 때문이죠. 둘의 차이는 분명합니다. 상안와의 융기, 안면각, 상악골의 굴곡, 게다가…….」

「나 역시 관심이 있기 때문이죠. 그리고 그 차이도 분명하고요. 〈타임스〉의 버조이스[15] 행간 활자와 싸구려 석간 신문의 조잡한 인쇄 차이는 흑인과 에스키모인만큼이나 확연하니까 말입니다. 서체의 감지는 범죄 전문가에게 아주 기본적인 지식에 속하지만, 솔직히 고백하자면 나도 어렸을 땐 〈리즈 머큐리〉와 〈웨스턴 모닝 뉴스〉를 헷갈린 적이 있지요. 또 하나, 〈타임스〉 사설은 아주 독특해서 다른 신문에서는 이런 단어들을 볼 수가 없어요. 마지막으로, 편지가 어제 쓰였으니 어제 일자 신문을 이용했을 가능성이 큰 건 당연하겠고.」

「그렇다면 홈스 선생님, 누군가 이 메시지를 가위로 오려서…….」

「손톱용 가위입니다. 날이 아주 짧은 가위라는 얘기죠. 단

---

15 프랑스어 부르주아 *bourgeois*에서 나온 말로, 여기에서는 특정 서체를 일컫는다.

어들을 두 번 오린 표시가 나지 않습니까?」 홈스가 말했다.

「그렇군요. 그러니까, 누군가 날이 아주 짧은 가위로 메시지를 오려서, 여기에다……」

「고무풀로 붙인 거죠.」 홈스가 도와주었다.

「그래요, 고무풀. 하지만 왜 〈황무지〉라는 단어는 잉크로 쓴 건지 모르겠군요.」

「신문에 없기 때문이지요. 다른 단어들은 평범해서 어떤 기사에서든 오릴 수 있지만, 〈황무지〉는 좀체 안 쓰는 단어니까.」

「와우! 좋아요. 그럼 그건 해결된 것 같군요. 홈스 선생님, 이 메시지에 또 다른 단서가 있나요?」

「한두 가지가 있기는 합니다만, 이 친구, 흔적을 없애기 위해 무척이나 애를 썼군요. 보시다시피 주소를 적은 필체가 아주 조잡해요. 하지만 〈타임스〉는 교육 수준이 꽤 높은 사람들이나 읽는 신문이죠. 따라서 식자층이 무식한 티를 내려고 애썼다고 볼 수 있을 것 같군요. 그리고 필체를 숨기려고 한 점으로 미루어 보아, 필체가 널리 알려졌거나 최소한 경께서 식별할 수 있는 필체일 겁니다. 또 하나, 단어들을 붙인 게 들쭉날쭉한 게 보이죠? 어떤 건 낮고 어떤 건 높고. 예를 들어 〈생명〉은 완전히 위치를 이탈했군요. 요컨대 부주의한 사람이거나 아니면 초조한 상태에서 황급히 작업을 했다는 얘기인데, 나라면 후자 쪽에 걸겠습니다. 이런 편지를 작성하는 자가 부주의하다는 게 와 닿지 않으니까요. 서두른 거라면, 흥미로운 문제가 하나 더 나타나게 되죠. 이 편지가 헨리 경의 손에 들어가는 것은 오늘 아침 경께서 호텔을 나설 때나 가능했을 텐데, 도대체 서두른 이유가 뭘까요? 방해를 두려워했을 수도 있겠지만……. 그럼 그 방해꾼은 또 누구죠?」

「이제 추측과 억측의 영역으로 넘어온 듯하군요.」 모티머 박사가 말했다.

「그보다는 가능성을 두드려 보고 가장 개연성이 큰 이론을 선택하는 단계라고 부르고 싶군요. 이른바 〈상상력의 과학적 응용〉이라는 얘기인데, 그렇다 해도 우린 언제나 추리에 필요한 물리적 기반을 확보해 놓고 있답니다. 자, 박사는 또 억측이라고 부르겠지만, 나는 이 주소를 적어 넣은 장소가 호텔이라고 확신합니다.」

「그걸 어떻게 알 수 있죠?」

「편지를 자세히 살펴보면, 펜과 잉크가 말썽을 부린 게 보이니까요. 한 단어를 쓰는 데 선을 두 번씩 다시 그은 데다 짧은 주소를 쓰는 동안 잉크는 세 번이나 찍었더군요. 말인즉슨, 병에 잉크가 거의 남아 있지 않았다는 얘기지요. 사실 개인 펜이나 잉크병이라면 그럴 일이 거의 없을 겁니다. 더욱이 두 문제가 한꺼번에 얽히는 경우는 기적에 가깝죠. 하지만 알다시피, 호텔에 비치된 잉크와 펜은 늘 그런 식 아니겠습니까? 따라서 차링크로스 주변 호텔의 휴지통을 조사하면 가위에 잘려 나간 〈타임스〉 사설도 찾아낼 수 있을 겁니다. 또 누가 압니까? 이 간단한 메시지를 보낸 자도 잡을 수 있을지. 짜잔! 그래, 어떻습니까?」

홈스는 풀스 캡 용지를 눈앞 2~3센티미터까지 가져가 조심스럽게 살펴보았다.

「또 뭐가 있나?」

홈스는 종이를 던져 놓았다. 「아니, 아무것도 아닐세. 반 장 짜리 종이인데 워터마크[16]도 없군. 자, 아무튼 이 기이한 편지에서 얻어 낼 수 있는 것은 다 얻어 낸 것 같군요. 헨리 경, 런던에 도착하신 이후 특별히 수상한 일이라도 있었나요?」

「글쎄요. 아뇨, 없었습니다.」

「뒤를 쫓아오거나 지켜본 사람도 없었습니까?」

「이런, 정말로 삼류 통속 소설 한가운데 뛰어든 기분이네요. 도대체 나를 미행하고 감시할 사람이 어디 있단 말입니까?」 헨리 경이 탄식했다.

「그 얘기도 곧 하게 될 겁니다. 하지만 그 전에 특별히 할 얘기가 없는지부터 확인하고 넘어갑시다.」

「도대체 특별한 얘기의 기준이 뭐죠?」

「일상의 범주를 벗어난 일이라면 모두 특별하지요.」

헨리 경이 미소를 지었다. 「영국의 일상이 어떤지는 아직 잘 모릅니다. 평생을 미국과 캐나다에서 살았으니까요. 하지만 적어도 부츠 한 짝을 잃는 게 이곳의 일상은 아니었으면 좋겠군요.」

「부츠 한 짝을 잃었다고요?」

「헨리 경, 아직 못 찾았을 뿐입니다. 호텔에 돌아가면 찾게 될 터인데, 그런 사소한 일로 홈스 선생님을 괴롭히다니요.」

---

16 *watermark*. 미술품, 저작물, 지폐 등의 복제 방지를 위해 삽입한, 육안으로는 잘 보이지 않는 특수한 표식. 불빛에 비추어 보면 드러난다.

「이런, 일상을 벗어난 일은 뭐든 얘기하라시기에…….」

「아니, 잘 했어요. 아무리 사소한 일이라도 상관없어요. 그래, 부츠 한 짝을 잃었다고 하셨나요?」

「어딘가에 있을 겁니다. 어젯밤에 문 밖에 두었는데 아침에 보니 하나밖에 없더군요. 구두 닦는 친구도 모른답니다. 더 가슴 아픈 건, 그게 어젯밤 스트랜드에서 산 후 아직 한 번도 신어 보지 못한 구두라는 사실이죠.」

「그럼 신지도 않은 부츠를 구두닦이한테 맡기려고 밖에 내놓았다는 얘긴가요?」

「무두질한 부츠라 한 번도 광을 내지 않았거든요. 그래서 내놓았던 거죠.」

「그런데, 어제 런던에 오시자마자 곧바로 밖으로 나가 부츠부터 사신 겁니까?」

「쇼핑을 많이 했습니다. 모티머 박사님이 안내해 주셨죠. 아시다시피 이곳에서 시골 신사 노릇이라도 하려면 그럴싸한 옷이라도 하나 걸쳐야 할 텐데, 미국 서부에선 대충 아무렇게나 입고 살아도 상관없었거든요. 이것저것 사다가 그 갈색 부츠까지 챙긴 겁니다. 6달러나 지불했건만 신어 보기도 전에 한 짝을 도난당한 거죠.」

「구두 한 짝을 훔쳐가서 어디 쓰겠습니까? 모티머 박사의 말대로, 금세 되찾을 수 있을 겁니다.」 셜록 홈스가 말했다.

「자, 신사 여러분, 제가 아는 얘기는 다 한 것 같군요. 이제 여러분께서 약속을 지키실 차례입니다. 도대체 이게 다 무슨 영문입니까?」 젊은 남작이 요구하고 나섰다.

「당연한 질문입니다. 모티머 박사, 아무래도 우리에게 들려준 얘기를 다시 한 번 반복하는 게 좋을 듯싶군요.」

의사는 요구에 따라 주머니에서 문서와 신문을 꺼내 전날 아침 했던 그대로 준남작에게 설명해 주었다. 헨리 바스커빌 경도 신경을 곤두세운 채 경청했다. 그는 이따금 놀란 표정을 짓기도 했는데, 기나긴 얘기가 끝나자 제일 먼저 한숨부터 내쉬었다.

「이런, 아무래도 재산 외에 원한까지 물려받게 된 모양이군요. 물론 사냥개에 대해서는 요람에 있을 때부터 들었습니다. 가문의 전설 비슷한 건데 심각하게 생각한 적은 한 번도 없었죠. 하지만 백부님의 죽음에 대해서는……. 글쎄요, 뭐가 뭔지 모르겠군요. 보아하니 여러분께서도 그 사건을 경찰에 가져갈 것인지, 아니면 목사님께 가져갈 것인지 결정을 못하신 것 같습니다만.」

「정확합니다.」

「게다가 호텔에서 받은 편지도 이 문제에 관한 것 같고요.」

「누군가 황무지의 상황에 대해 우리보다 더 많이 알고 있는 것 같죠?」 모티머가 되물었다.

「또 하나, 위험에 대해 경고한 걸 보면, 그 누군가가 경께 악의를 품고 있는 것 같지는 않습니다만.」 이번엔 홈스였다.

「나를 겁줘서 쫓아 보내려는 것일 수도 있겠죠.」

「예, 물론 그것도 가능하겠죠. 이렇게 복잡하고 흥미로운 사건을 소개해 준 모티머 박사께 먼저 심심한 감사를 드리는 바입니다. 하지만 헨리 경, 우리가 이 자리에서 결정해야 할 실질적인 문제는, 경께서 바스커빌 홀에 들어갈 것인지의 여부랍니다.」

「내가 가지 못할 이유라도 있나요?」

「위험할 수도 있으니까요.」

「그 위험이라 함은 이 가문의 악귀를 말하는 겁니까, 아니면 인간들입니까?」

「글쎄, 이제 그걸 알아내야겠죠.」

「그게 무엇이든 제 대답은 분명합니다. 홈스 선생님, 지옥의 악마 따위는 존재하지 않습니다. 더욱이 내 친척의 집에 가겠다는데 그걸 막을 수 있는 인간도 있을 수 없습니다. 그걸 제 대답으로 여겨 주시기 바랍니다.」 말을 하는 동안 그의 검은 눈썹은 파르르 떨리고 얼굴도 검붉은 색으로 물들고 있었다. 요컨대 바스커빌가의 불같은 기질이 최후의 생존자에 이르러서도 소멸되지 않았다는 얘기겠다. 「어쨌거나 여러분께 들은 얘기를 되새겨 볼 만한 시간도 없었으니까요. 이 자리에서 곧바로 이해하고 결정하기에는 너무 엄청난 얘기가 아닌가요? 혼자 조용히 앉아 마음을 정리하고 싶군요. 보세요, 홈스 선생님, 벌써 11시 30분입니다. 호텔로 돌아가야겠습니다. 혹시 오후 2시쯤 선생님과 왓슨 박사님께서 저희와 함께 점심 식사를 하실 수 있다면, 이 일에 대한 제 생각을 좀 더 구체적으로 말씀드릴 수 있을 것 같습니다만.」

「괜찮겠나, 왓슨?」

「난 좋네.」

「그럼 그렇게 하기로 하죠. 마차를 불러 드릴까요?」

「그냥 걸어가겠습니다. 이 일 때문에 조금 흥분했거든요.」

「저는 기꺼이 경의 산책에 동행이 되어 드리겠습니다.」 모티머 박사가 말했다.

「그럼, 2시에 다시 뵙기로 하죠. 오 르브와.[17] 아, 좋은 아침 되시길!」

우리는 계단을 내려가는 손님들의 발소리와 쾅 하고 닫히는 현관문 소리를 들었다. 그 순간 홈스는 늘쩍지근한 몽상가에서 행동가로 돌변했다.

「왓슨, 모자하고 구두 챙겨, 어서! 시간 없네!」 그는 실내복 차림으로 자기 방에 뛰어 들어갔다가 몇 초 후 프록코트 차림으로 돌아왔다. 우리는 함께 계단을 내려가 거리로 나섰다. 모티머 박사와 헨리 바스커빌은 2백 미터쯤 앞에서 옥스퍼드 가 방향으로 걸어가는 중이었다.

「내가 뛰어가서 불러 세울까?」

「절대 안 돼, 왓슨. 자네가 내 성질머리만 참아 준다면야, 난 자네와 동행하는 것만으로도 충분하다네. 지 친구들 아주 영리하군. 산책하기엔 더할 나위 없는 아침 아닌가.」

그는 걸음을 재촉해 간격을 1백 미터 정도로 좁혀 놓고 옥스퍼드 가에서 리전트 가까지 미행해 나갔다. 상대가 걸음을 멈추고 가게 쇼윈도를 들여다보면 홈스도 똑같은 동작을 취했다. 잠시 후 그가 가벼운 탄성을 터뜨렸다. 그의 초롱초롱한 눈을 쫓아가니, 거리 맞은편에 서 있던 2인승 승합 마차

---

17 *Au revoir*. 〈또 만납시다〉라는 뜻의 프랑스어. 헤어질 때 하는 인사로 통용된다.

가 천천히 움직이기 시작하는 것이 보였다. 안에는 남자가 타고 있었다.

「저기 우리 목표가 있네, 왓슨! 무슨 수를 써서라도 저 친구 얼굴을 정확히 확인해야 해!」

순간 검은 턱수염을 기른 사내의 날카로운 두 눈이 마차의 옆 창문을 통해 우리를 돌아보았다. 그와 동시에 마차의 지붕 문이 활짝 열리며 누군가 운전사에게 외치는 소리가 들렸고, 마차는 미친 듯이 리전트 가를 질주하기 시작했다. 홈스는 부리나케 다른 마차를 찾았으나 빈 마차는 어디에도 없었다. 마침내 그는 마차 사이를 뚫고 내달리기 시작했다. 물론 이미 때는 늦었고 마차는 더 이상 보이지도 않았다.

홈스는 잔뜩 화가 난 표정으로 헐떡이며 마차들 사이를 헤집고 나왔다.

「망할! 이렇게 운도 없고 어설프기까지 하다니! 왓슨, 왓슨, 자네는 정직한 친구이니 이 일 또한 내 실패담에 기록해 두게나!」

「그게 누구였나?」

「나도 모르지.」

「스파이?」

「글쎄, 지금까지 들은 대로라면, 헨리 경은 귀국 이후로 철저히 감시당하고 있네. 그게 아니라면 그가 노섬벌랜드 호텔에 투숙했다는 사실을 어떻게 그렇게 빨리 알 수 있었겠나? 만일 첫날부터 미행했다면, 두 번째 날도 다르지 않을 거라고 생각했지. 모티머가 헨리 경에게 전설 이야기를 읽어 주는 동안 내가 두 번이나 창가로 다가갔던 걸 알고 있나?」

「그래, 기억하네.」

「거리를 어슬렁거리는 자를 찾아봤지만 아무도 없었어. 아주 교활한 자라네, 왓슨. 아무래도 사건이 복잡해지겠어. 상대가 선한지 악한지는 아직 모르겠지만, 힘과 음모가 느껴지는군그래. 손님들이 떠난 후 곧바로 미행한 것도 보이지 않는 미행자를 확인하기 위해서였지. 그런데 교활하게도 걷는 대신 마차를 이용하다니! 결국 뒤를 쫓아가든, 지나쳐 가든 들킬 염려가 없다는 얘기겠지. 게다가 마차를 타고 있을 경우 언제든 미행을 할 수 있다는 부차적인 이점도 있고. 하지만 단점도 없는 건 아냐.」

「마부에게 의존해야 한다.」

「정확하네.」

「마차 번호를 확인하지 못한 게 안타깝군!」

「이보게 왓슨, 내가 아무리 서툴게 놀았기로서니, 번호까지 놓쳤다고 생각하는 건 아니겠지? 번호는 2704라네. 그래봐야 당장은 아무 쓸모도 없겠지만 말이야.」

「누구도 자네보다 빈틈없이 대처하지는 못했을 걸세.」

「마차를 봤을 때 곧바로 돌아서서 다른 방향으로 갔어야 했어. 그러고는 다른 마차를 잡아타고 느긋하게 미행을 해야 했지. 아니, 더 확실하게는 노섬벌랜드 호텔에 먼저 가서 기다리는 방법이 있었겠군. 미지의 미행자가 헨리 바스커빌을 숙소에까지 따라갔다면, 거꾸로 우리가 놈을 지켜보고 어디로 가는지 미행할 수 있었을 텐데. 괜히 마음만 바쁜 바람에 놈에게 더 신속하고 신중하게 움직일 빌미를 주고 만 거야. 우리 신분만 드러낸 채 상대를 놓치고 만 꼴이지.」

우리는 이런 대화를 나누며 천천히 리전트 가를 내려갔다. 모티머 박사와 헨리 경도 눈앞에서 사라진 지 오래였다.

「저들을 쫓아 봐야 무슨 소용이겠나. 그림자는 떠나 돌아올 길 없어라. 자, 이제 우리 손에 어떤 카드가 남아 있는지 보고 다음 수를 결정하세나. 마차 안에 있던 남자의 얼굴을 확실히 봤나?」

「턱수염은 분명히 봤다고 할 수 있지.」

「그건 나도 마찬가지야. 요컨대, 가짜 수염이라는 얘기겠지. 중요한 임무를 맡은 자에게 수염이 있다면 위장 말고 또 무슨 이유가 있겠나? 자, 여기로 들어가지, 왓슨!」

그는 방향을 틀어 지역 연락 사무소[18] 안으로 들어갔다. 매니저가 그를 따뜻이 환대했다.

「아, 윌슨, 내가 운 좋게 해결해 준 작은 사건을 아직 잊지 않은 모양이네그려.」

「천만에요, 선생님, 잊을 리가 있나요. 제 목숨과도 같은 명예를 지켜 주신걸요.」

「이런, 괜한 소리를 다 하는군. 이보게 윌슨, 내 기억이 맞는다면 자네 일꾼들 중에 카트라이트라는 아이가 있었지? 수사하는 데 큰 도움이 되었는데.」

「예, 선생님, 아직 제 밑에 있습니다.」

---

[18] 개인 전화가 없던 시대에 메시지나 짐을 대신 전해 주던 시설.

「잠시 불러 줄 수 있겠나? 고맙네! 그리고 이 5파운드짜리 지폐를 잔돈으로 바꿔 주면 고맙겠구먼.」

밝고 총명하게 생긴 열네 살짜리 소년이 매니저의 부름을 받고 달려오더니, 유명 탐정을 보고는 대번에 황홀한 표정을 지었다.

「호텔 명부도 있으면 좋겠군. 고맙네! 자, 카트라이트, 여기 스물세 개의 호텔 이름이 있다. 모두 차링크로스 부근에 있는 거야. 보이니?」

「예, 선생님.」

「네가 하나씩 찾아가 봐야 한다.」

「예, 선생님.」

「각 호텔에 도착하면 먼저 호텔 밖 짐꾼들한테 1실링씩 주어라. 여기 23실링을 맡기마.」

「예, 선생님.」

「그자들한테 어제 버린 신문을 보고 싶다고 해라. 중요한 전보를 잘못 배달해서 찾는 중이라고 말이야. 알겠니?」

「예, 선생님.」

「하지만 정말로 찾아야 할 물건은, 가위로 일부를 오려 낸 어제 날짜 〈타임스〉란다. 여기 한 부를 가져왔는데, 바로 이 페이지야. 알아볼 수 있겠지?」

「예, 선생님.」

「그러면 짐꾼들은 호텔 수위를 불러낼 게다. 그자들한테도 1실링씩 주거라. 여기 23실링을 더 주마. 아마도 스물세 곳 중 스무 곳에서는, 전날 쓰레기는 소각하거나 버린다고 할 거다. 기껏해야 세 곳 정도 쓰레기 더미를 볼 수 있을 테니 찾아낼 확률은 크지 않겠지만, 그래도 가능한 대로 찾아보도록 해라. 여기 이 10실링은 비상시를 대비해 가지고 있거라. 결과 보고는 저녁 시간 전에 전보를 이용하면 될 게다. 자, 왓슨, 이제 전보를 쳐서 마부의 신원을 확인하는 일만 남았네. 2704호 마차 말이야. 그런 다음엔 본드 가의 화랑에나 가세나. 약속 시간까지 느긋하게 기다려야 하니까.」

5
끊어진 세 개의 실마리

 필요할 경우, 셜록 홈스는 한쪽 생각을 끊어 내는 능력이 있다. 지금 현대 벨기에 거장들의 그림에 빠져든 그의 모습을 보니, 지난 두 시간 동안 혼을 빼놓았던 기이한 사건도 완전히 잊힌 것 같았다. 그는 화랑을 떠날 때부터는 오직 미술에 대한 얘기만 했으나, 내가 보기에 그의 미술 수준은 문외한에 가까운 정도였다. 마침내 우리는 노섬벌랜드 호텔에 다다랐다.

「헨리 바스커빌 경께서 2층에서 기다리고 계십니다. 오시는 대로 모시라고 분부하셨죠.」 호텔 직원이 우리를 맞아 주었다.

「잠깐 숙박부를 봐도 괜찮겠나?」 홈스가 물었다.

「아, 물론이죠.」

 헨리 바스커빌 다음에 호텔에 든 사람은 둘이었다. 하나는 뉴캐슬 출신의 페오필러스 존슨 가족, 그리고 앨튼 하이로지의 올드모어 부인과 하녀였다.

「이분이 내가 아는 존슨 씨가 맞는가? 변호사 말일세. 반

백의 머리에 절룩거리며 걷는 분인데.」홈스가 직원에게 물었다.

「아닙니다, 선생님. 이분은 탄광을 운영하는 존슨 씨죠. 매우 활동적인 신사분이고 나이도 선생님 정도일 겁니다.」

「직업을 잘못 알고 있는 건 아닌가?」

「아닙니다, 선생님. 벌써 몇 년째 단골이시라 저희에겐 유명한 분이랍니다.」

「아, 그럼 됐네. 그다음은 올드모어 부인. 이름이 익숙하군. 아, 실례가 된다면 용서하게나. 종종 친구를 만나러 왔다가 다른 친구를 만나는 경우가 있어서 말일세.」

「지금은 환자시죠, 선생님. 부군께선 글로스터 카운티의 시장님을 지내셨습니다. 역시 이곳에 오시면 늘 저희 호텔에 묵으시는 분입니다.」

「고맙네. 아무래도 두 분 다 모르는 듯하이.」홈스는 이층으로 발길을 돌렸다.「왓슨, 우린 이 질문들로 매우 중요한 사실을 깨달았다네. 헨리에게 지대한 관심을 갖고 있는 자는 이 호텔에 들지 않았어. 요컨대 그를 감시하려고 하는 것만큼이나 그에게 들킬까 봐 불안해한다는 뜻이겠지. 이제 이게 가장 의미심장한 대목이야.」

「의미라니? 어떤 의미?」

「그 의미는 바로……. 이런, 헨리 경, 무슨 일입니까?」

계단 꼭대기를 막 돌아서다가 우린 헨리 바스커빌과 부딪치고 말았다. 그는 노여움으로 얼굴이 벌겋게 상기되어 있었다. 손에는 낡고 더러운 부츠 한 짝을 들고 있었는데, 어찌나 화가 났던지 거의 말을 잇지 못할 정도였다. 마침내 침묵을 깼을 때 그의 입에서는 아침에 들은 것보다 훨씬 천박한 서부 억양이 쏟아져 나왔다.

「이 호텔 놈들이 날 호구로 여기는 모양입니다. 사람 한참 잘못 본 거죠. 멋모르고 까불다가 큰 코 다친다는 걸 알아야 해요. 홈스 선생님, 저도 장난은 좋아합니다. 하지만 엔간해야죠. 오늘 아침엔 정말 해도 해도 너무하는군요.」

「아직도 부츠를 찾고 있는 겁니까?」

「예, 기어이 찾고 말 겁니다.」

「그런데 아깐 새로 산 갈색 부츠라고 안 했던가요?」

「예, 그랬죠. 하지만 이번에는 낡아 빠진 검은색 부츠랍니다.」

「예? 설마……」

「설마가 아닙니다. 제게 신발은 고작 세 켤레가 전부예요. 새로 산 갈색, 옛날에 산 검은색, 그리고 지금 신고 있는 체크무늬 가죽 구두죠. 그런데 어젯밤엔 갈색 부츠 한 짝을 가져가더니, 오늘은 또 검은색이 없어졌지 뭡니까. 이봐, 구두 찾았어? 어서 말 안 해? 멀뚱멀뚱 쳐다보지만 말고!」

독일인 웨이터가 난감한 표정을 지으며 나타났다.

「아닙니다, 선생님. 호텔을 다 뒤져 봤는데 아무도 모른다는군요.」

「아무튼 좋아. 해 질 때까지 찾아와. 안 그러면 매니저를 불러 당장 이 호텔에서 나가겠다고 할 테니까.」

「어딘가 있을 겁니다, 선생님. 조금만 기다리시면 꼭 찾아드리겠다고 약속드리죠.」

「그래야 할 게다. 이 도둑놈 소굴에서 구두를 빼앗기고 싶은 생각은 추호도 없으니까. 이런 이런, 홈스 선생님, 이런 사소한 일로 심려를 끼쳐 드려 대단히 송구스럽군요…….」

「당연히 문제를 제기할 일이죠.」

「아, 이해해 주셔서 감사합니다.」

「어디 짐작 가는 데라도 있나요?」

「짐작은요. 내 평생 이런 말도 안 되는 일은 처음이라 놔서.」

「예, 말도 안 되는 일이긴 하죠.」 홈스가 심각한 표정으로 대꾸했다.

「선생님은요? 선생님 생각은 어떻습니까?」

「글쎄요. 솔직히 아직은 잘 모르겠군요. 경의 이번 사건은 무척이나 복잡하게 돌아가고 있습니다. 백부님의 사망과 관련해서 볼 때, 지금껏 제가 다룬 5백여 건의 중요한 사건들 가운데 이렇게 복잡한 것이 있었나 싶을 정도니까요. 하지만 우리에게는 몇 가지 실마리가 있어요. 놈인지 놈들인지는 모르겠지만, 결국 그 실마리가 우리를 진실로 이끌어 줄 겁니다. 행여 잘못된 단서로 시간이 지체될 수는 있어도, 조만간 분명히 진실에 다다를 수 있겠죠.」

식사 시간은 즐거웠다. 우리를 그 자리에 모이게 한 사건에 대해서는 거의 아무 말도 나오지 않았다. 홈스가 헨리 경에게 어떻게 할 생각인지 물은 것은 거실로 다시 돌아온 후였다.

「바스커빌 홀에 갈 겁니다.」

「언제요?」

「이번 주말이죠.」

「근본적으로는 경의 결정에 찬성하는 바입니다. 지금 누군가가 경을 쫓고 있는 게 분명한데, 이 수백만 인구의 복잡한 대도시에서는 그자들의 정체도 목적도 잡아내기가 쉽지 않거든요. 행여 나쁜 의도를 품고 경에게 해코지를 할 수도 있을 텐데, 우리에겐 막을 방도도 없답니다. 모티머 박사, 오늘 아침 우리 집에서 누군가 두 분을 미행했다는 사실을 몰랐죠?」

모티머 박사가 펄쩍 뛰었다.

「미행이요? 그게 누굽니까?」

「불행하게도 우리도 모릅니다. 혹시 다트무어의 이웃이나 지인들 가운데 검은색 턱수염을 기른 남자가 있습니까? 아주 짙은 수염이던데……」

「아뇨……. 아니, 어디 보자……. 아, 예. 찰스 경의 집사 배리모어가 그렇군요. 그 친구 수염이 아주 덥수룩합니다.」

「아! 배리모어는 어디 살죠?」

「저택을 관리하고 있죠.」

「아무래도 그가 정말 그곳에 있는지, 아니면 우연히라도 런던에 와 있는지 확인해 봐야겠군요.」

「그걸 어떻게 확인합니까?」

「전보용지면 됩니다. 〈헨리 경을 맞이할 준비는 다 되었나?〉 정도로 하죠. 주소는 바스커빌 홀, 배리모어 씨로 하고. 그곳에서 가장 가까운 우체국이 어디죠? 그림펜. 예, 잘됐군요. 두 번째 전보는 그림펜 우체국장 앞으로 보내는 거요. 〈배리모어 씨의 전보는 친전으로 할 것. 본인 부재 시, 즉시 노섬벌랜드 호텔 헨리 바스커빌 경에게 답신 요망.〉 그럼 저녁 전에는 배리모어가 데번셔의 자기 위치에 있는지의 여부를 알 수 있을 겁니다.」

「그렇군요. 그런데 모티머 박사님, 배리모어가 누굽니까?」 헨리 경이 물었다.

「죽은 옛 관리인의 아들입니다. 지금껏 몇 세대에 걸쳐 저택을 관리해 왔죠. 내가 아는 한, 배리모어 부부는 카운티의 누구보다 선한 사람들이랍니다.」

「그렇게 오랫동안 주인이 없었다면, 그 사람들은 아방궁 같은 저택에서 하는 일 없이 놀고먹었다는 얘기도 되겠군요.」 헨리 경이었다.

「그런 셈이죠.」

「찰스 경의 유언에 배리모어에 대한 언급도 있나요?」 홈스가 물었다.

「그와 그의 아내에게 각각 5백 파운드씩 주도록 되어 있습니다.」

「와우! 그 돈에 대해 그 사람들도 알고 있나요?」

「예, 찰스 경은 유산의 배분에 대해 말하는 걸 무척 즐겼거든요.」

「재미있군.」

「부디 찰스 경의 재산을 나눠 받는 사람들 모두에게 의심의 눈초리를 보내시지 않길 바랍니다. 저 역시 1천 파운드를 받게 되어 있으니까요.」

「오, 그렇군요. 또 다른 사람도 있나요?」

「개인도 있고 자선 단체도 많습니다. 하지만 모두 크지 않은 금액이죠. 나머지는 전부 헨리 경께 귀속됩니다.」

「그 나머지가 얼마나 되죠?」

「7만 4천 파운드.」

홈스는 놀라 두 눈을 치켜떴다.

「그런 거액이 연루되어 있는 줄은 몰랐군요.」

「찰스 경이 부자라는 건 널리 알려진 사실이지만, 저도 총자산의 규모는 주권(株券)을 조사하고 나서야 알게 되었죠. 영지의 총 시세는 1백만 파운드에 달합니다.」

「맙소사! 그 정도면 목숨을 담보로 게임을 벌일 만한 판돈이로군. 하나만 더 물읍시다, 모티머 박사. 여기 있는 새 주인에게 무슨 일이라도 생길 경우 — 불쾌한 가정에 대해서는 용서하시길 바랍니다 — 영지는 누가 상속받게 되나요?」

「찰스 경의 동생이신 로저 바스커빌 씨께서 미혼으로 유명을 달리하셨기 때문에, 유산은 데즈먼드가로 넘어갈 겁니다. 아주 먼 친척이죠. 제임스 데즈먼드는 초로의 성직자인데 웨스트모얼랜드에 살고 있습니다.」

「고맙소. 아주 흥미로운 얘기들이군요. 제임스 데즈먼드를 만난 적이 있나요?」

「예, 언젠가 찰스 경을 만나러 오신 적이 있습니다. 후덕한 외모에 성스러운 삶을 사시는 분이죠. 찰스 경이 건네는 돈을 한사코 거절하셨답니다. 경께서 강제로 떠맡기시기는 했지만.」

「그런데 그 검소한 사람이 찰스 경의 재산을 물려받는다?」

「영지를 물려받게 될 겁니다. 그건 법적으로 상속인 한정이 되어 있으니까요. 그리고 특별한 유언이 없는 한 유동 재산도 물려받을 수 있습니다만, 그 부분에 대해서는 상속인이 원하는 대로 바꾸는 것이 가능합니다.」

「그래서, 유언장을 작성하셨나요, 헨리 경?」

「아뇨, 아직 안 했습니다. 시간이 없었죠. 상황이 어떤지 들은 것이 불과 어제인걸요. 어쨌든 돈 역시 작위와 영지를 받을 사람에게 가야 할 것 같군요. 그게 백부님의 뜻일 테니까요. 영지를 운영할 돈이 없다면, 어떻게 바스커빌가의 영예를 회복할 수 있겠습니까? 집, 땅, 돈 모두 같이 가야겠죠.」

「그렇군요. 자, 헨리 경, 지체 없이 데번셔에 가야 한다는 점에는 저도 동감합니다만, 한 가지 조건을 달아야겠군요. 절대로 혼자 가서는 안 됩니다.」

「모티머 박사님이 동행하실 겁니다.」

「하지만 모티머 박사는 책임져야 할 병원이 있는 데다, 집도 몇 킬로미터 떨어져 있지요. 아무리 노력한다 해도 경을 도와주기가 여의치 않을 겁니다. 믿을 수 있는 인물이 늘 헨리 경 곁에 있어야 해요.」

「홈스 선생님께서 직접 가실 수도 있는 건가요?」

「내가 직접 뛰어들어야 할 정도의 위기 상황이라면 모르겠지만, 워낙에 자문 일이 많은 데다 여기저기에서 끊임없이 불러 대는 터라 장시간 런던을 비우는 건 어렵습니다. 물론 이해하시리라 믿습니다만, 지금 이 순간에도 영국에서 가장 존경 받는 분이 공갈과 협박으로 명예를 위협받고 있답니다.」

「그럼, 추천할 만한 분이라도?」

홈스가 내 팔을 건드렸다.

「내 친구만 허락한다면, 경께서 위기에 처했을 때를 대비해 곁에 둘 사람으로는 최고일 듯하군요. 그것만큼은 장담할 수 있습니다.」

그 제안에 난 깜짝 놀라지 않을 수 없었다. 하지만 미처 대답하기도 전에 헨리 경이 내 팔을 붙잡고 매달렸다.

「이런, 정말로 감사합니다. 왓슨 박사님. 박사님께서는 제 처지도 아시고, 또 사건에 대해서도 잘 알고 계십니다. 바스커빌 홀에 오셔서 지켜봐 주신다면, 절대 은혜를 잊지 않겠습니다.」

모험의 약속이야 언제나 기분 좋은 일이다. 게다가 홈스의 감동적인 추천에, 젊은 남작까지 열렬히 환영하고 있지 않은가!

「기꺼이 가기로 하지요. 이보다 더 보람 있게 시간을 활용할 수도 없을 듯하고요.」 내가 대답했다.

「물론 나에게 아주 상세히 보고해야 하네. 위기가 닥칠 경우 — 아마도 당연히 그렇게 되겠지만 — 어떻게 행동해야 할지 일러 주겠네. 토요일까지면 모든 준비가 끝나겠죠?」 홈스가 헨리 경을 향해 물었다.

「왓슨 박사님만 가능하시다면.」

「전, 충분합니다.」

「그럼, 특별한 일이 없으면 토요일 패딩턴발 10시 30분 기차를 타는 것으로 하지.」

우리가 막 일어나 떠나려는데, 헨리 경이 갑자기 탄성을 지르며 방 한구석으로 달려가더니 캐비닛 아래에서 갈색 부츠 한 짝을 끌어냈다.

「내 부츠!」 그가 외쳤다.

「다른 문제들도 이렇게 쉽게 풀려 나가면 좋으련만!」 홈스가 중얼거렸다.

「하지만 너무 이상한데요. 점심 식사 전에도 온 방을 샅샅이 뒤져 봤거든요.」 모티머 박사였다.

「저도 마찬가지입니다. 분명 빠뜨린 곳은 없었어요.」 헨리 경이 말을 받았다. 「거기도 봤지만 부츠 같은 건 없었는데.」

「우리가 식사하는 사이에 웨이터가 갖다 두었겠죠.」

독일인 웨이터를 불렀으나 그 역시 모르는 사실이라고 했다. 다른 종업원들도 모두 마찬가지였다. 정신없이 이어지는 사소하고 무의미해 보이는 수수께끼들에 또 하나가 보태진 셈이다. 찰스 경의 죽음을 둘러싼 음울한 상황은 차치하고도, 불과 이틀 사이에 이해할 수 없는 미스터리가 수도 없이 터져 나왔다. 신문 활자를 오려 만든 편지, 2인승 마차를 탄 검은 수염의 스파이, 새 부츠와 낡은 부츠의 실종과 새 부츠의 귀환까지……. 베이커 가로 돌아오는 마차에서 홈스는 아무 말이 없었다. 잔뜩 찡그린 이마와 긴장된 얼굴로 보아 그도 나처럼 이해의 틀을 만들어 내려 애쓰고 있는 게 분명했다. 이 기이하고 어지러운 퍼즐 조각들을 차곡차곡 끼울 수 있는 틀 말이다. 그날 오후 내내, 그리고 저녁 늦게까지 그는 담배와 추리 속에 빠져 지냈다.

저녁 식사 직전, 전보 두 장이 배달되었다. 첫 번째 전보의 내용.

배리모어가 바스커빌가에 있다는 소식을 들었음 — 헨리 바스커빌.

두 번째.

지시대로 스물세 군데의 호텔을 방문했으나, 아쉽게도 「타임스」를 찾지 못했습니다 — 카트라이트.

「실마리 두 개가 끊어졌네, 왓슨. 철저하게 불리한 사건보다 우리의 의욕을 불러일으키는 것도 없지. 아무래도 다른 냄새를 찾아봐야겠어.」
「스파이를 태운 마부가 남아 있지 않나.」
「그래. 그의 이름과 주소를 알아내기 위해 등기소에 전보를 쳐두었네. 그리고 지금 들리는 이 초인종 소리가 내 전보에 대한 대답이라고 해도 놀라지 않겠네.」

초인종 소리는 사실 대답 이상이었다. 문을 열고 들어온 험상궂은 인물은 바로 마부 본인이었던 것이다.
「이 댁에 사는 신사분께서 2704호 마부를 찾는다고 본부에서 그러더군요. 지난 7년 동안 마차를 몰았습니다만, 한 번도 불평을 들은 적이 없습죠. 그래서 마차장에서 곧바로 달려오는 길입니다. 제가 뭘 잘못했는지 직접 듣고 싶어서 말이죠.」 그가 말했다.

「자네에게 불만이 있어서가 아니라네. 오히려 내 질문에 대답만 잘 해준다면 1파운드짜리 금화를 선물로 주겠네.」 홈스가 말했다.

「좋습니다. 오늘 하루는 무사히 지낸걸요. 실수도 없었고. 선생님께서 알고자 하시는 얘기가 뭡니까?」 마부가 물었다.

「우선 이름과 주소를 대주겠나? 나중에 다른 용무가 있을지도 모르니까.」

「존 클레이튼. 보로의 터피 가 3번지. 마차는 워털루 역 근처의 쉬플리 마차장 밖에 있습죠.」

셜록 홈스가 그의 대답을 메모해 두었다.

「자, 클레이튼, 오늘 아침 10시에 이 집을 감시한 다음, 두 신사분을 쫓아 리전트 가로 달려간 손님이 있었지? 그에 대해서 말해 주겠나?」

사내는 깜짝 놀라더니 다소 당혹스러운 표정을 지었다.

「선생님께서 이미 다 아시는 듯한데 더 무슨 말이 필요하겠습니까요? 사실은 그 신사분께서 탐정이라고 하시기에, 전 아무한테도 얘기를 안 했습죠.」

「이보게, 이건 무척 중요한 일이라네. 행여 내게 뭐든 숨기려 들면 자넨 아주 곤란한 지경에 빠질 수도 있어. 손님이 그러던가? 자기가 탐정이라고?」

「예, 그렇습니다.」

「언제 그런 말을 했지?」

「마차에서 내릴 때였죠.」

「그밖에 또 한 얘기가 있던가?」

「성함을 알려 줬습죠.」

홈스는 재빨리 내게 승리의 눈짓을 보냈다.

「오, 이름을 얘기해 줬다고? 아주 경솔한 짓을 했군. 그래, 이름이 뭐라고 하던가?」

「존함이 셜록 홈스 씨라고 하더군요.」

마부의 대답에 내 친구는 말 그대로 아연실색하고 말았다. 그리고 잠시 후, 한동안 멍하니 앉아 있던 그는 마침내 미친 듯이 웃음을 터뜨리고 말았다. 솔직히 그런 모습은 나로서도 처음이었다.

「당했네, 왓슨! 완전히 한 방 찔린 거야! 이 친구 칼끝이 나 못지않게 빠르고 유연하군그래. 이번에는 내가 깨끗하게 당했어. 그래, 그의 이름이 셜록 홈스라고 하던가?」 홈스는 감탄사를 연발했다.

「예, 선생님, 그 신사분이 그렇게 말했습죠.」

「놀라워! 그래, 그 사람을 어디에서 태웠는지, 또 도중에 무슨 일이 있었는지 상세히 말해 보게나.」

「9시 30분쯤 트라팔가 광장에서 손을 흔드셨습니다요. 탐정이라고 하시면서, 하루 종일 시키는 대로 하고 질문을 일체 하지 않는다면 2기니를 주겠다고 제안하셨죠. 저야 마다할 이유가 없었죠. 제일 먼저 간 곳이 노섬벌랜드 호텔이었습니다요. 마침내 두 신사분이 밖으로 나와 마차 대기소에서 마차를 잡아타자, 그 마차를 쫓아와 이 근처 어딘가에서 멈췄습죠.」

「바로 이 집이지.」 홈스가 말했다.

「에, 저야 확신할 수 없습니다만 그 손님께서는 모두 알고 계신 것 같더군요. 거리 저쪽에 서서 1시간 30분쯤 기다렸는데, 한참 후 두 신사분께서 걸어서 마차를 지나가자 우린 베이커 가를 따라서…….」

「알고 있네.」 홈스가 말했다.

「리전트 가를 1킬로미터쯤 갔을 때였는데, 갑자기 손님께서 지붕 문을 활짝 여시더니, 최대한 빠르게 워털루 역으로 달려가라고 하더군요. 전 채찍을 휘둘렀고 10분도 안 되어 역에 다다랐죠. 그 손님은 신사답게 2기니를 주시고는 곧바로 역 안으로 들어갔습니다요. 그런데 마차에서 내리기 바로 전에 고개를 돌리시더니, 〈자네가 도와준 사람이 셜록 홈스 씨라는 사실을 알면 기분이 좋을지 모르겠군그래〉라고 하시더군요. 그래서 성함을 알게 된 거죠.」

「알겠네. 그 이후로는 그 사람을 보지 못했나?」

「역으로 들어가신 후로는요.」

「그래, 그 셜록 홈스 씨라는 양반이 어떻게 생겼던가?」

마부가 머리를 긁적였다.

「에, 설명드리기 쉬운 신사분은 아닙니다요. 나이는 마흔 정도 되었고 키는 중간 정도였죠. 선생님보다 5~6센티미터 작을 것 같군요. 물론 귀족처럼 차려입으셨죠. 끝을 깔끔하게 다듬은 검은 턱수염에 얼굴은 창백했고요. 그밖에는 저도 잘 모릅니다요.」

「눈 색깔은?」

「아뇨, 모릅니다.」

「기억나는 게 더는 없나?」

「예, 선생님, 없습니다요.」

「자, 그럼 여기 반 파운드를 주지. 나머지는 더 많은 정보를 가져올 때까지 보관해 두겠네. 잘 가게나!」

「안녕히 계십시오, 선생님. 그리고 고맙습니다!」

존 클레이튼은 밝게 웃으며 떠났다. 홈스는 어깻짓을 하더니 슬픈 미소를 지어 보였다.

「세 번째 실마리마저 끊어졌구먼. 이제 다시 원점이야. 교활한 놈 같으니! 놈은 우리 수를 읽고 있어. 헨리 바스커빌이 나를 찾아올 거라는 것도 알고 있었고, 리전트 가에서는 아예 나를 알아보기까지 했어. 게다가 내가 마차 번호를 확인해 마부를 추적하리라는 사실을 예견하고 이 오만한 메시지를 돌려보내기까지 하지 않았나. 장담하겠네, 왓슨. 이번에는 검을 마주칠 만한 적이야. 런던에서는 완전히 외통이었지만 데번셔에서는 자네가 이기기를 빌겠네. 그래도 여전히 마음이 편치 못하군그래.」

「무엇 때문에?」

「자네를 보낸다는 사실 때문이지. 이건 험악한 임무일세, 왓슨. 험악한 데다 위험하기까지 하다네. 게다가 보면 볼수록 마음에 들지가 않아. 그래, 자네가 비웃을 줄 알았네. 하지만 말일세, 부디 자네가 베이커 가로 아무 탈 없이 무사히 돌아왔으면 좋겠구먼. 진심일세.」

6
바스커빌 홀

 헨리 바스커빌 경과 모티머 박사는 약속 날짜에 모든 준비를 마쳤고, 우리는 예정대로 데번셔를 향해 출발했다. 셜록 홈스는 역까지 함께 마차를 타고 가, 그곳에서 마지막 지시와 조언을 해주었다.

「가설이나 의혹으로 자네 마음을 번잡하게 할 생각은 없네, 왓슨. 그저 가능한 한 모든 사실들을 보고하기만 바라네. 가설을 만드는 건 내가 알아서 할 테니까.」 그가 말했다.

「어떤 종류의 사실들 말인가?」 내가 물었다.

「직접적이든 간접적이든 사건과 관계있을 듯 보이는 건 뭐든지. 특별히 헨리 바스커빌과 이웃 사람들의 관계나, 찰스 경의 죽음과 관련한 새로운 정보들을 집중적으로 살펴보게. 지난 며칠간 나름대로 조사를 해보긴 했지만, 아무래도 결과는 신통치 못한 듯하이. 한 가지는 분명한 것 같더군. 다음 상속자로 지목된 제임스 데즈먼드 씨는 아주 후덕한 성품이라 이런 난장판을 일으켰을 것 같지는 않네. 그는 용의 선상에서 완전히 빼버려도 될 거야. 그럼 남는 사람들은 실제로 헨리 바스커빌 주변에 사는 황무지 사람들뿐이겠지.」

「우선 배리모어 부부부터 내쫓는 게 좋지 않을까?」

「절대 안 돼! 그건 큰 실수가 될 수도 있네. 죄가 없다면 잔혹한 처사가 될 터이고, 죄가 있다 해도 잡을 수 있는 기회를 모두 날려 버리는 셈이 되니까. 안 돼, 안 돼. 그 사람들은 용의 선상에 두고 지켜봐야 하네. 내 기억이 맞는다면 저택에 마부 일을 하는 하인이 하나 더 있을 거야. 황무지 농부가 둘, 그리고 우리 친구 모티머 박사도 있지. 그가 사건과 무관하다고 믿고는 있네만, 그 친구 아내에 대해서는 아는 바가 하나도 없어. 또 박물학자 스태플턴도 있고, 래프터 홀의 프랭클랜드 씨도 있네. 그 사람들도 여전히 미지의 요소야. 그 밖에도 다른 이웃이 한둘 정도 있을 텐데 모두 특별히 신경 써야 할 사람들이라네.」

「최선을 다하겠네.」

「무기는 챙겼겠지?」

「그래, 그 편이 아무래도 좋을 것 같더군.」

「당연하지. 밤낮으로 리볼버를 챙기라고. 절대로 긴장을 늦추지 말고.」

다른 두 사람은 이미 일등칸을 확보하고 플랫폼에서 우리를 기다리고 있었다.

「아니, 특별한 문제는 없었습니다.」 홈스의 질문에 모티머 박사가 대답했다. 「적어도 지난 이틀간 우리를 미행한 자가 없었다는 건 확실합니다. 나갈 때마다 두 눈을 부릅뜨고 다

넜기 때문에 그건 장담할 수 있어요.」

「늘 함께 다녔겠죠?」

「어제 오후만 빼고요. 도시에 올 때마다 하루 정도는 시간을 내 기분 전환을 한답니다. 그래서 잠시 왕립 외과 대학 박물관에 다녀왔죠.」

「전 공원에 가서 사람 구경 좀 했습니다만, 둘 다 어떤 곤란도 겪지 않았습니다.」 헨리 경의 대답이었다.

「그렇다 해도 경솔한 처사요.」 홈스는 심각한 표정으로 고개를 저었다. 「헨리 경, 제발 혼자 다니지 말아요. 그러다가 정말로 끔찍한 불행이 닥칠 수도 있으니까. 다른 구두는 찾았나요?」

「아뇨, 그건 영원히 사라진 모양입니다.」

그때 기차가 플랫폼을 미끄러지기 시작했다.

「참으로 묘한 일이군. 자, 그럼 안녕히! 헨리 경, 모티머 박사가 읽어 준 옛 전설을 명심해요. 악의 세력이 기승을 부리는 어둠의 시간엔 절대 황무지에 나가면 안 됩니다.」

기차가 떠나고 나서도 한참 후까지 홈스의 당당한 풍채는 그 자리에 꼼짝도 않고 서서 우리를 지켜보고 있었다.

여행은 빠르고 유쾌했다. 여행 내내 나는 두 동행과 사적인 이야기를 나누거나 모티머 박사의 스패니얼과 놀면서 시간을 보냈다. 몇 시간 지나지 않아, 갈색 땅이 붉게 변하고 벽돌은 화강암으로 바뀌었다. 울타리가 있는 넓은 들판에서는 갈색 소들이 멍하니 서서 우리를 쳐다보았고, 짙푸른 초원과 우거진 채소밭은 그곳의 기후가 온화하면서도 습하다는 사실을 짐작하게 했다. 젊은 헨리 경도 열심히 차창 밖을 내다 보다가, 마침내 데번셔의 친숙한 풍경이 나타나자 기쁨의 탄성까지 질렀다.

「왓슨 박사님, 지금껏 전 세계를 떠돌았지만 여기에 비할 만한 곳은 어디에도 없었답니다.」

「데번셔 사람 치고 자기 고향을 걸고 맹세하지 않는 사람이 없더군요.」 나도 응수해 주었다.

「그건 혈통과도 깊은 관계가 있습니다. 여기 헨리 경만 해도 켈트족의 둥근 두상을 보여 주고 있는데, 그건 켈트인 특유의 열정과 집착을 상징하죠. 돌아가신 찰스 경의 두상도 매우 희귀한 유형에 속했답니다. 그 특징으로 봤을 때, 게일과 이베르니아[19]를 반반씩 물려받았죠. 경께서 바스커빌 홀을 마지막으로 본 것은 아주 어렸을 때가 아니었나요?」

「아버지가 돌아가셨을 때 전 겨우 10대였고, 바스커빌 저택은 본 적도 없습니다. 남해안의 작은 오두막에 살았거든요. 그 후 곧바로 미국으로 건너갔으니, 왓슨 박사님만큼이나 생소하다고 해야겠죠. 황무지도 어서 보고 싶군요.」

「그래요? 지금 소원이 이루어졌군요. 저기가 바로 황무지입니다.」 모티머 박사가 차창 밖을 가리켜 보였다.

사각형으로 구획 지어진 푸른 들판과 낮은 관목 숲 너머로 잿빛의 암울한 언덕이 펼쳐져 있었다. 멀리서 어렴풋이 보이는 삐뚤빼뚤한 굴곡이 마치 환상 속의 기이한 풍경을 보는

---

19 Gaelic, Ivernian. 각각 스코틀랜드와 아일랜드의 혈통을 나타낸다.

듯했다. 헨리 경은 한참 동안 그곳을 바라보았다. 나는 그의 간절한 표정에서 고향이 그에게 얼마나 큰 의미인지를 읽을 수 있었다. 조상들이 그렇게 오랫동안 지배하고 그토록 깊은 흔적을 새겨 놓은 곳. 이제 트위드 정장에 미국식 억양의 후손이 돌아와, 고향으로 향하는 살풍경한 기차에 앉아 있다. 나는 그의 어둡고 감상적인 얼굴을 보며, 헨리 경이야말로 그 열정적이고 오만하고 유서 깊은 명문가의 부인할 수 없는 적자임을 느낄 수 있었다. 그의 짙은 눈썹과 섬세한 코, 커다란 담갈색 눈에서는 자긍심과 용기와 힘이 엿보였다. 저 험한 황무지에 아무리 난감하고 위험천만한 숙제가 놓여 있다 해도, 적어도 이 친구만은 주저하지 않고 함께 위험을 무릅쓸 동반자가 되어 줄 것이다.

 기차는 자그마한 노변(路邊) 역에 멈췄다. 역 바깥쪽 흰색의 낮은 울타리 너머에 튼튼한 콥종(種) 말 두 필이 이끄는 사륜마차가 기다리고 있었다. 우리의 등장이 큰 사건이라도 되는 듯, 역장과 짐꾼들이 모두 몰려들어 짐을 옮겨 주려 했다. 아름답고 소박한 시골이었다. 그러나 게이트 옆에 검은 정복의 군인 둘이 서 있는 것을 보고 나는 깜짝 놀라고 말았다. 그들은 짧은 라이플에 기대 서 있다가 우리가 지나가자 날카로운 시선을 던졌다. 험상궂은 인상의 마부가 헨리 바스커빌 경에게 인사를 했고, 몇 분 후 우리는 넓은 대로를 질주하고 있었다. 길 양쪽으로 완만한 구릉의 목초지가 펼쳐져 있었고, 울창한 나무들 사이로 이따금 낡은 박공집들이 빼꼼하게 내다보였다. 물론 그 평화롭고 찬란한 시골 길 너머로는, 길고 어두운 황무지가 저녁 하늘을 등진 채 비티고 있었다. 거칠고 붉길해 보이는 언덕들이 여기 저기 상처처럼 솟아 있는 황무지.

마차는 도로 옆으로 빠져 오솔길을 타고 올라갔다. 길은 수 세기 동안의 바큇자국으로 깊게 파여 있었다. 양쪽의 높은 제방은 찐득한 이끼류와 통통한 골고사리들로 가득 덮여 있었다. 탈색된 고사리들과 알록달록한 가시나무들이 저물어 가는 햇빛을 받아 번득거렸다. 우리는 꾸준히 오르막을 달려가다가 화강암으로 된 좁은 다리를 건넜다. 회색 바위들 사이로 물살이 으르렁거리며 빠르게 휩쓸려 내려가는 시내였다. 마차는 개울을 따라 달렸는데, 길과 시냇물은 참나무와 전나무가 울창한 계곡을 뚫고 굽이굽이 이어져 있었다. 헨리 경은 굽잇길을 돌아 나올 때마다 감탄사를 연발하며, 사방을 둘러보고, 끝없이 질문을 퍼부어 댔다. 그의 눈에는 모든 게 아름다운 모양이었지만, 내게는 우울에 빠진 전원 풍경에 지나지 않았다. 쇠락해 가는 계절의 흔적 또한 너무나도 선명했다. 오솔길을 두텁게 덮은 노란 낙엽들은 마차가 지나갈 때마다 비명을 질러 댔는데, 썩어 가는 이파리들을 짓밟고 가는 덕에 덜거덕거리는 바퀴 소리는 들리지 않았다. 바스커빌가 상속자의 귀향에 던져 준 자연의 선물치고는 너무 애처롭다는 생각이 들었다.

「세상에, 저게 뭐죠?」 모티머 박사가 외쳤다.

마차 앞에 히스[20]로 덮인 가파른 둔덕과 황무지의 불규칙

---

20 *heath*. 철쭉과의 관목.

한 굴곡이 드러났다. 그리고 그 꼭대기엔 말을 탄 병사 하나가 있었는데, 마치 주춧돌 위에 세운 승마상만큼이나 딱딱하고 오만해 보였다. 검은 그림자는 팔뚝에 라이플을 올려놓고 우리가 지나온 길을 감시하고 있었다.

「퍼킨스, 저게 뭔가?」 모티머 박사가 물었다.

마부는 앉은 자리에서 상체를 반쯤 돌렸다.

「프린스타운을 탈옥한 죄수가 있습니다요, 선생님. 벌써 사흘이나 됐습죠. 감시인들이 길과 역을 모두 지키고 있는데 아직 그림자도 못 봤다더군요. 그 바람에 농부들이 잔뜩 겁에 질려 있는걸요.」

「에, 보통 제보자에게는 5파운드라는 현상금이 떨어지는 것으로 알고 있는데.」

「예, 선생님. 하지만 목이 잘릴지도 모르는데 5파운드가 다 무슨 소용이겠습니까? 아시겠지만, 보통 죄수가 아닌걸요. 도무지 무서운 게 없는 놈이라더군요.」

「도대체 어떤 자인가?」

「셀던, 노팅힐 살인마입니다요.」

그 사건은 나도 잘 알고 있다. 범죄의 극악함과 살인범의 비정상적이고도 무차별적인 야만성 때문에 홈스가 관심을 가진 사건이었다. 범행이 그토록 흉포했던 것도, 그가 사형을 면할 수 있었던 것도 정신 상태에 의문점이 있었기 때문이라는 얘기를 들은 적이 있다. 마차가 언덕 위에 오르자 거대한 황무지가 한눈에 드러났다. 흉측하고 들쭉날쭉한 돌무덤과 바위산이 점점이 박혀 있는 황무지. 그곳에서 치고 올라온 차가운 돌풍에 우리 모두 오한을 느껴야 했다. 그곳, 황폐한 들판 어딘가에 악마 같은 사나이가 야수처럼 숨어, 그를 내동댕이친 전 인류를 향해 증오를 불태우고 있으리라. 황량한 들판과 차가운 바람, 저물어 가는 하늘의 엄중한 뜻을 완성시키기 위해 황무지에는 살인마까지 필요했단 말인가. 헨리 경조차 아무 말 없이 그저 오버코트만 단단히 여밀 뿐이었다.

우리는 비옥한 땅을 등지고 계속 움직였다. 잠시 후 다시 돌아보니 잔뜩 기운 석양이 시냇물을 황금빛 실타래로 물들이고, 붉은빛의 개간지와 넓디넓은 숲을 불태우기 시작했다. 황갈색과 올리브색으로 물든 비탈길도 더욱더 황량하고 험악해졌다. 길 여기저기에 바윗덩이가 흩어져 있는 탓이다. 이따금 길 옆으로 황무지 오두막들이 나타났는데, 돌로 벽을 쌓고 지붕을 덮은 집엔 황량한 외관을 달래 줄 담쟁이덩굴 하나 보이지 않았다. 어느덧 비탈길 아래로 컵처럼 깊이 파인 분지가 하나 나타났다. 그 안에는 오랜 풍파에 비틀리고 굽은 참나무들과 전나무들이 점점이 박혀 있었는데, 나무들 위로 길고 좁은 탑 두 개가 솟아난 것이 보였다. 마부가 채찍으로 그곳을 가리켰다.

「바스커빌 홀입니다요.」

순간 저택의 주인이 벌떡 일어나 그쪽을 내려다보았다. 잔뜩 상기된 표정에 두 눈이 크게 반짝였다. 몇 분 후, 우리는 별관 입구에 다다랐다. 주철 문살은 화려하고 복잡한 그물무늬를 이루고 있었다. 철문 양쪽으로는 비바람에 깎인 기둥이 이끼를 뒤집어쓰고 있었는데, 바로 그 위에 바스커빌가의 상징인 수퇘지 머리가 놓여 있었다. 검은 화강암으로 된 별관은 서까래를 다 드러낸 폐허였으나, 그 앞에는 찰스 경의 남아프리카 공화국 금이 빚어낸 최초의 결실인 새 건물 하나가 이제 반쯤 완성된 채 서 있었다.

입구를 지나 가로수 길로 들어서자 바퀴 소리는 다시 낙엽 속에 파묻혀 버리고, 오래된 나뭇가지들이 머리 위에 음침한 터널을 만들었다. 헨리 경은 길고 긴 진입로 끝에서 유령처럼 거뭇한 저택을 올려다보며 몸을 부르르 떨었다.

「여기가 그 산책로였나요?」 그가 나지막한 목소리로 물었다.

「아뇨, 아닙니다. 주목 산책로는 반대편에 있죠.」

젊은 상속자는 어두운 표정으로 주변을 둘러보았다.

「이런 곳에서 백부님이 공포심을 느끼지 않았다면, 그게 더 이상했을 것 같네요. 누구라도 무섭겠어요. 6개월 안에 여기에 전기 가로등을 세워야겠습니다. 현관문 바로 앞에 촛불 1천 개 밝기의 스완 앤 에디슨[21]을 달면, 앞으로는 절대 두려움 같은 건 모르게 될 거예요.」

가로수 길 끝으로 넓은 잔디가 이어지더니 마침내 저택이 모습을 드러냈다. 어스름한 불빛 속에서 육중한 건물과 돌출된 현관이 보였다. 건물의 앞면은 온통 담쟁이덩굴로 뒤덮여 있고, 창문이나 문장(紋章)이 검은 베일을 뚫고 나온 곳만 여기저기 조금씩 가위로 잘려 있을 뿐이었다. 택지 중앙에는

---

21 Swan and Edison. 백열등을 발명한 조지프 스완Joseph Swan과 토머스 에디슨Thomas Edison이 합작하여 세운 회사.

쌍둥이 탑이 서 있었다. 여기저기 무수히 총안(銃眼)이 뚫려 있는 태고의 탑들. 그 양쪽에 검은색 화강암으로 지은, 보다 현대적인 건물이 보였다. 탁한 불빛이 멀리언[22] 창들을 통해 새어 나오고, 고각의 가파른 지붕에서 솟아오른 높은 굴뚝마다 검은 연기가 실오라기처럼 피어올랐다.

「어서 오십시오, 헨리 주인님! 바스커빌 홀에 오신 걸 환영합니다!」

현관 앞 그림자 속에서 갑자기 키 큰 남자가 불쑥 나타나 마차 문을 열어 주었다. 노란색 현관 불빛에 한 여인의 실루엣도 보였는데, 그녀도 곧 밖으로 나와 우리 짐을 내리는 남자를 도와주었다.

「죄송하지만, 전 곧바로 집에 가봐야 할 것 같군요, 헨리 경. 아내가 기다리고 있을 겁니다.」 모티머 박사가 말했다.

「아니, 함께 저녁 식사라도 하시죠.」

「아니, 가야 해요. 게다가 처리해야 할 일도 산더미인걸요. 남아서 같이 집이라도 둘러봐야 하겠지만, 안내라면 배리모어가 더 나을 듯하네요. 그럼 안녕히. 제가 필요할 때면 언제든 사람을 보내세요. 저야 밤이라도 상관없으니까.」

헨리 경과 나는 멀어져 가는 바퀴 소리를 들으며 홀 안으로 들어섰다. 문 닫히는 소리도 육중하기 그지없었다. 까맣게 변색된 들보로 엮어 놓은 넓고 높은 실내는 매우 훌륭했다. 높이 쌓아 둔 장작 뒤 낡고 커다란 벽난로에서 장작들이

---

22 *mullion*. 유리창을 둘로 나누는 중간 문설주.

탁탁거리며 타들어 갔다. 헨리 경과 나는 두 손을 불 쪽으로 내밀었다. 오랜 마차 여행으로 손이 단단히 곱은 터였다. 잠시 후 우리는 고개를 들어 낡고 좁은 스테인드글라스 창들, 참나무 장식 널판, 사방 벽의 수퇘지 머리 문장들을 둘러보았다. 중앙 램프의 차분한 불빛 속에서 모두 흐리고 음침해 보였다.

「내가 상상했던 그대로예요! 오랜 가문의 영지 그 자체가 아닙니까? 세상에, 이곳이 바로 5백 년 전 내 선조들이 살았던 그 집이라니! 생각만 해도 절로 숙연해지네요.」 헨리 경은 첫인상을 그렇게 표현했다.

주변을 둘러보는 동안 그의 그늘진 얼굴도 소년 같은 열정으로 환하게 밝아졌다. 불빛이 그가 서 있는 자리를 비춰 주었으나, 기다란 그림자들은 벽 아래까지 늘어져 그의 머리 위에 검은 닫집처럼 매달려 있었다. 배리모어는 짐을 방에 가져다 놓고 돌아와 잘 훈련된 하인의 차분한 태도로 우리 앞에 와 섰다. 잘생긴 사내였다. 사각의 턱수염을 길렀고, 얼굴은 다소 창백했으나 키도 크고 인물도 빼어났다.

「곧바로 식사를 하시겠습니까, 주인님?」

「준비가 되어 있나?」

「몇 분이면 됩니다. 주인님 방에 따뜻한 물도 준비해 두었습니다. 주인님께 새로운 계획이 생길 때까지는 저와 제 아내가 기꺼이 모시겠습니다만, 환경이 바뀐 만큼 저택에 상당한 일꾼이 필요하리라는 사실을 이해해 주시길 바랍니다.」

「환경이 바뀌다니?」

「제 말씀은 다만……. 찰스 경께서는 매우 조용한 삶을 사셨기 때문에 저희도 그분을 모시는 데 어려움이 없었습니다. 하지만 주인님께서는 당연히 새로운 친구를 원하실 테고, 또 집안 분위기에도 변화를 주고 싶어 하실 테니까요.」

「두 사람은 떠나고 싶다는 얘긴가?」

「물론 주인님께는 불편이 없도록 만전을 기하겠습니다.」

「하지만 자네 가족은 벌써 몇 세대를 우리와 함께하지 않았나? 옛 가족과의 관계를 끊고 새 출발을 하는 건 나로서도 달갑지 않은 일이라네.」

집사의 창백한 얼굴에 모호한 감정의 빛이 스쳐 지나갔다.

「저도 안타깝습니다, 주인님. 아내도 같은 심정이죠. 하지만 솔직히 말씀드리면, 저희 둘 다 찰스 경을 너무도 존경해 왔기에 그분의 비극에 큰 충격을 받았습니다. 이제 이곳에서 하루하루 지내는 게 고통스럽기만 합니다. 바스커빌 홀에 있는 한 마음의 짐을 벗어 내기가 쉽지 않을 것 같기에 드리는 말씀입니다.」

「그럼, 앞으로 뭘 할 생각인가?」

「무슨 일이든 해볼 생각입니다. 인자하신 찰스 경께서 그만한 은혜를 베풀어 주셨답니다. 그럼, 우선 주인님 방부터 안내해 드리겠습니다.」

홀 위에는 난간으로 장식한 넓은 반원의 발코니가 보였고 그곳까지는 이중 계단으로 이어져 있었다. 정중앙에서 두 개의 기다란 복도가 뻗어 나와 건물을 에워쌌는데, 침실 문은 모두 복도 쪽으로 나 있었다. 내 침실은 헨리 경과 같은 쪽에, 거의 붙어 있었다. 침실은 저택의 중앙부에 비해 훨씬 현대적으로 보였으며, 밝은 벽지와 수많은 촛불들도 도착 당시 우리 마음에 드리웠던 음울한 기분을 한껏 덜어 주었다.

하지만 홀 안쪽은 그림자와 어둠의 공간이었다. 기다란 구조의 식당은 가족들이 앉는 상단과 하인들을 위한 하단으로 구분되어 있었는데, 2층 발코니 모퉁이에서도 그 안이 들여다보였다. 머리 위, 가로세로로 얽혀 있는 검은 들보 너머로는 담배 연기에 거뭇해진 천장이 보였다. 이글거리는 횃불들도 줄줄이 밝혀 있었다. 물론 옛 시절의 들뜬 연회와 화려한 빛깔을 기대할 수는 없을 것이다. 하지만 검은 정장의 두 신사가 갓등의 좁은 테두리 안에 앉자 목소리와 기분이 일제히 가라앉아 버렸다. 엘리자베스 시대의 기사로부터 섭정 시대의 멋쟁이까지 온갖 차림의 조상들이 두 사람을 내려다보며 은근한 협박을 가해 왔다. 이런저런 분위기로 인해 우리는 식사 시간 내내 거의 입을 열지도 못했다. 나로 말하자면, 식사가 끝난 것이 너무나 다행이라는 생각까지 했을 정도였으니까. 마침내 우리는 현대식 당구장으로 물러나 끽연을 즐겼다.

「맙소사, 집안 분위기가 정말로 천 근이네요. 당장 급한 문제는 아니지만 언젠가 분위기를 바꾸긴 해야겠어요. 이런 곳에서 사셨으니 백부께서 신경 쇠약에 걸리신 것도 당연하겠죠. 아무래도 오늘은 일찍 휴식을 취하는 게 좋겠습니다. 아침이면 좀 더 밝은 빛으로 볼 수도 있을 테니.」 헨리 경이 말했다.

나는 침대에 들기 전 창문의 커튼을 옆으로 걷어 내고 바깥을 내다보았다. 창밖은 현관 앞쪽의 산디밭이었다. 그 너머 두 개의 작은 관목 숲이 점점 거세지는 바람 때문에 고통스러운 신음 소리를 토해 냈다. 빠르게 질주하는 구름들 사이로 반달이 고개를 내밀자, 숲 저편 삐쭉삐쭉한 바위들의 그림자와 황무지의 암울한 구릉들이 보였다. 나는 얼른 커튼을 닫았다. 그 마지막 인상이 내 꿈속으로까지 쫓아올 것만 같아서였다.

하지만 아직 끝난 게 아니었다. 지치고 피로했으나 나는 잠 못 이룬 채 몸을 뒤척거려야 했다. 어떻게든 잠들고 싶었다. 멀리서 괘종시계가 15분마다 울렸으나 그 밖에는 사위가 쥐죽은 듯 고요했다. 그리고 한밤중, 갑자기 어떤 소리가 들렸다. 선명한 목소리, 그리고 반향. 그건 분명 여인이 흐느끼는 소리였다. 걷잡을 수 없는 슬픔에 갈가리 찢긴 듯 여자가 숨죽여 울고 있었다! 나는 벌떡 일어나 앉아 잔뜩 귀를 기울였다. 먼 곳이 아니라 바로 집 안에서 들려오는 소리였다. 나는 30분 정도 온 신경을 기울였으나 울음소리는 더 이상 들리지 않았다. 괘종시계의 종소리와 집을 에워싼 담쟁이덩굴들이 바스락거리는 소리뿐.

7
메리피트 저택의 스태플턴 남매

 다음 날, 아침의 신선한 아름다움 덕에 바스커빌가의 우울하고 칙칙한 첫인상은 어느 정도 가셨다. 헨리 경과 아침 식사를 하는 동안 높이 달린 멀리언 창을 통해 햇살이 쏟아져 들어와, 창문의 문장들이 다양한 색의 물무늬를 그렸다. 우중충한 패널 장식들도 햇살을 받아 청동 빛을 발했다. 어제저녁 우리 영혼을 그렇게나 암울하게 만들었던 방이라고는 믿기 어려울 정도였다.

 「잘못된 건 집이 아니라 우리 자신인 것 같군요! 여행으로 춥고 피곤했던 모양입니다. 그래서 집도 암울하게 보였던 거죠. 이렇게 기운을 차리니 모든 게 활기차 보이는데 말입니다.」 헨리 경이 탄성을 질렀다.

 「하지만 온전히 상상력의 문제만은 아니었습니다. 혹시 어젯밤 누군가 흐느끼는 소리를 못 들으셨나요? 여자인 것 같던데.」 내가 물었다.

 「그거 이상한 일이네요. 나도 비몽사몽간에 그런 소리를 들은 것 같았거든요. 그래서 잠이 깨었는데 그걸로 끝이었어요. 그냥 꿈이었나 보다 생각했죠.」

「난 확실히 들었어요. 여자가 흐느끼는 소리가 분명했죠.」

「당장 알아봐야겠는데요.」 그가 벨을 울리고는 배리모어에게 어젯밤 일을 설명해 줄 수 있는지 물었다. 주인의 질문을 듣는 동안 가뜩이나 창백한 집사의 얼굴은 더욱더 잿빛으로 변해 갔다.

「저택의 여인은 둘뿐입니다, 주인님. 하나는 부엌 하녀로 잠은 다른 건물에서 자죠. 다른 하나는 제 아내인데, 그 소리가 집사람 입에서 나오지 않았다는 대답은 할 수 있습니다.」

거짓말이었다. 아침 식사 후 복도에서 우연히 배리모어 부인과 마주쳤다. 몸집이 큰 데다 입을 굳게 닫은 터라 전체적으로 뚱한 분위기를 풍기는 여인이었다. 그런데 밝은 햇살에 드러난 그녀의 두 눈은 붉게 충혈되고 퉁퉁 부어 있기까지 했다. 요컨대 어젯밤에 흐느껴 울던 장본인임이 틀림없는데, 아내가 울었다면 남편이 못 들었을 리가 없다. 도대체 들통날 위험까지 무릅쓰면서 잡아뗀 이유가 뭐란 말인가? 왜 거짓말을 한 거지? 또 그녀는 왜 그렇게 구슬피 울었을까? 그렇지 않아도 턱수염을 기른 저 창백한 표정의 미남자에게는 어딘가 의뭉스러운 구석이 있었다. 찰스 경의 시신을 처음 목격한 것도 그였고, 노인의 죽음과 관련한 모든 정황도 그의 입에서 나오지 않았던가. 리전트 가의 마차에 타고 있던 자가 정말로 배리모어였을까? 적어도 턱수염은 비슷하다. 마부는 키가 다소 작다고 증언했지만, 그런 식의 착시야 얼마든지 있을 수 있다. 난 어떻게 해야 좋을까? 어쨌든 제일 먼저 할 일은 그림펜 우체국장을 만나, 정말로 전보를 배리모어가 직접 받았는지 확인하는 일이 되겠다. 대답이 뭐든 간에 최소한 셜록 홈스에게 보고할 거리는 얻을 수 있으리라.

헨리 경은 아침 식사를 마친 다음부터 서류에 파묻혀 있었기 때문에 돌아다닐 시간은 넉넉했다. 황무지 가장자리를 따라 6~7킬로미터쯤 걷자 마침내 작고 지저분한 촌락이 나타났다. 마을엔 다른 집들보다 큰 건물 두 채가 있었는데, 알고 보니 여인숙과 모티머 박사의 집이었다. 마을 채소상을 겸하고 있는 우체국장은 전보에 대해 분명히 기억하고 있었다.

「물론입니다, 선생님. 지시대로 배리모어 씨에게 직접 건네줬죠.」

「누가 배달했습니까?」

「여기 제 아들입니다. 지난주에 바스커빌가의 배리모어 씨한테 전보를 전한 것 맞지?」

「예, 아버지, 전달했어요.」

「그가 직접 받았더냐?」 내가 물었다.

「아, 그땐 다락에 계셔서 직접은 못 드렸어요. 배리모어 부인께 맡겼더니, 곧바로 전해 주겠다고 하시던데요.」

「배리모어 씨를 보긴 했느냐?」

「아뇨, 선생님. 다락에 올라가 계셨다니까요.」

「보지 못했다면 그가 다락에 있는 걸 어찌 안단 말이냐?」

「설마 와이프가 남편 있는 곳도 모르겠습니까? 왜요, 전보를 못 받았답니까? 뭔가 잘못되었다면 배리모어 씨가 직접

와야죠.」 우체국장이 퉁명스럽게 쏘아붙였다.

더 이상 질문을 이어 가봐야 소용없을 것 같았다. 어쨌든 배리모어가 런던에 오지 않았다는 증거는 없는 것이 확실해졌다. 그렇다면, 찰스 경의 생전 모습을 마지막으로 본 자와 런던에 들어온 상속자를 추적한 자가 동일인이라는 얘기인가? 그럼 어떻게 되는 거지? 그는 누군가의 심부름꾼일까, 아니면 나름대로의 음흉한 간계가 있는 걸까? 도대체 바스커빌 가문을 괴롭힐 이유가 뭐가 있지? 문득 「타임스」 사설을 오려 만든 경고가 떠올랐다. 경고도 그자의 짓이었을까? 아니면, 그의 계획을 막으려는 누군가의 선행이었을까? 지금 떠오르는 유일한 동기는 헨리 경이 제시한 것뿐이다. 가족이 겁을 먹고 달아날 경우, 배리모어 부부에게는 안락한 저택 하나가 공짜로 굴러들어 오는 격이다. 하지만 지금 젊은 준남작을 옥죄고 있는 은밀하고 치밀한 음모를 설명하기엔 그런 식의 추리만으로는 턱없이 부족하다. 홈스 자신도 그렇게 오랫동안 감각 수사를 해왔건만, 이번 사건처럼 복잡한 경우는 처음이라고 하지 않았던가. 나는 쓸쓸하고 조용한 도로를 걸으며, 홈스가 어서 하던 일을 마치고 내려와 내 어깨의 무거운 짐을 덜어 주기를 기도했다.

이런저런 상념은 갑작스러운 발소리에 깨지고 말았다. 곧이어 내 이름을 부르는 소리도 들렸다. 나는 모티머 박사일 거라고 생각하며 고개를 돌렸으나, 놀랍게도 나를 향해 달려오는 사람은 처음 보는 인물이었다. 키가 작고 호리호리한 사내. 깔끔하게 면도한 얼굴, 새침한 인상에 담황색 머리, 주격턱이었는데, 나이는 서른에서 마흔 정도로 보였다. 그는 회색 정장에 밀짚모자를 썼으며, 어깨에는 식물 채집용 양철통을 매달고 한 손에는 녹색 포충망을 들고 있었다.

그가 헐떡거리며 내 앞에 멈춰 섰다.

「왓슨 박사님, 제 주제넘은 처신을 용서하시기 바랍니다. 하지만 이곳 황무지 사람들은 다들 순박해서 정식 인사 같은 건 잘 모른답니다. 아마도 모티머라는 우리 공동의 친구에게서 제 이름을 들어 보셨을 겁니다. 메리피트 저택의 스태플턴입니다.」

「포충망과 채집통을 보고 짐작했답니다. 스태플턴 씨께서 박물학자라는 말씀은 들었으니까요. 그보다 저를 어떻게 알아보셨는지요?」 내가 되물었다.

「모티머의 집에 있었죠. 박사님께서 지나가실 때 그가 진료실 창밖을 가리키며 알려 주더군요. 마침 같은 방향인 것 같아 얼른 만나 뵙고 제 소개를 하고 싶었답니다. 아, 헨리 경이 여행으로 힘들어 하셨다는 얘기는 들었습니다만.」

「지금은 괜찮습니다. 감사합니다.」

「찰스 경께서 슬픈 죽음을 당하신 터라, 조금은 걱정이 됐답니다. 새 주인이 이곳에서 살지 않으려 할 수도 있으니까요. 이런 곳에 내려와 사는 것이 돈 많은 분께는 무리인 줄 알지만, 이곳 사람들에게는 매우 중요한 일이랍니다. 물론 알고 계시겠지만요. 다행히 헨리 경께서는 미신 같은 건 믿지 않는 모양입니다.」

「예, 그런 것 같더군요.」

「박사님께서도 그 가문을 괴롭히는 악마 개의 전설을 알고 계시겠죠?」

「예, 듣긴 했습니다만.」

「여기 농부들은 정말로 어수룩하기 짝이 없답니다. 너나없이 황무지에서 괴물을 봤다고 떠들어 대니까요. 찰스 경도 그 얘기에 너무 빠지셨던 모양입니다. 그로 인해 비극적인 최후를 맞으신 게죠.」 그가 미소를 지으며 말했다. 하지만 내가 보기엔 그 역시 그 문제를 심각하게 여기고 있었다.

「〈그로 인해〉라니요?」

「지나치게 초조해하셨으니까요. 워낙에 심장이 약하신 터라 그냥 동네 개가 튀어나왔더라도 치명적인 결과를 초래했을 겁니다. 마지막 날, 산책 도중에 분명 비슷한 짐승을 보셨겠죠. 안 그래도 무슨 일이 일어날까 봐 걱정하시던 참이었거든요. 너무 좋은 분이었는데 심장이 약하셔서……」

「심장이 약한 건 어떻게 아셨습니까?」

「모티머에게 들었죠.」

「그러면 찰스 경께서 개를 보고 놀라 돌아가셨다고 생각하시는 겁니까?」

「더 나은 설명이 있나요?」

「아직 결론을 얻지 못했답니다.」

「셜록 홈스 탐정님은요?」

그 말에 난 한순간 기가 막혔지만, 오히려 상대의 표정은 무덤덤했고 시선도 흔들림이 없었다. 날 놀라게 할 생각이 없었다는 얘기다.

「왓슨 박사님, 저희가 박사님을 모르는 척해 봐야 무슨 소용이 있겠습니까? 박사님이 쓰신 수사 기록들도 이미 들어와 있는걸요. 박사님은 그분을 알리기 위해 자기 자신을 드러내신 분입니다. 모티머도 박사님의 성함을 들려주면서 신분을 부인하지 못했죠. 그러니까 박사님께서 이곳에 계신다는 사실은, 셜록 홈스 탐정께서 이 사건에 관심이 있다는 얘기가 되는 거죠. 그분의 견해가 어떤지 알고 싶은 건 당연한 호기심이랍니다.」

「죄송하게도 그 질문엔 답해 드릴 수가 없군요.」

「그분이 직접 이곳에 내려오시는 겁니까?」

「지금은 런던을 떠날 수 없습니다. 다른 사건들에 붙들려 있기 때문이죠.」

「안타까운 일이군요! 그분이라면 저희의 어두운 처지에 빛을 뿌려 주실 수 있을 텐데. 어쨌든 제가 박사님의 수사를 도울 방법이 있을까요? 얼마든지 부리셔도 상관없습니다. 박사님께서 어떤 의문을 품고 있는지, 혹은 사건을 어떤 방식으로 수사할 것인지 말씀만 하시면 지금 당장이라도 도움이나 조언을 드릴 수 있습니다.」

「제가 이곳에 온 이유는 단순히 친구인 헨리 경과 지내기 위해서랍니다. 그러니 도움 같은 게 무슨 필요가 있겠습니까?」

「멋지군요! 당연히 그렇게 신중하고 또 신중하셔야죠. 이런, 결국 주제넘은 간섭이 되고 만 모양입니다. 아무튼 이렇게 되었으니 다시는 그 문제를 거론하지 않겠다고 약속드리죠.」

우리는 갈림길에 다다랐다. 수풀로 우거진 샛길이 도로에서 뻗어 나가 황무지 한가운데로 굽이쳐 흐르고, 오른쪽으로는 바위 투성이의 가파른 언덕이 펼쳐 있었다. 오래 전 화강암 채석장으로 깎여 나간 곳이었다. 내 쪽으로 향한 면은 어두운 벼랑이었는데, 움푹한 틈마다 양치류와 가시나무들이 무성했다. 멀리서는 잿빛 연기가 피어오르고 있었다.

「이 황무지 길을 조금만 걸으면 메리피트 저택이 나온답니다. 1시간만 틈을 내주시면 박사님께 제 여동생을 소개하고 싶습니다만.」 그가 말했다.

제일 처음 든 생각은 헨리 경에게 돌아가야 한다는 것이었다. 하지만 곧 그의 서재 책상을 가득 채운 서류와 청구서들이 떠올랐다. 어차피 내가 도울 수 없는 일들이다. 게다가 홈스는 황무지 사람들을 살펴볼 것을 주문하지 않았던가. 나는 스태플턴의 초대를 받아들이기로 하고 함께 오솔길을 따라 걸었다.

「멋진 곳입니다. 황무지 말입니다. 절대 지루할 수 없는 곳이죠. 이곳에 얼마나 놀라운 비밀들이 숨어 있는지는 아무도 상상 못할 정도랍니다. 그만큼 넓고 황량하고 또 신비스러우니까요.」 그가 파동 치는 구릉들을 돌아보며 말했다. 삐뚤빼뚤한 화강암의 괴석들이 여기저기 솟아 있었다.

「이곳을 잘 아시는군요.」

「이곳에 온 지는 2년밖에 안 됐습니다. 찰스 경이 정착한 직후죠. 주민들은 아직도 나를 〈새 이웃〉이라고 부릅니다만, 제 취미 때문에 이곳을 샅샅이 조사하며 다닌 탓에, 사실 이곳에 대해서 저보다 더 잘 아는 사람은 거의 없을 거라고 믿습니다.」

「이곳을 아는 게 어렵습니까?」

「아주 어렵죠. 예를 들어, 여기 북쪽의 대평원을 보세요. 기이한 언덕이 여기저기 불쑥불쑥 솟아 있죠. 뭐, 특별히 느끼신 점이 있습니까?」

「말을 타기엔 아주 좋을 듯 보이는군요.」

「당연히 그렇게 생각하시겠죠. 그리고 그 덕분에 지금껏 수많은 생명이 희생됐답니다. 저 위 여기저기에 연녹색 얼룩들이 두텁게 쌓여 있는 게 보이십니까?」

「예, 그쪽은 그래도 비옥한 모양이네요.」

스태플턴이 웃었다.

「그곳이 바로 그림펜 마이어[23]랍니다. 발 한번 잘못 디디면 사람이든 짐승이든 헤어나지 못하는 곳이죠. 어제도 조랑말 한 마리가 잘못 들어가서는 결국 나오지 못했답니다. 용케도 오랫동안 목을 빼놓고 있었습니다만, 결국은 빨려 들고 말더군요. 건기에도 위험하지만, 이렇게 가을비가 내린 다음엔 치명적이죠. 하지만 저는 저 한가운데까지 들어갔다가 무사히 돌아올 수 있답니다. 이런, 불쌍한 조랑말 한 마리가 또 당하고 마는군요!」

녹색의 사초(死草)들 사이에서 갈색 물체가 버둥거리는 모습이 보였다. 이윽고 조랑말이 길고 안타까운 목을 밖으로 뽑아내더니 섬뜩한 울음소리로 사방을 채웠다. 나는 너무도

---

[23] *mire*. 진흙탕, 늪지대.

무섭고 소름 끼치기까지 했으나 그는 무신경해 보였다.

「끝났군요! 늪이 데려간 겁니다. 난 이틀 동안 두 놈만 봤지만 실제로는 훨씬 많겠죠. 아무 탈 없이 지나던 놈들이 건기와 우기의 차이를 모르고 저렇게 잡히고 마는 거라니까요. 무서운 곳입니다, 그림펜 마이어는.」

「그런데, 스태플턴 씨는 마음대로 왕래하신다고요?」

「예, 저처럼 날렵한 놈만이 갈 수 있는 길이 한두 개 있죠. 제가 찾아냈답니다.」

「하지만, 저런 끔찍한 곳에 왜 들어가는 겁니까?」

「아, 저기 저 언덕들 보이십니까? 실제로는 사방이 늪으로 막힌 섬들이죠. 오랜 세월 동안 늪이 슬금슬금 에워싼 덕에, 희귀한 식물과 나비가 많이 서식하고 있는 걸 볼 수 있답니다. 물론 그곳에 다다를 재간이 있을 경우의 얘기겠죠.」

「언젠가 저도 시도해 봐야겠군요.」

그가 놀란 얼굴로 나를 바라보았다.

「세상에, 그런 생각은 아예 하지도 마십시오. 세상에, 그 원망을 어떻게 다 감당하란 말입니까. 박사님께서 살아 돌아오실 가능성은 전혀 없답니다. 복잡한 이정표를 모두 기억해야 하는데, 아직은 저밖에 못하는 일이죠.」

「맙소사, 저게 무슨 소리죠?」 내가 외쳤다.

길고 나지막한 울음소리가 황무지를 훑고 지나갔다. 대기를 가득 채운 소리라 어느 곳에서 들려오는지조차 알 수 없었다. 처음에는 중얼거리는 듯하더니, 어느덧 처절하게 울부짖다가 다시 서럽고도 안타까운 흐느낌으로 잦아드는 소리였다. 스태플턴도 호기심이 가득한 얼굴로 나를 돌아보았다.

「희한하죠? 황무지는 그런 곳이랍니다!」

「도대체 뭡니까?」

「농부들은 바스커빌가의 개가 먹이를 부르고 있다고들 하죠. 저도 한두 번 듣기는 했습니다만, 이렇게 큰 소리는 처음이군요.」

나는 온몸에 오한을 느끼면서, 녹색 골풀이 띄엄띄엄 모여 있는 거대한 구릉들을 돌아보았다. 그 넓은 대지에 움직이는 존재라고는 갈까마귀 두 마리가 전부였다. 놈들은 뒤쪽 바위산을 맴돌며 큰 소리로 깍깍거렸다.

「학식 있는 분이시니, 그런 헛소리를 믿진 않으시겠죠? 저 기이한 소리의 정체가 도대체 뭡니까?」 내가 물었다.

「늪은 이따금 기이한 소음들을 뱉어 낸답니다. 진흙이 자리를 잡거나 물이 불 때도 소리를 내죠.」

「아니, 아닙니다. 분명 살아 있는 소리였어요.」

「글쎄요, 그럴 수도 있겠죠. 알락해오라기가 우는 소리를 들어 보셨습니까?」

「아뇨, 한 번도.」

「영국에서는 아주 희귀한 새입니다. 어쩌면 멸종되었는지도 모릅니다만 여기 황무지에서야 또 모르죠. 그래요, 조금 전 그 소리가 마지막 남은 알락해오라기의 마지막 울음소리라 해도 전 놀라지 않을 겁니다.」

「정말 소름 끼치는 소리군요. 평생 저런 소리는 처음입니다.」

「예, 어차피 괴기스러운 곳이랍니다. 저기 언덕 중턱 보이시죠? 저게 뭐 같습니까?」

언덕 사면 전체에는 입석(立石)들이 고리 모양으로 서 있었는데 최소한 스무 개는 되어 보였다.

「저게 뭐죠? 양 우리인가요?」

「아뇨, 우리 조상님들의 집이죠. 선사 시대 사람들은 이 황무지에서 집단생활을 했습니다. 그 이후로 거의 아무도 살지 않은 덕에, 그들이 떠났을 때의 모습 그대로 보존되어 있죠. 지붕이 없어지긴 했지만, 안으로 들어가면 화덕도 있고 의자도 있답니다.」

「대단한 마을 같은데요? 언제부터 빈 겁니까?」

「아마 신석기 시대쯤. 구체적인 시기를 어찌 알겠습니까?」

「뭘 하며 지냈을까요?」

「저 언덕에서 소를 키웠죠. 청동기가 돌도끼를 대신할 때쯤엔 주석을 캐는 방법을 배우기도 했고요. 저기 반대편 언덕에 있는 거대한 호(壕)를 보세요. 저게 그 흔적입니다. 예, 황무지에는 아주 기이한 장소들이 많답니다. 왓슨 박사님. 오, 잠깐만 저것 좀 보세요. 저건 분명 팔랑 나비 같군요.」

작은 나비 같기도 하고 나방 같기도 한 놈이 우리 바로 앞으로 파닥이며 날아갔다. 스태플턴은 놀라운 힘과 속도로 그 뒤를 쫓아갔다. 나비가 곧바로 늪지를 향해 날아가는 통에 나는 식겁했으나, 박물학자는 잠시도 머뭇거리지 않고 잡풀 더미 위를 깡충깡충 뛰어다니며 쫓아갔다. 그의 녹색 포충망이 허공을 갈랐다. 회색 정장도 그렇지만 갈지자로 팔딱거리는 모습 때문에라도, 정작 그 자신이 거대한 나방처럼 보였다. 나는 그의 독특한 몸놀림에 대한 감탄과 저 위험천만한 늪지에서 발을 헛디디면 어쩌나 하는 불안감 속에서 그를 지켜보았다. 그때, 발소리가 들렸다. 돌아보니 한 여인이 오솔길을 따라 이쪽으로 오고 있었다. 연기가 피어오르는 메리피트 저택 방향에서 온 모양인데, 황무지의 굴곡 때문에 이렇듯 가까이 접근할 때까지 눈치채지조차 못한 것이다.

나는 그 순간 그녀가 박물학자가 말한 스태플턴 양이라고 확신했다. 황무지에 여인이 많지도 않거니와, 누군가 그녀를 미인이라고 했던 기억이 떠올라서였다. 여인은 분명히 미인이었고 또 매우 특별한 분위기를 풍겼다. 세상에, 남매가 저렇게 다르다니! 스태플턴은 중간색 피부에 옅은 색 머리, 회색 눈을 가졌는데, 그녀는 영국의 어느 여성보다 가무잡잡한 피부였으며 날씬하고 우아하고 훤칠했다. 이목구비가 또렷한 얼굴에 표정은 얼마나 당당한지, 감각적인 입술과 열정적인 눈이 아니었다면 차라리 냉담하게 보였을 것이다. 완벽하고 우아한 드레스는 오히려 그녀를 황량한 황무지를 떠도는 기이한 유령처럼 보이게 했다. 그녀는 오솔길을 따라오면서 오빠에게서 시선을 떼지 않았다. 그런데 내가 모자를 들고 막 인사를 하려는 찰나, 나를 향한 그녀의 말이 모든 생각들을 일거에 날려 버리고 말았다.

「돌아가세요! 런던으로 돌아가요, 당장!」

나는 너무도 놀라 멍하니 그녀를 바라볼 수밖에 없었다. 그녀는 나를 노려보며 한쪽 발로 땅바닥을 두드려 댔다. 무척이나 초조한 모습이었다.

「제가 왜 돌아가야 합니까?」 내가 물었다.

「설명은 할 수 없지만, 제 말대로 하셔야 해요. 돌아가서 다시는 황무지에 돌아오지 말아요.」 나지막하면서도 열정적인 목소리였으나 묘한 혀짤배기소리도 섞여 나왔다.

「하지만 이제 막 왔는걸요.」

「맙소사! 당신을 위해 하는 경고도 구분 못 해요? 런던으로 돌아가세요! 오늘 밤 당장! 무슨 수를 써서라도 탈출하시라고요! 쉿, 오빠가 오고 있어요! 내가 이런 말을 했다고 하면 절대 안 돼요! 죄송하지만 저쪽 쇠뜨기 사이에 활짝 핀 난초 좀 뽑아 주실래요? 황무지엔 난이 아주 많답니다. 하지만 이 아름다운 풍경을 보기엔 다소 늦으셨어요.」

스태플턴이 나비 채집을 포기하고 돌아왔다. 뛰어다닌 탓인지 숨을 가쁘게 쉬고 얼굴도 벌겋게 상기되어 있었다.

「안녕, 베릴!」 그가 인사를 했다. 그다지 반기는 말투는 아니었다.

「안녕, 오빠. 아주 신났네요.」

「그래, 팔랑 나비를 쫓고 있었거든. 희귀종인 데다 10월 말엔 거의 볼 수도 없어. 그런데도 놓치고 말았으니, 안타깝기 짝이 없구나.」

그는 아무렇지도 않은 듯 얘기했으나 작고 밝은 눈은 끊임없이 나를 향하고 있었다.

「두 분이 서로 인사를 한 모양이군요.」

「예, 헨리 경께 황무지의 진짜 매력을 보기엔 계절이 다소 늦었다고 말씀드렸어요.」

「뭐야? 넌 이분이 누구라고 생각한 거냐?」

「헨리 바스커빌 경이 아니세요?」

「아니, 아닙니다. 전 다만 그분의 보잘것없는 평민 친구랍니다. 이름은 왓슨이라고 하죠.」 내가 말했다.

당혹감이 그녀의 다채로운 표정을 훑고 지나갔다.

「그러니까, 엉뚱한 얘기만 늘어놓은 셈이군요.」 그녀가 한숨을 내쉬었다.

「뭐, 별로 얘기할 시간도 없었잖아.」 오빠가 말했다. 여전히 의뭉스러운 눈초리였다.

「왓슨 씨가 손님이 아니라 주인인 줄 알고 그랬어요. 난초를 보기에 계절이 이르건 늦건 아무 상관도 없는 분한테 말이에요. 하지만 어쨌든, 메리피트에 오시는 중이었죠?」 그녀가 물었다.

메리피트 저택은 멀지 않았다. 황무지의 황량한 건물. 과거 황금시대엔 잘나가는 목축업자의 농가였으나 지금은 근대적인 주거지로 개조된 터였다. 주변에 과수원이 하나 있었는데, 황무지가 다 그렇듯 과실수들은 제대로 자라지 못해 잔뜩 비틀려 있었고, 그 덕분에 전체적인 분위기도 더욱 초라하고 음울해 보였다. 우리를 맞이한 사람은 허름한 차림의 쭈글쭈글한 노인이었다. 늙은 하인의 음산한 표정도 그 집과 잘 어울린다는 생각이 들었다. 하지만 넓은 실내는 그와 반대로 너무나 우아했다. 아무래도 숙녀분의 취향이 반영된 덕이겠다. 나는 창문을 통해 저 멀리 지평선까지 이어진 바위

투성이 황무지를 내다보았다. 도대체 이 지적인 사내와 아름다운 여인이 이런 곳에 내려와 사는 이유가 뭘까 하는 의문을 떨칠 수가 없었다.

「사람 살기엔 묘한 곳이죠? 그럼에도 불구하고 우린 용케도 행복하게 살아간답니다. 안 그러니, 베릴?」 그가 물었다.

「더할 나위 없이.」 그녀가 대답했다. 하지만 왠지 자신감 없는 목소리였다.

「전에는 학교를 운영했답니다. 북부에서였죠. 성격이 성격인지라 제게는 기계적으로 느껴지고 흥미도 덜한 일이었지만, 젊은 사람들과 생활하며 나 자신의 경험과 지식으로 학생들에게 감동을 주고, 동시에 그들의 정신을 가꾸는 건 작지 않은 축복이었죠. 하지만 운명은 저희 편이 아니더군요. 학교에 고약한 전염병이 돌아 학생 셋이 죽은 겁니다. 결국 그게 치명타가 됐습니다. 회복은커녕 대부분의 자금이 고갈되고 말았으니까요. 하지만 그 매력적인 아이들을 잃지만 않았다면, 오히려 전 그 불행을 기꺼워했을 겁니다. 식물학과 동물학에 워낙 관심이 많은 제게 이곳은 거의 무한할 정도의 실습장이니까요. 게다가 여기 제 동생도 저만큼이나 자연에 헌신적이죠. 왓슨 박사님, 박사님께서 창밖으로 황무지를 내다보실 때 보니, 이런저런 의문들이 가득한 표정이시더군요.」

「다소 따분할 수도 있겠다는 생각이 언뜻 들기는 했습니다. 아마도 동생분께서 더 그렇겠지만요.」

「아뇨, 아니에요. 전 하나도 따분하지 않은걸요.」 그녀가 황급히 대답했다.

「책도 있고, 연구 대상도 있고, 또 재미있는 이웃도 있잖습니까. 모티머 박사도 그 분야에선 매우 지적인 사람이죠. 돌아가신 찰스 경도 좋은 벗이었고요. 너무도 가까웠기에 지금은 형언하지 못할 만큼 그립답니다. 그런데 오늘 오후에 제가 헨리 경을 찾아뵙고 인사드리면 무례가 될까요?」

「그도 무척 반가워할 겁니다.」

「그럼 먼저 박사님께서 제 의향을 전해 주시기 바랍니다. 경께서 새로운 환경에 쉽게 적응하실 수 있도록 보잘것없는 힘이나마 최선을 다해 보태겠다고 말입니다. 그럼 위층에 올라가 제 나비 표본을 보실까요? 영국 남서부에서는 가장 완벽한 모델일 겁니다. 박사님께서 구경하시는 동안 점심 준비도 끝날 테고요.」

하지만 나는 저택으로 돌아가고 싶었다. 황무지의 암울한 분위기, 조랑말의 처참한 죽음, 바스커빌가의 암울한 전설을 연상시키는 괴성……. 이 모든 것들이 머릿속을 슬픔으로 채색해 버리고 말았다. 아니, 그런 식의 모호한 인상은 그렇다 치더라도, 스태플턴 양의 단호한 경고가 남아 있다. 그녀의 호소가 너무도 애절했던 까닭에, 그 이면에 있을 심각하고도 중대한 사정을 도저히 무시할 수 없었다. 점심 초대를 거절하는 것은 쉽지 않았으나, 난 곧바로 저택을 빠져나와 스태플턴 남매와 걸었던 풀길을 거슬러 가기 시작했다.

하지만 이곳 사람들만 아는 지름길이 있는 모양이었다. 도로에 다다랐을 때, 놀랍게도 스태플턴 양이 길 옆의 바위에 앉아 있었던 것이다. 얼마나 열심히 쫓아왔던지 얼굴엔 아름다운 홍조가 피었고, 한 손은 옆구리에 가 있었다.

「박사님을 따라잡으려고 내내 뛰어왔어요. 그러고 보니 모자를 챙길 시간도 없었네요. 시간이 없어요. 곧 오빠가 찾으러 올 테니. 무엇보다 아까 제가 저지른 멍청한 실수에 대해 사과하고 싶어요. 바보처럼 헨리 경인 줄 알다니. 제발 제 말은 못 들은 걸로 해주세요. 박사님과는 아무 관계도 없는 얘기랍니다.」

「아니, 그럴 수는 없답니다, 스태플턴 양. 전 헨리 경의 친구이고, 경의 안녕은 제게도 큰 관심사니까요. 헨리 경이 당장 런던으로 돌아가야 한다고 말씀하신 이유가 뭔지 알려 주시겠습니까?」

「여자의 변덕이랍니다, 왓슨 박사님. 절 좀 더 아시면 제가 말과 행동에 책임을 못 지는 계집이라는 사실을 깨닫게 되실 거예요.」

「아니, 아닙니다. 아까 아가씨 목소리는 떨렸어요. 두 눈의 표정도 생생히 기억합니다. 스태플턴 양, 부디 솔직하게 말씀해 주시기 바랍니다. 사실 이곳에 온 이후로, 저 역시 사방을 에워싼 그림자를 느끼던 참이었죠. 지금 심정은 말 그대로 〈그림펜 마이어〉랍니다. 사방에 죽음의 발길을 유혹하는 녹지 쪼가리뿐이고 길을 알려 주는 이정표는 어디에도 없으니까요. 아까의 말씀이 무슨 뜻인지 알려 주시면, 틀림없이 헨리 경에게 경고를 전하겠다고 약속드리죠.」

그녀의 얼굴엔 한순간 단호한 결심이 스치기도 했으나, 내게 대답할 때의 표정은 또다시 딱딱해져 있었다.

「너무 심각하게 받아들이지 마세요, 왓슨 박사님. 오빠와 저도 찰스 경의 죽음에 큰 충격을 받았답니다. 산책 때마다 황무지를 건너 저희 집을 찾으신 덕에, 무척이나 가깝게 지냈거든요. 당신 가문을 에워싼 저주에 크게 신경 쓰셨기에 이번 비극이 일어나는 순간, 저는 자연스럽게 그분의 두려움에 정말로 특별한 이유가 있었다고 생각한 모양이에요. 또 다른 바스커빌 경이 이곳에 내려오신다기에 괜히 불안해졌던 것뿐이에요. 그래서 그분께 닥치게 될 위험에 대해 경고해야겠다고 생각한 거고요. 제 의도는 그게 전부였답니다.」

「그럼, 그 〈위험〉이라는 게 뭡니까?」

「사냥개 이야기를 모르세요?」

「그런 헛소리는 믿지 않습니다.」

「전 믿어요. 하실 수만 있다면 헨리 경을 멀리 모시고 가세요. 여긴 그분의 가문에 늘 비극만 가져다준 곳이잖아요. 세상이 이렇게 넓은데, 왜 하필 위험한 곳에서 사시려는 거죠?」

「위험한 곳이니까요. 그게 헨리 경의 성격이랍니다. 스태플턴 양, 보다 명확한 얘기가 아니면 그분의 마음을 움직이는 건 불가능할 거예요.」

「명확한 얘기는 저도 못 해요. 정확히 아는 게 없는 걸요.」

「하나만 더 묻겠습니다, 스태플턴 양. 처음 경고한 것이 단순히 그런 의도였다면, 왜 오빠가 들을까 봐 불안해하신 거죠? 오빠든 누구든, 신경 쓸 일이 없지 않습니까?」

「오빠는 어떻게든 바스커빌 홀에 주인을 들이려고 해요. 황무지의 가난한 사람들에게 큰 도움이 된다고 생각하기 때문이죠. 헨리 경에게 달아나라고 경고하려 했다는 사실을 알게 되면 크게 화를 낼 거예요. 어쨌든 전 할 바를 다했으니 다시는 그런 말 않겠어요. 돌아가야겠어요. 제가 선생님을 쫓아갔다고 오빠가 의심할 테니까. 그럼 이만!」

그녀는 곧바로 돌아서더니 몇 분 후엔 점점이 흩어진 바위 뒤로 사라져 버렸다. 나는 막연한 두려움만 가득 안은 채, 바스커빌 홀을 향해 발길을 재촉했다.

8
왓슨 박사의 첫 번째 보고

이 순간부터는 내가 셜록 홈스에게 보냈던 편지를 필사하는 식으로 사건의 흐름을 쫓아갈 생각이다. 편지는 모두 내 앞 테이블에 놓여 있다. 한 페이지가 사라지긴 했으나, 그 밖에는 모두 편지를 쓴 순서대로다. 이 편지들은 당시의 느낌과 의혹을 내가 기억하는 것보다 정확하게 보여 줄 수 있을 것이다. 물론 그 비극적인 사건들에 대한 내 기억이야 여전히 또렷하지만.

바스커빌 홀, 10월 13일

친애하는 홈스,
지난번에 서신과 전보들을 통해 이 저주받은 오지에서 일어난 일에 대해 알려 주었네. 이곳에 머물수록 황무지의 유령이 영혼을 파고드는 것만 같으이. 광대함과 어두움이라는, 그 두 가지 매력 모두가 말일세. 황무지의 가슴에 안기는 순간, 현대 영국의 흔적은 낱낱이 잃어버리고 대신 선사인들의 삶과 노동을 의식하게 된다네. 산책을 나서면 어디에나 사라진 선조들의 주거요 무덤이며 그들의 사원이라는 거석(巨石)이니 어찌하겠나. 상처투성이의 언덕바지에 세운 그들의 잿빛 돌집을 바라보고 있노라면, 어느덧 내가 속한 시대는 어디론가 사라져 버리고 만다네. 행여 돌집의 낮은 지붕 밑에서 가죽옷 차림의 털북숭이 사내가 활에 돌화살을 먹이며 기어 나온다 해도, 어쩌면 나 자신보다 그가 이 세상에 더 어울리는 것처럼 보일 걸세. 신기한 일은 그들이 군집을 이루며 살았던 곳이야말로 가장 척박한 땅이었다는 사실이라네. 내가 고고학자는 아니네만, 원체 전쟁을 싫어하는 평화로운 부족이었던 터라 다른 부족이 버린 땅을 어쩔 수 없이 받아들였을 거라는 생각부터 들었다네.

하지만 이런 일들은 자네가 맡긴 임무와도 상관없고, 또 철두철미한 실용주의자인 자네에게 별 흥미도 없는 내용일 걸세. 태양이 지구를 도는지, 아니면 지구가 태양을 도는지에 대해서조차 무관심으로 응대하던 자네의 모습[24]이 아직도 생생하군. 그래, 이제부터 헨리 바스커빌 경과 관련한 사건들을 보고하기로 하겠네.

지난 며칠 동안 보고를 하지 않은 건, 그간 별다른 일이 없었기 때문일세. 그런데 갑자기 매우 당혹스러운 상황이

---

24 셜록 홈스 시리즈의 첫 번째 이야기인 『주홍색 연구 A Study in Scarlet』에서 나타난 홈스의 모습이다.

발생했다네. 물론 자세히 얘기하겠지만, 그 전에 그 사건과 관련한 주변 상황부터 다루기로 함세.

지금껏 거의 전하지 않았던 소식이 있는데, 그중 하나가 바로 황무지의 탈옥수라네. 지금은 그가 멀리 달아났다고 믿을 만한 이유가 생겨, 이 지역 외딴집의 주민들도 크게 안도의 한숨을 내쉬고 있는 터일세. 탈옥 이후 2주나 지났건만, 지금껏 보이지도 않고 아무 소문도 없었기 때문이지. 그가 그동안 내내 황무지에 숨어 있었다고 주장한다면 그거야말로 헛소리가 아닐 수 없을 거라네. 물론 숨어 지내는 것만이라면 전혀 문제없겠지. 어느 돌집을 골라 들어가도 은신처가 되어 줄 테니까. 하지만 먹는 문제라면 얘기가 다르네. 어쨌든 황무지의 양이라도 잡아먹어야 하지 않겠나. 아무튼 그런 이유들로 사람들은 그가 다른 곳으로 떠났다고 결론을 내렸고, 덕분에 외딴 농가 사람들도 편안히 잠들 수 있게 되었다네.

이 집엔 건장한 남자가 넷이나 있으니 별걱정이 없네만, 솔직히 말하면 스태플턴 남매를 생각할 때마다 마음이 불편했네. 가장 가까운 이웃과도 몇 킬로미터는 떨어져 있으니 오죽했겠나. 그 집에는 하녀와 늙은 하인과 여동생과 오빠가 전부인데, 오빠도 그다지 강한 남자는 못 되다네. 이번 노팅힐 살인마 같은 악당에게 걸리는 날엔 그야말로 속수무책일 수밖에 없겠지. 헨리 경과 나는 두 사람이 염려되어 하인 퍼킨스를 보내 밤낮으로 지키게 하려 했네만, 스태플턴은 고집스럽게 들은 척도 않더군.

사실 헨리 경은 우리의 아름다운 이웃에게 지대한 관심을 보이기 시작했다네. 그리 놀랄 만한 일도 아니지. 그토록 혈기 왕성한 남자가 이런 쓸쓸한 곳에서 무료한 시간을 보내는 데다, 그녀는 너무도 매혹적이고 아름다운 여성이니 어쩌겠나. 차갑고 무덤덤한 오빠와 달리 그녀에게는 열정적이고 이국적인 분위기가 있다네. 아, 오빠도 이따금 감춰 둔 불꽃을 드러내긴 하더군. 그가 그녀에게 커다란 영향력이 있는 건 확실한 것 같네. 얘기할 때마다 오빠의 동의를 구하듯 힐끔거리며 눈치를 살피니 말이야. 물론 동생에게 친절하기야 하겠지만, 두 눈의 마른 광채와 굳게 다문 입술로 보아 단정적이고 가혹한 면이 있는 듯 보였다네. 자네도 그를 만나면 흥미를 느낄 걸세.

그는 첫날 당장 헨리 경을 찾아왔고, 다음 날에는 사악한 위고의 전설이 비롯되었음 직한 장소로 우릴 안내해 주었네. 황무지를 몇 킬로미터나 가로질러 달려서야 이르렀는데, 어찌나 황량하던지 정말로 그런 사건이 일어날 만하다는 생각이 들더군. 우리는 험준한 바위산 사이에서 계곡을 찾아냈고, 그 끝으로 하얀 황새풀이 여기저기 깔려 있는 넓은 공지도 확인했네. 한가운데 거석 두 개가 서 있었는데, 꼭대기가 날카롭게 깎인 게 흡사 어느 괴물의 송곳니처럼 보이더군. 어느 모로 보나 전설의 무대와 일치했네. 헨리 경도 관심이 지대했던지, 초자연적인 요소가 인간사에 개입할 가능성에 대해 스태플턴에게 몇 번이나 물었다네. 가벼운 질문이긴 했지만 아무래도 신경이 쓰이는 모양이었어. 스태플턴은 조심스럽게 대답했는데, 헨리 경의 기분을 고려해서인지 할 말을 삼가고 뭔가 숨기려 하더구먼. 그는 악마의 영향을 받은 가문에 대해 몇 가지 사례를 들려주었는데, 초자연적인 문제에 관한 일반적인 견해에는 어느 정도 동의하는 듯한 인상을 풍기더군.

집으로 돌아오는 길에 우리는 메리피트 저택에 들러 점심 식사를 했고, 그때 헨리 경이 스태플턴 양을 처음 만났지. 처음 보는 순간부터 강하게 매료된 것 같았다네. 게다가 내가 잘못 본 게 아니라면, 그런 감정은 스태플턴 양도 마찬가지였어. 집으로 돌아오는 길에도 그는 계속해서 그녀 얘기를 했고, 그 후로는 거의 매일 오누이를 만나게 되었지. 두 사람은 오늘 밤 이곳에서 식사를 했는데, 벌써 다음 주에 우리가 그 집에 간다는 약속까지 오갔다네. 사실 나로서는 그런 짝이야말로 스태플턴이 환영해 마지않을 인연이라고 생각했는데, 헨리 경이 여동생에게 계속 관심을 보이자 비록 찰나이지만 그의 얼굴에 강한 반감이 스쳐 지나가더군. 물론 그는 동생을 사랑할 걸세. 그녀가 없으면 혼자서 쓸쓸히 살아가야겠지. 하지만 그렇게 멋진 결혼을 방해한다면, 그거야말로 극단적인 이기심이 아니겠나. 어쨌든 그가 두 사람의 친분이 사랑으로 발전하기를 원치 않는다는 것만은 분명해. 단둘이 있는 걸 막기 위해 애쓰는 모습도 여러 번이나 보였다네. 아무튼 기존의 수수께끼에 연애 감정까지 개입될 경우, 헨리 경 혼자 밖에 나가지 못하게 하라는 자네의 지시는 훨씬 더 지키기 힘들어지게 될 것 같다는 생각이 드는구먼. 내 임무를 곧이곧대로 이행하려 들 경우 나에게도 원망의 눈초리가 돌아올 테니 말일세.

목요일에는 모티머와 점심 식사를 했네. 롱다운의 고분을 발굴해 선사 시대의 두개골을 구했다면서 한창 신나 하더군. 세상에, 그처럼 집요하게 한 우물을 파는 사람도 없을 걸세! 잠시 후 스태플턴 남매가 찾아왔고, 박사는 헨리 경의 요청에 따라 우리를 주목 산책길로 안내해 주었네. 그 죽음의 밤에 어떤 일이 있었는지 정확히 알아보자는 취지였지. 주목 산책로, 참으로 길고도 황량한 길이더군. 잘 다듬은 관목 울타리가 서 있고, 좁은 풀밭이 양쪽으로 길게 이어져 있네. 산책로 끝에는 다 허물어져 가는 낡은 여름 별장이 있더군. 그리고 산책로 중간쯤에서 노인이 담뱃재를 털었다는 황무지 쪽문도 확인했어. 흰색의 나무 문이 있는데 그 너머로 넓은 황무지가 펼쳐져 있었네. 나는 자네의 가설을 떠올리고 그에 따라 사건 전체를 구성해 보았네. 노인이 그곳에서 황무지를 거슬러 오는 뭔가를 보고는 혼비백산해 달아나다가, 결국 공포와 탈진으로 숨을 거두었다는 가설 말일세. 그가 달아난 길은 길고도 음침한 주목 터널이었어. 그런데 그게 뭐였을까? 황무지의 양치기 개? 아니면 흉측한 벙어리 유령 개? 혹시 그 사건에 인간이 개입되어 있지는 않았을까? 창백한 배리모어가 뭔가 숨기고 있는 건 아닐까? 온통 암담하고 모호한 것들뿐이지만, 그 뒤 어딘가에는 어두운 범죄의 그림자가 숨어 있을 걸세.

지난번 편지를 보낸 후 이웃 하나를 더 만났네. 래프터 홀의 고약한 프랭클랜드 씨. 이곳에서 남쪽으로 7킬로미터쯤 떨어진 곳에 사는 벌건 얼굴의 백발노인이라네. 영국법에 관심이 많은데 그 바람에 온갖 소송으로 가산까지 탕진했다더군. 소송 그 자체를 즐기기 때문에 때로는 피고를 대변해 주기도 한다고 들었네. 아무튼 값비싼 취미를 개발해 낸 셈이지. 언젠가는 애꿎은 도로를 막아 놓고 행정 당국과 한바탕 법정 투쟁을 벌이려 들 걸세. 아니면 다른 집 문을 허물어 놓고 태곳적부터 있던 통로이니 마음에 들지 않으면 당장 고소하라고 큰소리를 칠지도 모르지. 옛 영지법(領地法)과 공동체 권리에 정통한 자신의 지식을 펀위디 마을[25] 사람들을 위해 쓰기도 하지만 종종 다른 이들을 골탕 먹이기도 하는 통에, 최근의 행태에 따라 마을에서는 그를 위한 축하 퍼레이드를 열거나, 아니면 인형 화형식을 행하는 일을 되풀이한다네. 지금도 진행 중인 소송이 일곱 건이나 된다는데, 그것만으로도 남은 재산을 모두 날리고 말 걸세. 어쨌거나 그렇게 되면 독침도 뽑히고 그 후로는 무해한 존재가 되긴 하겠지. 소송만 아니라면 그래도 친절하고 성격 좋은 사람 같더군. 그에 대해 언급하는 이유는 자네가 특별히 주변 사람들을 묘사해 달라는 부탁을 했기 때문일세. 그 노인은 지금은 또 다른 일에 몰두해 있다네. 아마추어 천문학자인 그에게 기가 막힌 망원경이 하나 있

---

25 지금은 존재하지 않는, 영국의 옛 마을.

는데, 그 망원경으로 자기 집 지붕에 엎드려 하루 종일 황무지를 훑고 있다더군. 물론 탈옥수를 잡기 위해서지. 이런 일에만 에너지를 쏟는다면 만사가 편안하겠건만, 소문에 의하면 가족의 동의 없이 고분을 파헤쳤다는 이유로 모티머 박사까지 고소하려 한다더군그래. 롱다운의 고분에서 신석기 시대의 두개골을 발굴한 일을 두고 하는 얘기 같은데, 아무튼 이곳의 단조로움을 조금이나마 달래 주는 사람인 것만은 분명하다네. 이따금 이런 식의 기분 전환도 필요한 법이 아닌가?

탈옥범, 스태플턴 자매, 모티머 박사, 래프터 홀의 프랭클랜드의 최근 소식을 모두 전했으니, 가장 중요한 얘기로 넘어가야겠군. 바로 배리모어에 대한 얘기일세. 어젯밤에 놀랄 만한 사건이 하나 일어났다네.

무엇보다 그 가짜 전보 얘기를 먼저 해야겠군. 배리모어의 행방을 확인하기 위해 런던에서 보낸 전보 말일세. 우체국장에게 알아본 결과 실험은 실패했고, 그가 이곳에 있었는지 런던에 갔는지 확인할 길이 없다는 얘기는 이미 보고한 바 있네. 헨리 경에게 상황 설명을 했더니, 경은 특유의 성급한 기질로 배리모어를 불러 올리더니 그에게 직접 전보를 받았는지 물었다네. 물론 배리모어는 그렇다고 대답했네.

「아이가 직접 자네에게 배달했다는 건가?」 헨리 경이 물었네.

배리모어는 놀란 표정을 짓더니 잠시 머뭇거리더군.

「아닙니다. 그때 다락에 있었는데 집사람이 가져왔죠.」

「그럼, 답신은 자네가 한 건가?」

「그것도 아닙니다. 집사람에게 쓸 내용을 일러 줬습니다.」

저녁이 되자 그가 찾아와 그 문제를 다시 거론했네.

「오늘 아침 질문하신 이유를 도무지 이해할 수가 없습니다. 주인님. 설마 제가 거짓말로 주인님의 신뢰를 얻으려 했다는 말씀은 아니시겠죠?」

헨리 경은 그런 게 아니라고 말하고는 헌 옷 몇 벌을 주며 그를 달랬네. 런던에 있던 옷이 모두 도착한 터였지.

배리모어 부인에게도 뭔가 수상쩍은 구석이 있네. 몸집이 크고 건강한 여인인데, 도덕적으로 대단히 편협한 데다 청교도적 기질로 똘똘 뭉쳐 있더군. 세상에 그녀보다 감정이 메마른 사람도 없을 걸세. 이곳에 온 첫날 밤 그녀가 흐느껴 울었다는 얘기는 했네만, 그 이후로도 한두 번 그녀의 얼굴에서 눈물 자국을 본 적이 있지. 뭔지는 몰라도, 깊은 슬픔이 그녀의 심장을 갉아먹는 모양이더군. 그녀를 괴롭히는 게 죄의식은 아닐까 하는 생각도 해보았고, 배리모어가 폭군일 가능성도 고민해 봤네. 그 사내에게 뭔가 어둡고 의뭉스러운 구석이 있다고 늘 느껴 왔기 때문이지. 하지만 어젯밤의 모험으로 내 의구심은 극에 달하고 말았다네.

그 자체로는 아직 사소한 문제일지도 모르겠네. 자네도 알다시피 내가 숙면하는 타입은 아니지 않나. 더욱이 이 집의 수문장 노릇을 하면서부터 잠은 더욱 옅어지고 말았다네. 어젯밤, 새벽 2시경이었지. 문득 내 방 앞을 지나는 조심스러운 발자국 소리에 잠이 깼네. 나는 침대를 빠져나와 문을 빼꼼 열고 밖을 내다보았지. 길고 검은 그림자가 복도를 지나가고 있더군. 그림자는 손에 촛불을 들고 조심조심 걷고 있었어. 셔츠와 바지 차림이었고 맨발이었네. 내가 본 건 실루엣뿐이지만 키로 보아 그건 분명 배리모어였지. 걸음걸이가 너무도 느리고 신중한 데다, 전반적으로 뭔가 해서는 안 될 일을 저지르는 듯한 분위기였다네.

전에도 말했듯이 복도는 홀을 에워싸고 이어지다가 발코니에서 끊긴 다음 그 반대편으로 다시 이어져 있네. 나는 보이지 않을 때까지 기다렸다가 그의 뒤를 미행하기 시작했지. 내가 발코니를 돌아갈 때쯤엔 그도 반대편 복도 끝에 가 있었는데, 곧 그가 들어간 방에서 열린 문으로 흐린 불빛이 새어 나오는 걸 볼 수 있었네. 그쪽 방들은 모두 비어 있는 데다 가구도 하나 없는 터라, 그의 행적은 더욱더 기이하기만 했다네. 불빛이 흔들리지 않는 것으로 보아, 꼼짝도 않고 그냥 서 있는 것 같았어. 나는 최대한 조용히 다가가 문 가장자리에서 몰래 엿보았네.

배리모어는 몸을 잔뜩 굽힌 채 창유리에 촛불을 대고 있었네. 얼굴을 내 쪽으로 살짝 돌리고 어두운 황무지를 내다보고 있었는데, 알지 못할 어떤 기대감이 있는지 잔뜩 굳은 표정이더군. 그는 몇 분 동안 그렇게 서 있다가 마침내 깊은 한숨을 내쉬고는 황급히 촛불을 껐고, 나도 부랴부랴 내 방으로 돌아왔네. 잠시 후 다시 한 번 조심스러운 발소리가 들려오더군. 그 후 나는 다시 얕은 잠에 빠졌는데, 한참 후에 이번에는 자물쇠를 여는 소리가 들렸지. 하지만 소리가 어디서 나는지는 나로서도 알 도리가 없었다네. 그 모든 게 어떤 의미인지는 아직 잘 모르겠네. 하지만 이 집에서 분명 뭔가 은밀한 일이 진행되고 있고, 조만간 우린 그 일을 파헤쳐야 할 걸세. 내 생각을 말하지는 않겠네. 자네도 오직 사실만을 전해 달라고 했으니. 오늘 아침 헨리 경과 오랜 시간 대화한 끝에 어젯밤의 사건을 바탕으로 한 가지 계획을 세웠다네. 아직 얘기할 단계는 아니네만 다음 보고엔 보다 흥미로운 얘기를 담을 수 있을 걸세.

9
황무지의 불빛

왓슨 박사의 두 번째 보고.

바스커빌 홀, 10월 15일

친애하는 홈스,

이곳에 온 지 처음 며칠간은 피치 못하게 소식을 전하지 못했지만, 이제는 충분히 벌충하고 있음을 인정해 주기 바라네. 요즘엔 오히려 사건이 한꺼번에 터지는 분위기라네. 지난번 보고에서 배리모어가 창밖을 살폈다는 얘기를 했는데, 이번에 그 사건에 대해 대단한 이야깃거리를 확보했네. 내 판단이 틀리지 않는다면, 자네도 놀랄 수밖에 없는 얘기일세. 상황은 전혀 예상치 못했던 방향으로 발전했다네. 또한 지난 48시간 동안 훨씬 더 분명해졌고, 어떤 면에서는 더욱 복잡해지기도 했지. 어쨌든 모두 기록할 테니 자네가 직접 평가하게나.

다음 날 아침 식사 전, 나는 복도를 따라가 배리모어가 들어갔던 방을 직접 조사해 보았네. 그가 열심히 내다보았던 서쪽 창문에는 그 집의 다른 창문들과 다른 점이 하나 있더군. 그러니까 그곳에선 황무지에서도 가장 가까운 쪽을 볼 수 있었던 걸세. 다른 창문들에서는 먼 곳만 간신히 볼 수 있지만, 이곳은 창문 앞 두 나무 사이에 틈이 있어 바로 앞쪽의 황무지가 훤히 내려다보였네. 따라서 배리모어가 굳이 이 창문을 고른 건 황무지의 누군가(또는 무언가)를 찾고 있기 때문이라고 봐야 할 걸세. 그날 밤은 칠흑처럼 어두웠기 때문에 그가 뭐든 봤을 것 같지는 않네. 그때 문득 그가 자신의 정부를 기다리고 있던 게 아닌가 하는 생각이 들더군. 그렇다면 그의 은밀한 행동과 아내의 불안한 표정이 모두 설명되는 것 아닌가. 놀랍도록 잘생긴 사내라 시골 처녀의 마음을 빼앗는 것도 그다지 어려운 일이 아닐 테니, 그야말로 모든 게 딱딱 맞아떨어지는 것 같았다네. 내가 방으로 돌아간 다음에 들렸던 자물쇠 소리는 은밀한 만남을 위해 외출하는 소리였겠지. 사실 이런 추리들은 결국 전혀 근거 없는 것으로 드러나긴 했지만, 어쨌든 내가 그날 아침에 내린 판단이니 이 자리에서 밝혀 두는 바이네.

하지만 배리모어의 진짜 사정이 무엇이든 간에 그 이유를 찾아낼 때까지 혼자만 알고 있다는 게, 솔직히 못할 짓이더군. 결국 나는 아침을 먹은 후 서재로 헨리 경을 찾아가 본 대로 얘기하고 말았지. 그런데 그는 예상보다 담담하게 받아들이더군.

「배리모어가 밤에 돌아다니는 건 알고 있었어요. 안 그래도 한번 얘기할 생각이었죠. 왔다 갔다 하는 발소리를 들은 것도 두 번이나 되는데, 박사님께서 말씀하신 그 시각이었습니다.」

「그렇다면 매일 밤 그 창문을 살피는 모양이군요.」

「어쩌면요. 그 친구를 쫓아가 뭘 찾는 건지 알아봐야겠어요. 홈스 선생님이 계셨다면 어떻게 하셨을까요?」

「정확히 경의 제안대로 했을 겁니다. 배리모어를 쫓아가 이유를 밝혀냈겠죠.」

「그럼 저하고 함께합시다.」

「그 친구가 발소리를 들을 텐데요.」

「그자는 가는귀를 먹었어요. 그게 아니었더라도 기회를 놓칠 수는 없겠지만요. 자, 오늘 밤 제 방에서 그자가 지나갈 때까지 기다리는 겁니다.」 헨리 경은 신이 나서 두 손을 비비기까지 했다네. 황무지의 삶이 조용하고 지루하다 보니 그런 모험이 그리웠을 걸세.

헨리 경은 찰스 경 밑에서 설계를 담당했던 건축가와 런던의 도급인을 만나 상담했네. 곧 대단한 공사가 시작될 모양이더군. 플리머스에서 온 실내 장식가와 가구상도 등장한 걸 보니 아무래도 엄청난 구상을 하고 있는 것 같았어. 가문의 영광을 되살리기 위해 수고와 비용을 아끼지 않겠다는 얘기겠지. 저택을 개조하고 가구도 새롭게 들이면, 이제 남는 건 아내를 구하는 일이 될 걸세. 우리끼리

애기네만, 숙녀분만 괜찮다면 그다지 어려운 일은 아닐 거라 믿네. 아름다운 이웃 스태플턴 양과 함께 있을 때의 헨리 경만큼 여성에게 푹 빠진 사내를 보기 힘들기 때문이지. 하지만 진정한 사랑의 행로라는 건 늘 험난한 법 아니겠나. 예를 들어, 오늘 경은 예기치 못한 암초로 인해 무척이나 당혹스럽고 난감해하고 있다네.

배리모어에 대한 대화가 끝난 후, 헨리 경이 외출하기 위해 모자를 챙길 때였네. 당연히 나도 따라나설 채비를 했지.

「아! 박사님도 가려고요?」 그가 나를 이상하다는 듯 바라보더군.

「그거야, 경께서 황무지에 가는지의 여부에 달렸지요.」 내가 말했네.

「황무지에 가는 건 맞아요.」

「제 임무를 아시리라 믿습니다. 저도 방해하고 싶지는 않지만, 경께서도 홈스가 얼마나 간절하게 당부했는지 기억하고 있잖습니까? 더욱이 황무지에 단신으로 나가는 건 안 될 말이지요.」

그러자 헨리 경이 가벼운 미소를 지으며 내 어깨를 짚었네.

「친애하는 왓슨 박사님, 홈스 탐정께서 아무리 영명하시다 한들, 이곳 황무지에 온 후 나에게 어떤 일이 일어날지까지 예견하셨겠습니까? 무슨 얘긴지 아시겠죠? 설마 박사님께서 남의 흥을 깨실 분은 아니리라 믿습니다. 전 혼자 가야 한답니다.」

 정말로 난감하기 그지없었다네. 어찌나 당혹스럽던지, 무슨 말을 하고 어떻게 처신해야 할지 아무 생각도 나지 않더군. 내가 미처 대응을 하기도 전에, 경은 지팡이를 들고 나가 버렸지.

 하지만 곰곰이 생각해 보니, 상황이야 어떻든 그가 내 시야 밖으로 나가도록 방치한 건 분명 비난받아 마땅한 일이었어. 자네에게 불행한 일이 발생했다고 보고해야 할 일이 생긴다면 내 기분이 어떨까도 생각해 보았네. 그것도 순전히 자네 지시를 어긴 죄로 말일세. 거기에 생각이 미치자 얼굴까지 붉어지더군. 아직은 따라잡을 수 있을 것 같았네. 그래서 난 곧바로 메리피트 저택을 향해 길을 나섰지.

 부지런히 길을 따라갔건만, 황무지 샛길이 갈라지는 분기점에 다다를 때까지도 헨리 경은 보이지 않았네. 어쩌면 다른 길로 갔을지도 모른다는 생각에, 나는 전망이 좋은 언덕을 하나 골라 오르기로 했지. 무시무시한 채석장이 있는 바로 그 언덕이었어. 경을 찾는 건 어렵지 않았네. 5백 미터쯤 떨어진 황무지 길에서 스태플턴 양으로 보이는 숙녀분과 나란히 걷고 있더군. 둘 사이에 언질이 있었던지 분명 데이트 약속에 따른 만남으로 보였어. 두 사람은 심각한 대화를 나누는 듯했네. 그녀는 두 손을 빠르고 거칠게 움직이는 것으로 보아, 뭔가 열심히 호소하는 것 같았어. 헨리 경은 묵묵히 듣다가 한두 번 고개를 저었는데, 물론 강한 거부의 몸짓이었네. 나는 바위 사이에 숨어 두 사람을 지켜보고 있었지만, 사실 어떻게 해야 할지 난감했다네. 물론 두 사람을 쫓아가 대화에 끼어드는 건 정말로 할 짓이 못 되었어. 반면에 내 임무는 한순간도 그를 시야에서 떼어 놓아서는 안 된다는 것이었지. 친구를 몰래 염탐하는 일이야 끔찍한 짓이지만, 당장은 그를 지켜보는 것 외에 달리 방법이 없었네. 나중에라도 그에게 내 처신을 고백한다면 양심이 조금은 가벼워질 거라 생각했지. 거리가 먼 탓에 행여 그에게 위험이 닥친다 해도 도움은 못 되었겠지만, 그래도 자네는 당시의 내 곤란한 처지를 이해해 주리라 믿네. 어쨌거나 그 이상은 나도 어쩔 수가 없었으니까.

헨리 경과 숙녀분은 이제 걸음까지 멈추고 오솔길에 서 있었어. 아무래도 대화 내용이 심각했던 모양이야. 두 사람의 밀담을 지켜보는 사람이 나 혼자가 아님을 깨달은 건 바로 그 순간이었다네. 녹색 물체가 허공을 휘젓는 게 언뜻 시야에 걸린 거야. 재빨리 고개를 돌려보니 한 남자가 울퉁불퉁한 구릉 사이를 헤집고 있더군. 물체는 그 사내가 들고 있는 장대 끝에 매달려 있었어. 그래, 포충망을 든 스태플턴이었네. 그는 나보다 더 두 남녀에게서 가까이 있었네. 아주 가까운 곳에서 그들에게 접근하고 있었던 거야. 그 순간 헨리 경이 스태플턴 양을 옆으로 끌어당겼네. 한 팔로 끌어안은 모양새였지만, 내 눈에는 그녀가 고개를 돌린 채 그에게서 벗어나려고 애쓰는 것처럼 보였네. 그가 그녀를 향해 고개를 숙였을 때는 방어하듯 한 손을 들어올리기까지 했지. 그리고 다음 순간 두 사람은 서로에게서 후닥닥 떨어져 등을 돌려야 했어. 스태플턴의 방해 때문이었네. 그는 성가신 포충망을 등에 매단 채 그쪽을 향해 달려가더니 두 연인 앞에 서서 손짓 발짓을 하기 시작했어. 단단히 화가 난 모양이었네. 어떤 내용인지는 정확히 모르겠으나, 스태플턴이 헨리 경을 비난하고 헨리 경은 해명을 하는 듯 보였어. 그런데 상대방이 들으려 하지도 않자, 경도 점점 흥분하는 것 같더군. 아가씨는 옆에서 입을 다문 채 가만히 지켜보기만 했고. 마침내 스태플턴이 홱 하고 돌아서며 여동생에게 거칠게 손짓을 해보이자, 그녀는 머뭇머뭇 헨리 경을 돌아보다가 오빠 옆으로 다가갔네. 박물학자의 신경질적인 손짓으로 보아, 숙녀한테 화풀이를 하는 것 같더군. 헨리 경도 한동안 두 사람을 지켜보다가 천천히 왔던 길을 되돌아가기 시작했네. 고개를 푹 떨군 모습이 실의에 빠진 남자 그대로였어.

무슨 내용인지는 자세히 모르겠으나, 지극히 사적인 장면을 몰래 엿봤다는 사실만으로도 부끄럽기 짝이 없더군. 나는 서둘러 내려가 언덕 아래에서 그를 만났네. 그는 어찌나 화가 났던지 얼굴이 누르락붉으락했고 눈썹까지 파르르 떨렸다네. 화가 나서 어찌할 바를 모르는 듯했어.

「오, 세상에, 왓슨! 도대체 어디에서 갑자기 나타난 거죠? 그렇게 말렸는데, 설마 내 뒤를 쫓아온 건 아니겠죠?」 그가 따졌네.

난 모든 걸 실토했지. 그냥 앉아 있을 수가 없었다. 그래서 쫓아왔는데 이러저러해서 그간의 상황을 모두 보게 되었다⋯⋯. 한순간 그의 눈에 불꽃이 일기도 했으나, 내 솔직한 고백에 그만 맥이 풀렸는지 다소 처참한 웃음을 터뜨리고 말더군.

「저 대초원 한가운데면 충분히 은밀하고 안전한 장소라고 생각했건만, 훌라! 망할! 마을 전체가 내 구애를 지켜보고 있었다는 얘기군요. 그것도 초라하기 짝이 없는 구애를! 도대체 어디 있었던 겁니까?」

「저 언덕 위.」

「멀리도 계셨구려. 하지만 오빠라는 작자는 아주 앞자리를 차지한 듯싶더군요. 그 친구가 우리에게 다가오는 걸 보셨습니까?」

「그래요.」

「그 친구 미친 것 아닙니까? 그 오빠라는 인간 말이에요.」

「그렇게 생각한 적은 없소만.」

「예, 그건 저도 마찬가지죠. 오늘까지만 해도 상상도 못 했으니까. 하지만 분명히 말씀드리는데, 그 친구가 됐든 내가 됐든 우리 중 하나는 죄수복을 입어야 할 겁니다. 대체 내게 무슨 문제가 있는 거죠? 왓슨, 벌써 몇 주 동안 내 옆에 있었으니 솔직하게 말해 주세요, 제발! 내가 사랑하는 여성에게 좋은 남편이 되지 못할 이유라도 있는 겁니까?」

「그럴 리가 있나요?」

「설마 내 세속적인 지위에 불만이 있는 건 아닐 테니, 그가 이러는 이유는 나 자신의 문제 때문임이 분명해요. 도대체 왜 안 된다는 거죠? 남자든 여자든, 평생 아무도 아프게 한 적이 없습니다. 그런데도 그자는 그녀의 손끝도 건드리지 못하게 하는 거예요.」

「그가 그렇게 말합디까?」

「그 이상이었죠. 왓슨, 솔직히 그녀를 안 지는 몇 주밖에 안 됐지만, 처음부터 내 사람이라고 느꼈어요. 그리고 그녀도……. 그녀도 함께 있으면 행복해했죠. 그건 분명해요. 여인의 눈빛이란 그 어느 웅변보다 소리가 큰 법 아닙니까? 하지만 그자는 내내 우리 둘을 방해했어요. 그녀와 단둘이 몇 마디 나눠 본 것도 오늘이 처음이라니까요. 오늘 그녀는 절 기꺼이 만나 주겠다고 했죠. 그런데 그녀가 얘기하고자 한 것은 사랑이 아니었답니다. 할 수만 있었다면 내 입에서 그 말이 나오지도 못하게 했을 겁니다. 그녀는 계속해서 이곳이 위험한 곳이며, 따라서 내가 떠날 때까지 자신은 결코 행복하지 못할 거라는 얘기만 하더라고요. 이미 그녀를 만난 이상 이곳을 떠날 생각도 없으며, 정말로 떠나기를 원한다면 방법은 그녀도 함께 가는 것뿐이라고 말해 줬죠. 그건 글자 그대로 청혼이었단 말입니다. 그런데 그녀가 대답하기도 전에 오빠라는 작자가 미친놈처럼 달려 내려오는 거예요. 어찌나 화가 났던지 얼굴은 백지장 같고 두 눈은 이글이글 불타고 있었다니까요. 내가 무슨 짓이라도 했나요? 그녀가 싫어하는 일을 내가 어떻게 하겠습니까? 내가 귀족이라고 멋대로 까불었던 적이

한 번이라도 있었던가요? 그녀의 오빠만 아니었어도 가만두지 않았을 겁니다. 여동생을 향한 내 감정에 전혀 부끄러울 게 없으며 부디 그녀를 아내로 맞이하고 싶다는 얘기도 했지만, 아무 소용이 없더군요. 마침내 나도 화가 났죠. 그래서 반응이 격해진 겁니다. 그녀가 옆에 있으니 더 자제를 했어야 했는데. 아무튼 보셨다시피 그자는 동생을 데리고 가버렸고 난 이렇게 날벼락 맞은 쥐새끼 신세가 되고 말았답니다. 도대체 이게 무슨 일이죠, 왓슨? 날 이해시켜 주시면 평생 은혜를 잊지 않으리다.」

한두 마디 해줄 생각이 없었던 건 아니네만, 솔직히 나도 당혹스러웠다네. 이 친구의 작위, 재산, 나이, 성격, 외모……. 어디 하나 빠지는 게 없지 않나. 가문을 괴롭히는 어두운 운명만 아니라면 부족한 게 전혀 없는 친구야. 그런데 숙녀 본인의 의사도 묻지 않은 채 그런 식으로 무례하게 타박을 놓다니! 게다가 아무 저항 없이 상황을 받아들이는 아가씨도 이해할 수 없더군. 우리의 당혹감은 그날 오후 스태플턴 본인이 방문함으로써 누그러지긴 했네. 아침의 무례를 사과하러 왔더군. 아무튼 서재에서 오랜 시간 밀담을 나눈 후 헨리 경은, 오해가 완전히 풀렸으며 그 징표로서 금요일에 메리피트 저택에서 저녁 식사를 하기로 했다고 했네. 나도 포함해서 말이지.

「그가 미치지 않았다는 얘기는 아닙니다. 오늘 오전 나를 대할 때의 눈빛을 잊을 수가 없어요. 하지만 적어도 그보다 더 공손하게 사과를 하는 사람은 한 번도 본 적이 없답니다.」

「자신의 행동에 대해 변명은 하던가요?」

「동생이 인생의 전부라고 하더군요. 그건 충분히 이해가 가요. 그녀의 가치를 인정해 주는 것도 고맙고. 어쨌거나 늘 함께 있었고, 또 동생하고만 같이 살았잖아요. 그의 말대로, 그녀를 잃는다는 생각에 이성을 잃었을 수도 있을 거예요. 내가 그녀에게 마음이 있다는 사실을 전혀 몰랐다고 했으니까. 그러다가 직접 두 눈으로 목격하니 아무 생각도 나지 않더라는 겁니다. 그녀를 잃을지도 모른다는 생각에 한동안 자기가 무슨 말을 했고 무슨 짓을 했는지도 몰랐다네요. 아무튼 그 모든 일에 대해 사과했어요. 그리고 동생처럼 아름다운 여인을 평생 독차지하겠다는 발상이 얼마나 멍청하고 이기적인 건지도 깨달았다고 했어요. 그녀를 보낼 거라면 당연히 다른 누구보다도 나 같은 이웃이 좋겠지만, 어쨌든 자신에겐 큰 충격이기 때문에 마음의 준비를 할 시간이 필요하다고 하더군요. 마음을 정리할 때까지 석 달만 기다려 준다면, 그리고 그동안 저와 동생의 교제에 스스로 만족할 수 있다면, 그 후로는 어떠한 반대도 하지 않겠다고 했습니다. 그래서 약속했죠. 다시 만사 오케이.」

작은 수수께끼 하나는 그렇게 끝나고 말았다네. 허우적대던 이 늪지에서 아무튼 뭔가 발에 닿은 기분이긴 하네. 스태플턴이 여동생의 구애자를, 그것도 헨리 경처럼 바람직한 구혼자를 왜 못마땅해했는지 이유는 알게 되었으니. 그럼 이제 엉킨 실타래에서 뽑아낸 다른 실마리를 쫓아가

보기로 하지. 이른바 한밤의 흐느낌, 배리모어 부인의 눈물 자국, 그리고 서쪽 격자창을 향한 집사의 비밀 여행 말이네. 친애하는 홈스, 축하해 주게나. 드디어 자네 대리인으로서의 역할을 충실히 해냈다네. 나를 이곳으로 내려보낼 때 자네가 보여 준 신뢰를 후회하지 않아도 될 걸세. 그 모든 일을 하룻밤의 노력으로 모두 해결했으니 말이야.

〈하룻밤의 노력〉이라고 했지만 정확히는 이틀 밤이 맞겠군. 첫날 밤에는 아무것도 얻은 게 없었지. 헨리 경의 방에서 거의 새벽 3시까지 기다렸지만 계단 위의 괘종시계 소리 말고는 아무것도 들은 게 없다네. 그야말로 처량하기 짝이 없는 밤샘이었어. 결국 둘 다 의자에 앉은 채 곯아떨어지는 것으로 그날의 수사는 끝을 맺고 말았다네. 다음 날 밤에도 우리는 램프를 끄고 담배를 피우며 앉아 있었지. 소리는 거의 내지 않았어. 세상에, 시간이 어찌나 느리게 지나가던지! 우린 필사의 인내심과 의무감으로 그 시간을 흘려보냈는데, 그건 덫 주위에서 어슬렁거리는 사냥감의 모습을 바라보는 사냥꾼의 심정과도 같았어. 1시, 2시. 우리는 또다시 절망에 빠져 작전을 포기할 참이었지. 순간 우리 둘 다 잔뜩 긴장해야 했네. 무뎌진 감각도 다시 한 번 날카롭게 벼려지더군. 드디어 복도에서 삐걱거리는 발소리가 들린 거라네!

우리는 발소리가 저 멀리 사라질 때까지 끈기 있게 기다렸어. 이윽고 헨리 경이 조심스럽게 문을 열었고 마침내 추적을 시작했지. 집사가 벌써 발코니를 돌아 간 후라 복도는 칠흑처럼 어두웠어. 우리는 조심조심 반대쪽 복도로 접어들어, 까치발로 걸어가는 체구 당당한 그림자를 가까스로 따라잡을 수 있었네. 그가 전과 같은 방으로 들어가자 노란 촛불 빛이 어두운 복도 밖으로 쏟아져 나왔어. 우리는 먼저 마룻바닥이 단단한지 확인한 후, 극도로 조심스럽게 발을 내려놓는 식으로 조금씩 그쪽으로 다가갔네. 미리 부츠를 벗어 놓고 오기는 했네만, 발을 내딛을 때마다 낡은 판자가 몸을 비틀고 비명을 지르려 하는 건 도저히 어쩔 수 없더군. 솔직히 말해서 그가 발소리를 들을 거라고 생각했어. 다행히 사내는 귀가 반쯤 먹은 데다가 자기 일에 완전히 몰두해 있었기에, 마침내 우리는 문에 다다라 안을 엿볼 수 있었지. 그는 촛불을 든 채 창백한 얼굴을 창유리에 대고 열심히 바깥을 살폈는데, 정확히 이틀 전 그 모습 그대로였어.

사실 특별한 작전이 있었던 건 아니었네만, 직선적인 성격의 젊은 귀족은 곧바로 방 안으로 들어가더군. 배리모어는 창가에서 펄쩍 뛰며 헉하고 단말마의 비명을 내지르더니, 우리 앞에서 부들부들 떨기 시작했어. 백색의 가면 같은 얼굴에 이글거리는 그 눈빛이라니! 헨리 경과 나를 바라보는 그의 눈엔 두려움과 당혹감이 가득했다네.

「여기까지 웬일인가, 배리모어?」

그는 얼마나 놀랐던지 거의 말도 할 수 없을 정도였네. 게다가 촛불이 요동을 치는 통에 그림자도 위아래로 정신없이 흔들렸지.

「아무 일도 아닙니다, 주인님. 창문 때문이죠. 밤에 이렇게 돌아다니며 잘 잠겨 있는지 확인한답니다.」

「2층까지?」

「예, 창문은 모두 확인합니다.」

「이봐 배리모어, 우린 무슨 일이 있더라도 진상을 알아낼 거야. 나중에 들통 나느니, 지금 이 자리에서 실토하는 게 신상에 좋을 걸세. 자, 어서! 거짓말은 안 돼! 도대체 저 창문에서 뭘 하고 있었지?」

사내는 무기력한 표정으로 우리를 쳐다보았네. 두 손은 마치 미혹과 불행 끝에 죽어 가는 사람처럼 비비 꼬이고 있었지.

「나쁜 짓을 할 생각은 없었습니다, 주인님. 그저 촛불을 들고 창문에 서 있었을 따름인걸요.」

「그러니까 왜 촛불을 창문으로 가져간 건가?」

「제발 그것만은! 주인님, 그것만은 묻지 말아 주십시오! 제 비밀이 아니라서 말씀드릴 수가 없습니다. 정말로 다른 이가 아닌 제 문제라면 맹세코 주인님께 감추지 않을 겁니다.」

문득 어떤 생각이 하나 떠오르더군. 그래서 나는 집사가 창틀에 놓아 둔 촛불을 집어 들었어.

「틀림없이 신호로 이용했을 게요. 어디, 대답이 있나 확인해 봅시다.」

나는 그가 했던 대로 촛대를 들고 어두운 창밖을 내다보았네. 어렴풋이 검은 나무 울타리가 보이고 그 너머로 넓은 황무지도 드러났다네. 달이 구름 뒤에 숨은 터라 그곳도 그다지 밝지는 않았어. 순간 난 탄성을 터뜨리고 말았네. 작고 노란 불빛이 검은 장막을 뚫고 나오더니, 황무지 한가운데에서 꾸준히 빛을 뱉어 내는 것이 아닌가!

「저기 있다!」 내가 외쳤네.

「아니, 아닙니다. 그건 아무것도 아니에요! 제발, 선생님······.」

「촛불로 창문을 가로질러 봐요, 왓슨! 봐요, 저 불도 움직입니다! 자, 이 나쁜 놈, 그래도 신호가 아니라고 발뺌할 셈이냐? 이실직고하지 못할까! 저 밖에 있는 공범은 누구지? 도대체 무슨 음모를 꾸미는 거야?」

그러자 남자의 얼굴이 노골적인 거부감을 드러냈어.

「그건 제 일입니다. 주인님하고는 상관없는······. 절대 말하지 않겠습니다.」

「그럼 당장 이 집을 떠나라.」

「좋습니다, 주인님. 그래야 한다면 그래야겠죠.」

「그게 얼마나 불명예스러운 일인지 정녕 모르겠느냐? 세상에, 부끄러운 줄 알아야지. 네놈 가족은 이 집에서 우리와 1백 년을 함께 살았다. 그런데 나를 상대로 추악한 음모를 꾸며?」

「아니, 그건 아닙니다. 세상에, 주인님을 상대로 음모를 꾸미다뇨!」

그건 여인의 목소리였네. 그래, 남편보다 더 창백하고 더 겁에 질린 얼굴로 배리모어 부인이 문가에 서 있었네.

얼굴에 쓰인 단호한 표정이 아니었다면, 숄과 치마 차림의 당당한 체구가 다소 우습꽝스럽게 보였을 걸세.

「이제 떠나야 해, 엘리자. 모두 끝났어. 그러니 어서 짐을 싸구려.」 집사가 중얼거렸네.

「오, 존, 내가 당신을 이렇게 만든 건가요? 주인님, 모두 제 불찰이랍니다, 제 불찰. 남편은 오직 절 위해 그랬을 뿐이에요. 제가 부탁했기 때문이랍니다.」

「그럼 말하시오! 그게 무슨 뜻인지!」

「제 불쌍한 동생이 황무지에서 굶어 죽어 가고 있어요. 도저히 눈앞에서 죽게 둘 수가 없었답니다. 그 불빛은 음식이 준비되었다는 신호예요. 밖의 불빛은 음식을 가져갈 장소를 가리키는 것이고.」

「그럼, 그 동생이 바로…….」

「탈옥수입니다, 주인님……. 살인자 셀던.」

「사실입니다. 제 비밀이 아니라서 말씀드릴 수 없다고 했잖습니까. 어쨌든 다 들으셨으니, 이제 주인님을 향한 음모가 아니라는 사실을 아시겠죠?」

그래, 여기까지가 한밤의 발소리와 창가의 불빛 사건의 전모라네. 헨리 경과 나는 둘 다 놀란 눈으로 여인을 바라보았네. 저 우직하고 성실한 여인이 이 나라에서 가장 악명 높은 범죄자와 같은 피라니!

「예, 주인님, 제 성은 셀던입니다. 그 앤 제 동생이고요. 어렸을 때 너무 응석을 받아 주는 바람에 만사가 제멋대로였죠. 이 세상이 자기 즐거움을 위해 존재하고, 따라서 그 안에서 뭐든 해도 상관없다고 생각하게 된 겁니다. 그러다 나이가 들면서 나쁜 친구들과 어울리더니 결국 악마가 들고 말았죠. 결국 이런 식으로 어머니의 가슴을 찢고 조상님 앞에 얼굴을 못 들게 만들어 놓네요. 비록 지은 죄가 너무 커 하느님의 도움 없이는 교수대를 피할 수 없게 되었지만, 그래도 주인님, 제게는 언제나 이 손으로 키우고 함께 뛰놀았던 곱슬머리 꼬마랍니다. 그 애가 탈출을 한 것도 그래서예요, 주인님. 제가 이곳에 있는 줄도 알고, 또 도와 달라는 청을 거부하지 못할 거라는 것도 알고 있던 거죠. 어느 날 밤, 간수들한테 쫓기느라 잔뜩 지치고 굶주린 몸으로 나타났을 때 우리가 달리 어떻게 할 수 있었겠어요? 우린 그 애를 안으로 들여 먹을 것을 주고 돌봐 주었답니다. 그런데 주인님께서 오셨고, 그래서 추적이 끝날 때까지 황무지에 있는 편이 낫다고 생각한 겁니다. 그 후로는 계속 그곳에 숨어 지냈죠. 하지만 이틀에 한 번씩 저희는 창에 불을 밝히는 식으로 동생이 살아 있는지 확인해야 했어요. 대답이 있으면 남편이 약간의 빵과 고기를 내갔죠. 매일매일 그 애가 떠났기를 바라긴 했지만, 그러지 않는 한 저희 쪽에서 내칠 수는 없었답니다. 정직한 기독교인으로서, 맹세코 지금까지의 얘기는 모두 진실이에요. 야단맞을 사람이 있다면 그건 남편이 아니라 바로 저임을 아셨을 겁니다. 저이는 그저 저를 위해 희생을 감수한 거랍니다.」

여인의 말이 어찌나 절실했던지, 도저히 거짓일 리는 없었다네.

「그게 사실인가, 배리모어?」

「예, 주인님. 한마디도 빠짐없이요.」

「그래, 아내를 위해 희생한 사람에게 뭐라 할 수는 없겠지. 내가 한 말은 잊게. 두 사람 다 숙소로 돌아가게. 이 문제는 아침에 다시 얘기할 테니.」

그들이 떠난 후 우리는 다시 창밖을 내다보았네. 헨리 경이 창문을 활짝 열어 놓은 터라 차가운 밤바람이 얼굴을 때리더군. 멀리 어두운 황무지에서는 아직도 작은 불빛 하나가 반짝거리고 있었다네.

「용기도 가상하군요.」 헨리 경이 말했네.

「이곳에서만 보이도록 했을 게요.」

「그렇겠군요. 저기까지 거리가 얼마나 될까요?」

「클레프트 토르 같은데요.」

「2~3킬로미터나 된다는 얘긴가요?」

「그 정도는 되지 않겠어요?」

「아뇨, 배리모어가 음식을 가져다주려면 그렇게 멀지는 않을 거예요. 악당은 저 촛불 옆에 기다리고 있겠군요. 이런, 왓슨, 아무래도 직접 놈을 잡아야겠어요.」

나도 그런 생각을 했다네. 어쩌면 배리모어의 말을 액면 그대로 받아들이지 않았던 것인지도 몰라. 그 비밀이라는 것도, 따지고 보면 우리가 억지로 뽑아낸 거니까. 그게 아니더라도 탈옥수는 공동체에 커다란 위협인 데다, 그자는 어떤 동정도 변명도 가당치 않은 흉악범이 아닌가. 그자를 교도소로 돌려보내 아무한테도 해를 끼치지 못하게 하는 것이 우리의 당연한 의무라고 생각했네. 우리마저 나 몰라라 한다면, 그의 야만적이고 폭력적인 성격에 다른 사람들이 대가를 치러야 할 걸세. 예를 들어, 어느 날 밤 우리 이웃인 스태플턴 남매가 공격을 당할 수도 있는 일 아니겠나. 헨리 경이 위험을 무릅쓰려 한 것도 바로 그런 생각 때문이었을 거야.

「나도 가겠어요.」 내가 말했네.

「그럼 리볼버를 챙기고 부츠를 신으세요. 빨리 출발할수록 좋을 겁니다. 놈이 불을 끄고 달아날 수도 있으니까.」

5분 후 우린 집을 나서서 모험의 길을 떠났지. 어두운 관목 숲을 통과하고, 가을바람의 신음 소리와 낙엽들의 바스락거리는 투정도 들었네. 밤공기는 습기와 부패의 무게로 잔뜩 가라앉아 있었지. 이따금 달이 구름 사이로 얼굴을 내밀기는 했지만 하늘에서는 두터운 구름들이 빠른 속도로 흘러갔고, 황무지에 접어들었을 땐 급기야 가는 비까지 떨어지기 시작했다네. 하지만 불은 여전히 눈앞에서 반짝거리고 있었지.

「무장은 했나요?」 내가 물었네.

「수렵용 채찍.」

「재빨리 접근해야 해요. 지금 아주 필사적일 테니까. 반항하기 전에 잡아 신속하게 제압합시다.」

「이봐요 왓슨, 홈스가 우릴 보면 뭐라고 할까요? 지금이야말로 악의 세력이 판치는 암흑의 시간 아닌가요?」

마치 그의 질문에 대답이라도 하듯, 그 순간 황무지의 저 광활한 어둠 속에서 섬뜩한 괴성이 터져 나왔네. 그림펜 마이어 옆에서 들었던 바로 그 소리였지. 소리는 조용한 밤바람에 실려 왔는데, 처음의 길고 나지막한 속삭임이 우우 하는 울부짖음으로 변하더니 마침내 슬픈 흐느낌으로 잦아들었네. 하지만 소리는 계속해서 들려왔고 그 바람에 대기 전체가 진동을 하는 듯했지. 거북하고 거친 데다 섬뜩하기까지 한 소리. 헨리 경이 내 소매를 잡았는데, 새하얗게 질린 얼굴이 어둠 속에서도 보이더군.

「맙소사, 왓슨, 저게 뭐죠?」

「모르죠. 황무지에서 늘 나는 소리라더군요. 전에 한 번 들은 적이 있어요.」

이윽고 소리는 완전히 사라졌고 다시 절대적인 침묵이 우리를 휘감았네. 한참을 서서 귀를 기울여 보았지만 더 이상 소리는 들리지 않았지.

「왓슨, 그건 사냥개의 울음소리였어요.」 젊은 귀족이 말했네.

순간 온몸에 소름이 돋더군. 잔뜩 갈라진 목소리가 갑작스러운 공포에 사로잡힌 그의 심경을 말해 주었기 때문이네.

「그 사람들이 무슨 소리라고 하던가요?」

「누구?」

「마을 사람들이요.」

「오, 무식한 촌부들이에요. 그자들이 뭐라 하든 그게 무슨 상관이겠어요?」

「말해 주세요, 왓슨. 무슨 소리라고 했나요?」

나는 망설였지만 어차피 피할 도리는 없었네.

「〈바스커빌가의 개〉 소리라고 합디다.」

그는 신음을 내뱉곤 한참 동안 아무 말도 하지 않았지.

「사냥개가 맞는군요. 하지만 수 킬로미터는 떨어져 있었어요. 저쪽으로.」

「어느 쪽인지는 알기가 쉽지 않죠.」

「바람에 따라 소리의 세기가 달라지던걸요. 저기가 그림펜 마이어 쪽이 아닌가요?」

「맞아요.」

「그럼, 거기가 맞아요. 자, 왓슨, 당신도 사냥개 울음소리라고 인정하죠? 난 어린애가 아니에요. 진실을 감출 필요가 어디 있습니까?」

「지난번에 그 소리를 들었을 땐 스태플턴과 함께였지요. 그 친구 말로는 어떤 이상한 새의 울음소리라더군.」

「아니, 아니에요. 분명히 사냥개예요. 맙소사, 그럼 그 소문이 사실이라는 얘긴가요? 정말로 내가 추악한 저주의 희생양이 될 수도 있다는 겁니까?」

「그럴 리가.」

「런던에서 그 얘기를 비웃는 건 쉬웠지만, 이곳 어두운 황무지에 서서 그런 끔찍한 소리를 듣는 건 얘기가 또 다르네요. 그리고 백부님! 백부님이 쓰러지신 곳에 사냥개의 발자국도 있다고 했잖습니까! 모든 게 들어맞아요. 왓슨,

나 자신이 겁쟁이라고 생각해 본 적은 없지만 그 소리엔 피가 얼어붙는 것 같았다고요. 내 손 좀 만져 보세요!」

그의 손은 대리석 조각만큼 차가웠네.

「내일이면 모두 괜찮아질 거예요.」

「그 울음소리를 머릿속에서 지우는 게 가능하겠습니까? 아무튼 이제 어떻게 하죠?」

「돌아가겠어요?」

「아뇨, 절대로. 살인마를 잡으러 왔으니 그 일은 해야겠죠. 우린 탈옥수를 쫓고, 지옥의 사냥개는 우리를 쫓는 건가요? 좋습니다. 지옥의 악마들이 모두 황무지로 몰려들었는지, 어디 확인해 보자고요.」

우리는 비틀거리며 천천히 어둠 속을 뚫고 나아갔네. 울퉁불퉁한 바위 언덕 그림자들이 사위를 에워싸고 노란 불빛도 계속해서 반짝이고 있었어. 칠흑 같은 어둠 속의 불빛만큼 거리를 속이는 것도 없을 걸세. 때로는 지평선까지 물러나 있다가 어느 순간 바로 코앞에 나타나기도 하니 말이지. 하지만 마침내 불빛의 위치를 확인할 수 있었네. 아주 가까운 곳이더군. 깜박거리는 촛불은 바위틈에 끼워져 있었는데, 그 덕분에 양쪽에서 부는 바람도 피할 수 있었고, 바스커빌 홀을 제외한 어디서도 보이지 않았던 거야. 화강암이 시야를 막아 준 덕분에 우린 그 뒤에 웅크리고 앉아 촛불 신호를 감시할 수 있었네. 황무지 한가운데에서 타오르는 촛불 한 자루를 보는 기분이 참으로 묘하더군. 아무것도 보이지 않는 황무지에, 그저 노란 불꽃과 양옆 바위에 얼룩진 빛 그림자뿐이었으니 말일세.

「이제 어떡하죠?」헨리 경이 속삭였네.

「기다립시다. 여기 어딘가에 있겠지. 기다리다 보면 틀림없이 나타날 거예요.」

그 말이 채 끝나기도 전에 우리 둘 다 그자를 보았네. 촛불이 타오르고 있는 바로 그 바위 위에 누런 악마의 얼굴이 빼쭉 나타난 거야. 추악한 야수의 면상. 더러운 열정에 갈라지고 그을린 얼굴이었다네. 온통 늪지의 진흙을 뒤집어쓰고 뻣뻣한 턱수염에 머리카락이 잔뜩 엉겨 붙은 모습이, 정말로 언덕의 토굴에 살던 태고의 야만인을 보는 듯했네. 밑에서 올라온 촛불이 교활한 새우 눈을 비추었는데, 좌우의 어둠을 열심히 살피는 모양새가 말 그대로 사냥꾼의 발소리를 탐지하는 교활한 짐승이었어.

분명 무언가 그의 의구심을 건드린 것 같았네. 배리모어가 우리 몰래 비밀 신호를 보냈을 수도 있고, 스스로 상황이 달라졌다고 생각할 만한 이유가 있었을지도 모르지. 아무튼 난 그의 사악한 얼굴에서 두려움을 읽을 수 있었다네. 놈은 언제든 어둠 속으로 사라질 태세였어. 그래서 난 지체 없이 뛰쳐나갔고 헨리 경도 마찬가지였네. 그와 동시에 탈옥수도 저주를 퍼부으며 우리를 향해 돌덩이를 던지더군. 돌덩이는 우리를 숨겨 주었던 바위에 부딪쳐 깨져 나갔네. 그자는 달아나기 위해 벌떡 일어섰어. 난 그의 작고 땅딸막한 몸을 언뜻 볼 수 있었지. 다행히 그 순간 구름 사이로 비집고 나온 달빛의 도움으로, 우린 빠르게 언덕마

루를 넘을 수 있었다네. 놈은 반대 방향으로 달려 내려갔는데, 험한 바위들을 능숙하게 뛰어넘는 모습이 정말로 산양을 보는 것 같았다네. 제대로 겨냥한다면 리볼버로 발을 묶을 수 있었겠지만, 총은 공격에 대비해 나 자신을 보호할 목적으로 가져온 것일 뿐, 맨손으로 달아나는 사람을 쏘기 위한 것은 아니었다네.

우린 둘 다 걸음이 빠르고 몸 상태도 좋았지만, 그자를 따라잡을 가능성은 애초부터 없었어. 아무리 달려도 거리는 점점 더 벌어지기만 하더군. 결국 둘 다 완전히 탈진한 채 각각 바위에 걸터앉아 헐떡거렸고, 탈옥수는 달빛 속에서 작은 조약돌만큼이나 작아지더니 마침내 저 멀리 언덕의 어두운 바윗돌 사이로 사라져 버렸다네.

정말로 기이하고 예기치 못한 일이 일어난 건 바로 그때였네. 결국 추적을 포기하고 바위에서 일어나 집으로 돌아가려던 참이었지. 달은 오른쪽의 화강암 산에 낮게 걸린 터라, 닭 볏처럼 날카로운 봉우리가 동그란 은반을 등지고 서 있는 모양이었어. 난 그 바위산의 달빛 한가운데 검은 조각상처럼 서 있는 한 남자를 보았다네. 환각이었을 것이라고 생각지 말게, 홈스. 내 평생 그렇게 분명하게 사물을 본 적이 없을 정도니까. 내가 보기에 그림자의 주인은 키가 크고 마른 남자였어. 두 다리를 조금 벌린 채 팔짱을 끼고 고개를 숙이고 있었는데, 그 모습이 마치 눈앞에 펼쳐진 토탄과 화강암의 광활한 황무지를 보며 깊은 사색에 빠진 듯했다네. 소름 끼치는 황무지의 정령이었을까? 분명 탈옥수는 아니야. 그림자는 탈옥수가 사라진 곳에서도 한참이나 떨어져 있었으니까. 게다가 키도 훨씬 컸다네. 나는 비명을 지르며 손으로 그쪽을 가리켰어. 그렇지만 헨리 경의 팔을 잡기 위해 돌아선 그 짧은 순간, 남자는 어디론가 사라져 버렸다네. 날카로운 바위산은 여전히 커다란 달빛을 끊어 내고 있었으나, 침묵의 조각상은 더 이상 보이지 않았지.

사실은 당장이라도 달려가 바위산을 샅샅이 뒤지고 싶었다네. 하지만 그리 만만한 거리가 아닌 데다, 헨리 경은 사냥개 울음소리에 아직도 신경이 곤두서 있었지. 어쨌거나 가문의 어두운 기억을 다시 일깨운 셈이니, 새로운 모험에 도전할 기분은 아니었을 걸세. 게다가 기이하고 쓸쓸한 실루엣을 직접 본 것도 아니어서, 내가 받은 위협과 전율을 느꼈을 리도 없고. 〈간수일 겁니다. 그자가 달아난 후로 황무지는 간수들 천지가 되었죠.〉 헨리 경은 그렇게 말하더군. 그래, 어쩌면 맞는 얘기일지도 몰라. 하지만 보다 확실한 증거가 있었으면 좋겠구먼. 어쨌든 날이 새는 대로 프린스타운 사람들과 얘기해 사라진 탈옥수를 찾을 생각이지만, 그를 붙잡아 다시 교도소로 돌려보내지 못한 게 못내 아쉽네. 친애하는 홈스, 어젯밤의 노고에도 불구하고 이렇듯 충실히 보고서를 보내는 정성을 알아 주길 바라네. 대부분의 글이 결국 무의미해지겠지만, 그래도 일단 모든 사실을 알려 주고 판단을 내리는 데 필요한 사실들을 자네 스스로 선택하도록 하는 게 최선의 방법이라고 생각하네.

우리는 분명 조금씩 앞으로 나아가고 있네. 배리모어 부부에 관해서는 그들의 동기를 알아냈고 덕분에 두 사람과 관련한 의문은 완전히 해소되었네. 하지만 황무지의 신비와 기이한 거주민들에 대한 것은 여전히 오리무중이군그래. 다음 보고서에서는 그 문제 역시 어느 정도 밝혀낼 수 있을 걸세. 물론 자네가 내려올 수 있다면야 그보다 좋은 해결책이 없겠지만.

10
왓슨 박사의 일기

지금까지는 셜록 홈스에게 보낸 초기의 보고서들을 인용할 수 있었다. 하지만 이제 그 방법을 포기하고, 다시 한 번 기억에 의존할 수밖에 없는 시점에 이르렀다. 나는 그 시기에 썼던 일기의 도움을 받을 것이다. 몇몇 내용들이 기억 속에 깊이 각인된 당시의 상황들로 나를 이끌어 줄 것이다. 이 야기는 탈옥수를 잡는 데 실패하고, 황무지에서 이상한 경험을 한 다음 날 아침부터 시작된다.

10월 16일 — 흐리고 안개. 가는 비. 저택은 빠르게 흘러가는 구름에 갇혀 있다. 이따금 구름이 위로 떠오르면 황무지의 황량한 굴곡들도 드러난다. 언덕 기슭마다 가늘게 찢어진 은빛의 균열들, 언뜻언뜻 햇살이 비칠 때면 예외 없이 화려한 광채를 드러내는 저 멀리 젖은 바위의 얼굴들. 오늘은 안팎으로 우울한 모양이다. 젊은 남작은 어젯밤 흥분의 부작용에 시달리는 중이다. 나 역시 마음이 무겁기는 마찬가지다. 임박한 위험 때문일까? 거머리만큼이나 질긴 이 두려움은, 도대체 그 정체를 모르기 때문에 더욱더 끔찍하다.

하지만 정말로 정체가 없는 걸까? 그동안 끊임없이 이어진 사건들을 생각해 보자. 모두 이 집을 에워싼 불길한 분위기를 향하고 있지 않은가. 우선 가문의 전설에 따라 목숨을 잃은 바스커빌 홀의 옛 주인이 있다. 황무지의 괴물 야수를 봤다는 농부들의 연이은 보고도 있다. 멀리서 사냥개가 울부짖는 듯한 괴성을 내 귀로 들은 것도 두 번이나 된다. 물론 그 괴물이 일반적인 자연법칙을 벗어나는 범위에 있다는 건 믿을 수 없을 뿐 아니라 불가능하다. 물리적인 발자국을 남기고 오싹한 울음으로 대기를 채우는 유령 개라니. 어떻게 그런 게 가능하단 말인가. 스태플턴이라면 그런 미신에 빠질 수도 있을 것이다. 모티머도 마찬가지다. 하지만 내게 장점이 하나라도 있다면, 그건 상식이다. 세상 그 어떤 것도 내게 그런 허튼소리를 믿게 하지는 못할 것이다. 그건 단순한 유령 개에 만족하지 못하고, 입과 눈에서 지옥의 불을 쏘아 대는 괴물로 만들어야 직성이 풀리는 저 불쌍한 촌부들이나 하는 짓이 아니던가. 홈스가 그런 헛소리를 개의할 리는 없다. 그리고 나는 그의 대행자다. 문제는 〈사실〉들이다. 내가 황무지의 울음소리를 두 번이나 들은 것은 사실이다. 저곳에 정말로 거대한 사냥개가 돌아다니고 있다고 가정해 보자. 그게 사실이라면야 모든 의문이 풀리겠지만, 도대체 그런 사냥개가 숨을 곳이 어디 있단 말인가. 어디에서 왔고, 어떤 방법으로 먹이를 얻으며, 또 어떻게 누구의 눈에도 띄지 않을 수 있다는 얘기인가.

자연법에 기초한 분석 역시 초자연적인 현상에 근거한 해명만큼이나 많은 어려움이 따른다는 사실을 명심해야 한다. 게다가 사냥개와 별개로, 런던의 인간 스파이도 고려해야 할 것이다. 마차 안의 남자, 그리고 헨리 경에게 황무지에 가지 말 것을 종용한 경고 편지. 경을 해치려는 것일 수도, 보호하려는 시도일 수도 있으나 어쨌든 편지는 실재한다. 적군이든 아군이든, 지금은 어디 있는 걸까? 아직 런던에 남아 있을까? 아니면 우리를 따라 이곳에 내려왔을까? 바위산의 그림자가 그자일 수도 있지 않을까?

그를 딱 한 번, 그것도 언뜻 보았을 뿐이지만 그래도 분명한 사실이 하나 있다. 그자는 분명 이곳 사람이 아니었다. 지금껏 만나 보지 못한 이웃은 없다. 하지만 그림자는 스태플턴보다 훨씬 키가 컸고 프랭클랜드보다 날씬했다. 배리모어라면 혹 모르겠으나, 그는 저택에 있었기 때문에 우리를 따라올 수 없었다. 그렇다면 런던의 미행자가 여전히 우리를 쫓고 있다는 얘기다. 우린 그를 떨쳐 내지 못했다. 그자를 잡을 수만 있다면 이 모든 수수께끼도 풀릴 텐데. 앞으로는 그 목표 하나를 위해 최선을 다해야겠다.

제일 먼저 나는 헨리 경에게 모든 계획을 알리려고 했다. 하지만 다시 생각해 보니, 사건을 온전히 나 자신의 게임으로 놓고 가능한 한 아무에게도 말하지 않는 게 좋을 것 같다. 그렇잖아도 넋이 빠진 채 아무 말도 하지 않는 사람이다. 황무지의 괴성에 크게 흔들린 탓이다. 괜한 계획으로 근심거리만 더해 주느니, 그냥 나 혼자 싸워 끝을 보는 편이 낫겠다.

아침 식사 후에 작은 소동이 있었다. 배리모어가 헨리 경에게 면담을 청해 두 사람은 잠시 서재에 들어갔다. 나는 당구장에 있었으나, 한두 번 고성까지 들려온 탓에 문제가 뭔지는 충분히 알 수 있었다. 한참 후 헨리 경이 문을 열고 나를 불렀다.

「따질 일이 있다고 온 겁니다. 스스로 비밀을 털어놓았는데도 우리가 처남을 쫓은 건 부당하다는군요.」

집사는 매우 창백했지만 침착한 표정이었다.

「너무 흥분했다면 사과드리죠. 하지만 돌아오신 두 신사분께 밤새도록 셀던을 추적했다는 얘기를 듣고 너무 놀랐습니다. 굳이 더해 주지 않아도 어차피 싸워야 할 대상이 너무도 많은 친구입니다.」

「자네가 자진해서 실토한 거라면 얘기는 달라졌을 수도 있겠지. 하지만 자네든 자네 부인이든 어쩔 수 없는 입장이었으니, 그걸 스스로 말했다고 보기는 어렵네.」 헨리 경이 말했다.

「주인님께서 그걸 이용하시리라고는 상상도 못했습니다. 정말로요.」

「그자는 공공의 위험이야. 황무지엔 외딴집들도 많은데 그자가 무슨 짓을 저지를지 누가 알겠나. 언뜻 얼굴만 봤지만 그 정도는 확신할 수 있네. 예를 들어 스태플턴 씨의 집을 보라고. 주변에 도울 사람이 아무도 없네. 그자가 교도소로 돌아가기 전까진 누구도 안전할 수 없어.」

「누구의 집도 침범하지 않습니다, 주인님. 그것만큼은 약속할 수 있습니다. 아니, 다시는 이 나라의 누구도 괴롭히지 않을 겁니다. 맹세하겠습니다. 주인님, 며칠 안에 준비를 마치고 남아프리카 공화국으로 떠날 친구입니다. 제발 간청하오니, 그가 황무지에 있다는 사실을 경찰에 알리지 말아 주십시오. 그들도 추적을 포기한 상태이니, 배가 마련될 때까지만 조용히 숨어 있게 해주세요. 그 아이를 고발하면 저와 제 아내도 큰 곤란에 처하게 될 겁니다. 주인님, 부디 경찰에 신고하지만 말아 주세요.」

「어떻게 하죠, 왓슨?」

나는 어깻짓을 했다. 「그가 국외로 나가기만 한다면 국민들도 짐을 벗을 수 있겠죠.」

「떠나기 전에 누군가에게 해를 끼칠 수도 있잖아요.」

「그런 바보 같은 짓은 하지 않을 겁니다, 주인님. 그 애가 원하는 건 모두 주었습니다. 이런 상황에서 범죄를 저질러 봐야 자신의 위치만 노출하게 될 텐데, 왜 그 짓을 하겠습니까.」

「그 말은 맞는 것 같군. 자, 배리모어…….」

「감사합니다, 주인님. 정말로 감사합니다. 그 애가 다시 잡히면 불쌍한 아내도 죽고 말 겁니다.」

「왓슨, 이거야말로 악당을 도와주고 방조하는 셈이겠

죠? 하지만 상황을 듣고 보니, 그자를 굳이 고발하고 싶지는 않네요. 그냥 모르는 척해 두죠. 좋아, 배리모어, 이제 가도 좋네.」

남자는 몇 마디 더 감사의 말을 주절거리다가 등을 돌렸으나, 잠시 머뭇거리더니 다시 돌아섰다.

「주인님께서 너무 자상하시니, 보답으로 뭐라도 해드리고 싶군요. 저도 아는 게 있습니다, 주인님. 벌써 말씀드렸어야 했는데, 조사가 끝나고도 한참 후에나 알아낸 거라서요. 아무한테도 말하지는 않았지만, 아무튼 찰스 주인님의 죽음과 관련한 얘기랍니다.」

헨리 경과 내가 자리에서 일어섰다.

「그분이 어떻게 돌아가셨는지 안다는 말인가?」

「아뇨, 주인님, 그건 저도 모릅니다.」

「그럼, 뭐지?」

「찰스 주인님께서 왜 그 시간에 게이트에 계셨는지 알고 있습니다. 여자를 만나실 참이었죠.」

「여자를 만나? 백부님께서?」

「예, 주인님.」

「여자 이름은?」

「이름은 저도 모르지만 머리글자는 알려 드릴 수 있습니다. 〈L. L.〉이라고 했죠.」

「그 사실을 어떻게 안 건가?」

「예. 찰스 주인님께서 그날 아침 편지를 하나 받으셨거든요. 평소에도 편지를 많이 받으시기는 했습니다. 워낙에 인기도 많으신 데다 인정의 손길도 후한 분이라, 어려움에 처한 사람들 모두 그분께 손을 내밀었으니까요. 하지만 그날 아침엔 어쩐 일인지 그 편지 한 통 뿐이었답니다. 그래서 눈여겨볼 수 있었죠. 주소는 쿰 트레이시였고, 여자의 필체였습니다.」

「그래서?」

「예, 주인님, 그 문제에 대해선 곧 잊어버렸었죠. 그리고 집사람이 아니었다면 영원히 잊었을 겁니다. 몇 주 전 집사람이 서재를 청소하다가 — 돌아가신 후 처음이었죠 — 벽난로 안쪽에서 불에 탄 편지를 찾아냈답니다. 편지는 거의 재가 되어 부서졌지만 조그마한 끝자락이 간신히 붙어 있더군요. 검은 바탕에 회색이긴 해도 글씨를 확인할 수는 있었죠. 편지 끝에 적는 추신 같았는데, 〈부디부디, 신사분답게 이 편지를 태워 주세요. 그리고 10시에 꼭 게이트로 와주시길〉이라고 적혀 있고, 그 밑에 〈L. L.〉이라는 사인이 있었습니다.」

「그 쪽지를 가지고 있나?」

「아뇨, 주인님, 옮기려 해봤지만 산산조각이 나고 말았습니다.」

「찰스 경께서 똑같은 필체의 편지를 받은 적이 그 전에도 있었나?」

「글쎄요, 사실 찰스 주인님의 편지에 관심을 가진 적은 없었습니다. 이 편지도 하나만 남지 않았다면 신경도 쓰지 않았을 겁니다.」

「그럼, 그 L. L.이 누군지 짚이는 사람이 있나?」

「아뇨, 주인님, 전혀 모릅니다. 하지만 그 여자분의 정체를 알면 찰스 주인님의 죽음에 대해 더 잘 알 수 있겠다는 생각은 했죠.」

「이해가 안 가는군, 배리모어. 어떻게 이런 중요한 정보를 감추려 했지?」

「죄송합니다, 주인님. 바로 그 직전에 저희 문제가 터져서 정신이 없었습니다. 게다가 지난번에도 말씀드렸지만, 저희 둘 다 찰스 주인님을 한없이 존경했죠. 물론 저희에게 베풀어 주신 은혜만 봐도 당연한 일이겠지만요. 이 문제를 거론해 봐야 돌아가신 분께 무슨 소용이 있겠나 하는 생각도 들었답니다. 사건에 여자가 들어 있으면 늘 조심스럽거든요. 아무리 선한 분이라도…….」

「그러니까, 백부님의 명예에 금이 갈 수도 있다?」

「예, 주인님, 제 소견엔 부질없는 짓 같았습니다. 하지만 주인님께서 이렇게 친절하게 대해 주시니 아무래도 제가 아는 건 뭐든 말씀드려야겠다는 생각이 들었죠.」

「잘했네, 배리모어. 이제 가도 좋네.」

집사가 떠나자 헨리 경이 나를 보았다. 「왓슨 박사, 이 새로운 상황을 어떻게 보십니까?」

「전보다 더 깜깜해졌다는 생각뿐이죠.」

「저도 그런 생각을 했습니다. 하지만 L. L.을 추적하면 문제가 해결될 수도 있으니, 그만큼은 나아간 셈이죠. 분명 사실을 알고 있는 누군가가 나타날 겁니다. 이제 어떻게 하면 좋을까요?」

「당장 홈스에게 알립시다. 그가 찾고 있는 실마리일 수도 있으니까요. 어쩌면 이 기회에 직접 내려올 수도 있지 않겠어요?」

나는 곧바로 내 방으로 돌아와 홈스에게 보낼 보고서를 작성하기 시작했다. 그는 최근 정신없이 바쁜 것이 분명하다. 베이커 가에서 온 답장이 거의 없었다. 있어 봐야 아주 짧은 데다, 내가 보낸 정보에 대한 논평도 없고 임무에 대한 언급도 거의 없었다. 현재의 협박 사건이 그만큼 골치 아프다는 뜻이겠다. 하지만 이 새로운 단서는 분명 그의 호기심을 다시 불러일으킬 것이다. 그가 이곳에 있으면 좋으련만.

10월 17일 — 오늘은 하루 종일 비가 내려, 넝쿨이 흔들리고 처마에서는 물 떨어지는 소리가 들렸다. 문득 저 비 피할 곳 하나 없이 춥고 황량한 황무지의 탈옥수 생각이 났다. 불쌍한 인간! 어떤 죄를 지었든 간에 그만하면 충분히 죗값을 치른 셈이 아닌가. 다른 사람 생각도 했다. 마차의 낯선 사내, 그리고 달빛을 배경으로 서 있던 그림자. 지금도 저 폭우 속에 있는 걸까? 수수께끼의 미행자와 어둠 속의 그림자 모두? 저녁때는 우비를 입고 황무지 저 멀리까지 산책을 나갔다. 빗물과 착시로 가득 찬 세계. 빗줄기가 얼굴을 때리고 바람이 귓전에 휘파람을 불어 댔다. 신이시여, 지금 이 대늪지를 방황하는 이들을 보호하소서.

지금 황무지는 단단한 고지까지 늪으로 변해 가고 있다. 나는 달빛의 감시자가 서 있던 블랙 토르[26]를 찾아내, 그 험악한 정상에서 음울한 구릉들을 내려다보았다. 폭우가 온갖 비명을 질러 대며 황무지의 황갈색 표면을 두드렸다. 청회색의 어두운 먹구름은 황무지를 덮을 듯 낮게 깔려 저 기기묘묘한 언덕 비탈마다 잿빛의 화환을 걸어 두었다. 왼쪽의 아련한 분지는 안개에 반쯤 잠겨 있고, 바스커빌 홀의 쌍둥이 탑은 나무 위로 우뚝 솟아 있었다. 인간의 흔적이라고는 오직 그 탑들뿐이었다. 혹은 언덕 기슭에 잔뜩 모여 있는 선사인들의 주거지거나. 하지만 이틀 전 이곳에서 보았던 사내의 흔적은 찾을 길이 없었다.

걸어서 집에 돌아가는데, 모티머 박사가 따라붙었다. 개수레를 몰고 파울마이어의 외딴 농가에 갔다가 돌아오는 길이라고 했다. 요즘은 우리의 일에 무척 열심이라, 거의 매일 저택에 들러 안부를 묻곤 했다. 그가 나더러 올라타라고 해, 우리는 함께 집을 향해 출발했다. 그는 애완견 스패니얼의 실종에 크게 상심해 있었다. 황무지로 나갔다가 돌아오지 않았다는 얘기였다. 최대한 성심껏 그를 위로했지만, 사실 내 머릿속에 떠오른 건 그림펜 마이어의 조랑말이었다. 아무래도 그 조그만 개를 다시 보기는 어려울 것 같다.

「그런데 모티머 씨, 이 근방에서 마차로 갈 수 있는 거리

---

[26] *Black Tor*. 직역하면 〈검은 바위산〉이라는 뜻이다.

내에 자네가 모르는 사람은 거의 없겠지?」 울퉁불퉁한 길을 지나느라 마차가 통통 튀었다.

「거의 없죠.」

「그럼, 머리글자가 L. L.인 여인의 이름을 말해 줄 수 있겠나?」

그가 잠시 생각에 잠겼다.

「글쎄요. 집시들과 노동자들은 저도 잘 모르지만, 농부나 신사들 중엔 그런 이름이 없어요. 아, 잠깐만요.」

그는 다시 생각에 잠겼다가 입을 열었다. 「로라 리옹이 있군요. 머리글자가 L. L.이라고 했으니. 하지만 그녀는 쿰 트레이시에 사는걸요.」

「어떤 여자지?」

「프랭클랜드의 딸이에요.」

「뭐? 그 괴짜 노인 프랭클랜드?」

「예. 리옹이라는 화가와 결혼했었죠. 스케치하러 황무지에 왔다가 그녀와 만났는데, 개차반인 그놈이 결국 여자를 차버렸죠. 그런데 나중에 들어 보니 꼭 한쪽의 잘못만도 아닌 모양이에요. 아버지도 지금은 자기 딸하고 상종도 안 한답니다. 자기 허락 없이 결혼한 것도 그렇고, 얽힌 일도 한두 가지 있나 봐요. 결국 늙은 깡패와 젊은 깡패 사이에서 딸만 죽어라 고생하는 꼴이죠.」

「지금은 어떻게 살고 있나?」

「프랭클랜드 영감이 생활 보조를 하는 모양인데, 많지는 않답니다. 아무래도 자기 코가 석 자니까요. 하지만 무슨 잘못을 했든지, 그녀가 맥없이 무너지도록 주변에서 두고 보지만은 않을 겁니다. 이미 몇 사람이 조금씩 도와주기도 했죠. 스태플턴, 찰스 경, 그리고 저도 사소한 도움을 준 바 있답니다. 타자 일을 배우게 했거든요.」

그는 질문의 의도를 알고 싶어 했으나 나는 섭섭해하지 않을 정도로만 얘기해 주었다. 사실 지금은 누구든 믿을 처지가 못 된다. 내일 아침엔 쿰 트레이시에 가봐야겠다. 신분이 미심쩍기는 하지만, 로라 리용 부인을 만날 수 있다면 이 수수께끼의 미로에서 길 하나를 찾아내는 격이 될 것이다. 나는 능구렁이처럼 난처한 상황을 모면했다. 프랭클랜드의 두상이 어떤 유형에 속하는지 물음으로써 모티머의 불편한 질문을 샛길로 흘려보낸 것이다. 덕분에 나머지 시간 동안은 골상학 강의만 들어야 했으나, 그래도 셜록 홈스와의 오랜 생활이 헛된 것만은 아니라 하겠다.

이 우울하고 궂은 날에 대해 기록할 사건이 하나 더 있다. 조금 전 끝난 배리모어와의 대화인데, 덕분에 이후 활용할 수 있는 카드를 하나 더 챙기게 되었다.

모티머는 남아서 저녁 식사까지 한 다음, 헨리 경과 에카르테[27]를 즐겼다. 나는 서재에 있었는데, 커피를 가져온 짬을 이용해 집사에게 몇 가지 질문을 던져 보았다.

「그래, 자네의 막돼먹은 친척은 떠났던가? 아니면 아직 저 밖에 남아 있는가?」

---

27 *écarté*. 카드놀이의 하나.

「모르겠습니다, 선생님. 아무튼 떠난 거라면 좋겠군요. 이곳에 있어 봐야 골칫거리밖에 안 되니까요. 사흘 전 마지막으로 먹거리를 챙겨 준 이후론 아직 소식이 없습니다.」

「그때 그 친구를 봤나?」

「아뇨, 하지만 다음에 가보니 그릇이 비어 있었습니다.」

「그럼 분명히 그곳에 있겠군그래.」

「다른 남자가 먹은 게 아니라면 그렇겠죠.」

나는 커피 잔을 입술에 가져가다가 우뚝 멈추고 그를 바라보았다.

「그러니까 또 다른 남자가 있다는 얘긴가?」

「예, 선생님, 황무지엔 또 다른 사람이 있답니다.」

「본 적은 있나?」

「아뇨, 못 봤습니다.」

「그런데 어떻게 알지?」

「셀던이 말해 줬습니다. 일주일쯤 전이었죠. 그도 몸을 숨기고 있지만 죄수는 아닌 모양입니다. 전 이런 게 싫습니다, 왓슨 박사님. 솔직히 마음에 안 들어요.」 그가 갑자기 흥분한 목소리를 냈다.

「내 말 잘 듣게, 배리모어! 나는 그 문제에 관심 없네. 내 관심은 자네 주인뿐이야. 이곳에 온 이유도 오직 주인을 돕기 위해서지. 그러니 솔직히 말해 주게. 자네 마음에 안 드는 게 뭔가?」

배리모어는 흥분했던 것을 후회하기라도 하듯 잠시 머뭇거렸다. 아니면 감정을 표현할 적당한 단어를 찾기가 어려웠던 건지도 모르겠다.

「모든 일이 다 그런걸요. 저 밖에는 추악한 음모와 악마가 도사리고 있죠. 그건 맹세할 수 있습니다. 솔직히 말씀드리면, 헨리 경께서 런던으로 돌아가셨으면 좋겠습니다!」 마침내 그가 외쳤다. 그는 빗줄기가 채찍처럼 내리치는 창과 그 바깥의 황무지를 향해 삿대질을 해댔다.

「그래, 자네가 두려워하는 게 뭔가?」

「찰스 주인님의 죽음을 보세요! 검시관 말마따나 끔찍하게 돌아가셨죠. 그리고 밤마다 황무지에서 들리는 저 소리는요? 죽고 싶은 사람을 빼고는 해 진 후에 황무지에 나서는 이가 아무도 없답니다. 저 밖에 숨어 있는 낯선 사내는 또 뭔가요? 저렇게 집요하게 지켜보며 기다리는데, 그게 뭐죠? 뭘 기다리는 겁니까? 아무튼 바스커빌의 이름을 가진 사람에게 좋은 일이 있을 리야 없겠죠. 예, 정말입니다. 어서 헨리 경의 새 하인들이 들어와, 모든 것을 떠맡기고 홀홀히 떠날 수 있다면 여한이 없을 것 같습니다.」

「그 사람에 대해 좀 더 말해 주겠나? 이방인? 그래, 셀던이 뭐라던가? 그가 어디에 숨어 있고 또 무엇을 하는지 알고 있던가?」

「그 애도 한두 번 보았을 뿐이라고 했습니다. 처음엔 경찰이라고 생각했지만, 뭔가 나름대로 하는 일이 있다더군요. 겉으로 보기엔 분명 신사인데, 무슨 일을 하는지는 도통 모르겠다고 했습니다.」

「그래, 어디에서 지낸다고 하던가?」

「언덕 기슭의 옛집이죠. 옛날 선조들이 살던 돌집 말입니다.」

「먹을 건 어떻게 하지?」

「셀던이 보니까, 그 사람에게도 도와주는 아이가 있답니다. 그래서 필요한 건 뭐든 가져다준다더군요. 쿰 트레이시에서 구해 오는 거겠죠.」

「고맙네, 배리모어. 언제 이 문제에 대해 다시 한 번 얘기하세.」

집사가 나간 후 나는 어둡고 어릿어릿한 창가로 다가가, 용솟음치는 먹구름과 요동치는 검은 숲을 내다보았다. 이 안에서조차 이다지도 심란한 밤이건만 저 황무지의 돌집에선 오죽할까? 이런 시간에 그런 곳에 나와 있다니, 도대체 어떤 증오이기에 그렇게도 모질단 말인가? 얼마나 의미심장하고 진지한 목적이 있기에 저런 시련을 마다 않는 걸까? 이토록 마음을 들끓게 만드는 모든 문제의 원흉이 바로 저 황무지 돌집에 숨어 있는 걸까? 내일이면 있는 힘을 다해 반드시 이 수수께끼를 파헤쳐 보리라.

11
바위산의 남자

앞선 장에서 나는 일기를 발췌해 10월 17일까지의 사건을 설명했다. 드디어 10월 18일, 기이한 에피소드들이 끔찍한 결말을 향해 치닫기 시작했다. 이후 며칠간의 사건은 내 기억 속에 너무도 깊이 각인되어 있기에, 당시 작성한 기록을 보지 않고도 얼마든지 설명할 수 있을 정도다. 일단 두 가지 중요한 사실을 확인한 다음 날부터 시작하기로 하자. 하나는 쿰 트레이시의 로라 리옹 부인이 찰스 바스커빌 경에게 편지를 보내, 그가 죽은 바로 그 시각 그 장소에서 만나기로 했었다는 것이고, 다른 하나는 황무지 언덕 기슭의 돌집 어딘가에 이방인이 숨어 지낸다는 사실이다. 막상 두 정보를 손에 넣고 보니, 어떻게든 지략과 용기를 짜내 이 암흑 같은 사건에 좀 더 밝은 빛을 던져 주고 싶다는 욕심이 샘솟았다.

전날 저녁에는 헨리 경에게 리옹 부인에 대해 얘기할 기회가 없었다. 모티머 박사가 늦게까지 그를 카드로 묶어 두었기 때문이다. 그녀에 대해 얘기한 건 아침 식사 때였다. 나는 그에게 쿰 트레이시까지 동행할 것인지 물었다. 처음에는 그도 함께 갈 생각이었으나, 다시 한 번 생각해 본 결과 나 혼자 가는 게 나을 수 있겠다는 결론을 내렸다. 방문이 공식적일수록 얻는 정보는 줄어드는 법이다. 헨리 경을 남겨 두는 것이 마음에 걸리긴 했지만, 어쨌든 그렇게 새로운 숙제를 향해 출발했다.

쿰 트레이시에 다다라, 나는 퍼킨스에게 말을 묶어 두라고 지시하고는 그녀를 찾아 나섰다. 그녀의 거처를 찾는 것은 별로 어렵지 않았다. 마을의 중심인 데다 눈에 쉽게 띄었던 것이다. 하녀도 별 의심 없이 나를 맞아 주었다. 내가 안으로 들어가자, 레밍턴 타자기 앞에 앉아 있던 숙녀가 만면에 미소를 가득 담으며 자리에서 일어났다. 하지만 내가 이방인임을 확인하더니 금세 인상을 찌푸리고는 다시 자리에 앉아 무슨 일인지 물었다.

리옹 부인에 대한 첫인상은, 기가 막힌 미인이라는 사실이었다. 두 눈과 머리가 똑같이 풍성한 담갈색이었고, 두 뺨에 가득한 주근깨는 환상적인 꽃을 보는 듯했다. 유황 장미[28]의 심장에 박힌 섬세한 핑크 빛이 그럴 것이다. 첫인상은 정말로 그랬다. 감탄 그 자체. 하지만 두 번째 느낌은 조금 달랐다. 얼굴 모습이 뭔가 이상했다. 천박한 표정, 딱딱한 눈빛, 흐트러진 입술 등이 완벽한 아름다움을 망쳐 놓고 있던 것이다. 물론 이것은 나중의 느낌이고, 그 순간만큼은 분명 너무도 아

---

28 중앙에 핑크 빛을 품은 진노란 색 장미.

름다운 여인을 마주하고 있었다. 그녀가 용무를 물어 올 때까지 내 임무가 얼마나 중요한 것인지 잊어버리고 있을 정도로.

「예, 전 부인의 아버님과 잘 아는 사이랍니다.」 내가 말했다.

그건 섣부르기 짝이 없는 소개였다. 여인도 내 실수를 확인해 주었다.

「아버지와는 만나지 않습니다. 그분께 빚진 것도 없고, 아버지 친구라고 제 친구가 되는 건 아니죠. 돌아가신 찰스 바스커빌 경과 다른 분들이 아니었다면, 그 잘난 아버지 덕에 전 벌써 굶어 죽었을 테니까요.」

「부인을 만나러 온 이유가 바로 돌아가신 찰스 바스커빌 경 때문이랍니다.」

여인의 주근깨가 더욱 두드러졌다.

「그분 때문이라니요?」 그녀가 물었다. 손가락으로는 타자기 자판을 신경질적으로 두드려 대고 있었다.

「그분을 아셨죠?」

「그분께 많은 은혜를 입었다고 말씀드렸는데요. 제가 먹고사는 것도 그분이 제 불행한 상황을 눈여겨보셨기 때문이랍니다.」

「그분께 편지를 쓰신 적이 있습니까?」

여인이 화들짝 놀라며 고개를 들었다. 그녀의 담갈색 눈에는 분노가 들끓고 있었다.

「그런 질문을 하시는 이유가 뭔가요?」 그녀가 차갑게 되물었다.

「스캔들을 막기 위해서입니다. 그 얘기가 걷잡을 수 없이

번지는 것보다는 여기서 짚고 넘어가는 게 좋을 것 같아서죠.」

입을 꼭 다문 얼굴이 너무도 창백해 보였다. 마침내 그녀가 대담하고 도발적인 태도로 나를 올려다보았다.

「좋아요, 대답하죠. 질문이 뭐였죠?」 그녀가 물었다.

「찰스 경과 서신 교환을 하셨죠?」

「그분의 동정심과 인자함에 감사드리기 위해 한두 번 편지를 쓴 적은 있어요.」

「날짜를 기억하십니까?」

「아뇨.」

「그분을 만난 적이 있나요?」

「예, 한두 번. 쿰 트레이시에 오셨을 때였어요. 매우 조용한 분이시라 선행도 남몰래 베푸셨답니다.」

「하지만 만남도 서신 왕래도 드물었는데, 어떻게 부인의 형편을 알고 도와주실 수 있었죠? 도움을 받으셨다니 드리는 질문입니다만.」

그녀는 전혀 거리낌 없이 내 무례한 질문에 응수했다.

「제 슬픈 얘기를 듣고 저를 도와주신 신사분들이 계셨답니다. 그중 한 분이 스태플턴 씨인데, 찰스 경의 이웃이자 가까운 친구셨어요. 제게도 너무나 친절하셨죠. 찰스 경께서 제 얘기를 들은 것도 그분을 통해서였다고 들었습니다.」

「찰스 경께 만나고 싶다는 편지를 쓰신 적이 있습니까?」 나는 계속 몰아붙였다.

리옹 부인의 얼굴이 다시 누르락붉으락해졌다.

「선생님, 그건 지나친 질문이 아닌가요?」

「죄송합니다. 부인. 하지만 어쩔 수가 없군요.」

「그렇다면 대답하죠. 그런 일 없습니다.」

「찰스 경이 돌아가시던 날도요?」

얼굴에서 핏기가 가시자 그녀는 거의 송장처럼 보였다. 그녀는 바짝 타들어가는 입술을 움직여 〈아뇨!〉라고 대답했으나, 그 대답을 확인한 건 내 귀가 아니라 눈이었다.

「아무래도 기억을 잘 못하시는 모양입니다. 그럼 편지의 한 구절을 읽어 드릴까요? 〈부디부디, 신사분답게 이 편지를 태워 주세요. 그리고 10시에 꼭 게이트로 와주시길.〉」

실신할 거라는 내 예상과 달리, 그녀는 용케 정신을 수습하고 있었다.

「이 세상에 신사 같은 건 없는 모양이군요.」 그녀가 한숨을 내쉬었다.

「그건 찰스 경에 대한 모독입니다. 그분은 편지를 태웠죠. 하지만 이따금 불에 탄 편지도 읽는 게 가능한 경우가 있답니다. 이제 그 편지를 쓴 기억이 나시나요?」

갑자기 그녀가 울기 시작하더니, 마치 영혼을 토해 내듯 말을 뱉기 시작했다.

「예, 제가 썼어요, 제가요. 부인할 이유도 없죠. 부끄러운 일을 한 것도 아니니까. 그분께 도움을 받고 싶었어요. 그분께 부탁드리면 도와주실 거라고 믿었고, 그래서 만나려고 한 거예요.」

「하지만 왜 하필 그 시각이었죠?」

「다음 날 런던으로 떠나 몇 달 동안 돌아오시지 않을 거라는 소문을 들었으니까요. 너무 늦게 들은 터라 더 일찍 만날 수 없었죠.」

「그럼 저택을 방문하지 않고 정원에서 만나려 하신 이유는 뭡니까?」

「그 시각에 여자 혼자 독신남의 집에 들어가라는 말씀인가요?」

「거기 갔을 때 어떤 일이 있었죠?」

「가지 않았어요.」

「리옹 부인!」

「아뇨. 하느님께 맹세할 수 있어요. 가지 않았어요. 도중에 가지 못할 일이 생겼거든요.」

「무슨 일입니까?」

「그건 사적인 문제입니다. 말씀드리지 않겠어요.」

「찰스 경이 숨을 거둔 바로 그 시각 그 장소에서 만나기로 약속했다는 사실은 인정하지만, 만나지는 않았다는 말씀인가요?」

「그게 사실이니까요.」

연이어 그녀에게 질문을 퍼부어 댔으나 그 이상의 대답을 얻어 낼 수는 없었다.

결국 나는 무의미한 대화를 포기하고 자리에서 일어섰다.

「리옹 부인, 부인은 사실을 털어놓지 않음으로써 스스로를 매우 난감한 상황으로 몰아넣고 계실 뿐 아니라, 앞으로도 책임을 면하기 어렵게 됐습니다. 제가 경찰에 협조를 요청하면 그땐 정말로 심각한 상황이 되고 맙니다. 게다가 거리낄

게 없다면, 왜 처음에 찰스 경께 편지를 보냈다는 사실까지 부인하신 거죠?」

「그 때문에 괜한 오해를 사고 싶지 않아서였어요. 괜한 스캔들에 휘말릴 수도 있고.」

「그럼, 찰스 경께 편지를 태우라고 호소한 이유는요?」

「편지를 읽으셨다면서요.」

「편지의 모든 내용을 읽었다고 말한 적은 없습니다.」

「일부를 인용하셨잖아요.」

「추신을 인용한 겁니다. 말씀드렸듯이, 편지는 불에 탄 터라 다 읽는 건 불가능했죠. 다시 한 번 묻겠습니다. 편지를 제발 파기해 달라고 애원한 이유가 뭡니까?」

「그건 아주 사적인 문제예요.」

「공개수사를 피하는 게 더 시급하지 않겠습니까?」

「그럼 말씀드리죠. 제 불행한 과거에 대해 들으셨다면, 제가 성급하게 결혼을 했고 그 때문에 크게 후회했다는 사실도 아시겠죠?」

「그 정도는 들었습니다.」

「짐승 같은 남편으로부터 끊임없이 학대를 받고 살았어요. 법도 그자의 편이라, 지금이라도 그자가 나하고 같이 살겠다고 주장하면 난 꼼짝 없이 받아들여야 하는 신세랍니다. 그 기분이 어떤지 아세요? 편지를 쓸 때는, 일정한 합의금만 있다면 자유를 얻을 수도 있다는 얘기를 막 들은 터였어요. 저에겐 너무나 중요한 문제였죠. 마음의 평화, 행복, 자존심……. 그건 내 모든 것이었으니까요. 찰스 경의 관대함에 대해서는 이미 알고 있던 터라 직접 말씀드리면 틀림없이 도와주실 거라고 생각한 거예요.」

「그런데 왜 가지 않은 겁니까?」

「그사이 다른 사람한테서 도움을 받았기 때문이에요.」

「그런데도 찰스 경에게 상황이 달라졌다는 서신을 보내지 않은 겁니까?」

「다음 날 신문에 그분의 죽음이 실리지 않았다면 그렇게 했겠죠.」

여인의 이야기는 조리 있었으며, 나는 어떤 질문으로도 틈을 찾아내지 못했다. 이제 진위를 확인할 방법은 그녀가 실제로 남편과의 이혼 절차를 진행했는지, 그리고 그 시점이 비극이 있던 즈음인지 확인하는 것뿐이었다.

그녀가 바스커빌 홀에 가지 않은 건 분명해 보였다. 왜냐하면 그곳에 가려면 마차가 필요했을 것이고, 설사 갔었다 해도 새벽까지 쿰 트레이시로 돌아올 수 없었을 것이기 때문이다. 그런 외출을 아무도 모르게 할 수는 없다. 따라서 그녀의 말은 사실이거나, 최소한 사실에 가깝다고 봐야 했다. 결국 또다시 막다른 길에 들어서고 만 것이다. 그것도 목적을 위해 짚어 봐야 할 길 모두를 봉쇄해 버리는 지독한 장벽이다. 그런데 여자의 표정과 태도를 보면 볼수록, 뭔가 숨기는 게 있다는 생각이 강렬해졌다. 왜 저렇게 얼굴이 창백해진 거지? 궁지에 몰릴 때까지 버틴 다음에야 실토한 이유는 도대체 뭘까? 찰스 경이 죽은 시각에 대해 왜 그렇게 입을 다물고 있었던 거지? 그녀의 해명과 달리 분명히 뭔가 꿍꿍이가 있다. 어쨌든 지금 그 방향으로 더 나아가는 것은 불가능하다. 이제 황무지의 옛 마을로 돌아가 다른 실마리를 찾아볼 때가 된 것이다.

사실 그쪽도 막막하기는 마찬가지였다. 마차를 타고 돌아오며, 고대인의 흔적으로 뒤덮인 언덕이 한두 곳이 아님을 깨달아야 했다. 배리모어가 알려 준 정보라고는 이 버려진 마을 어딘가에 이방인이 숨어 있다는 것뿐인데, 황무지 여기저기 돌집이 수백 곳은 되어 보였다. 그래도 단서가 없는 것은 아니었다. 사내가 모습을 나타낸 곳이 블랙 토르이니, 그곳을 수색의 중심으로 삼을 참이었다. 거기서부터 하나하나 뒤져 나가다 보면 결국에는 목표에 다다를 수 있으리라. 남자가 안에 있다면 리볼버를 겨눠서라도 정체가 뭔지, 왜 그렇게 오랫동안 우리를 뒤쫓는 건지 실토하게 만들 것이다. 리전트 가에서는 인파를 이용해 빠져나갈 수 있었겠지만, 이런 황량한 황무지에서는 그것도 만만치 않을 것이다. 혹시나 그가 돌집에 없다면, 기다리면 그만이다. 언제까지라도 기다려 주마. 홈스가 런던에서 놓친 자다. 명탐정이 놓친 자를 잡을 수 있다면, 그보다 영광스러운 일이 또 어디 있겠는가.

지금껏 행운의 여신은 번번이 나를 비껴갔으나 이번에는 도와 주기로 마음을 정한 모양이었다. 행운의 사자(使者)는 다름 아닌 프랭클랜드 씨였다. 회색 구레나룻과 붉은 얼굴의 그가 정원 밖에 서 있었다. 도로 쪽 문도 열린 채였다.

「안녕하시오, 왓슨 박사. 그 말 좀 쉬게 하지 않겠소? 잠시 들어와 와인 한잔 하며 부디 이 늙은이를 축하해 주시구려.」

노인은 의외로 기분이 좋은 모양이었다.

딸을 어떻게 대했는지 들은 터라 그에 대한 감정이 좋을 리 없었지만, 퍼킨스와 마차를 집으로 돌려보내려 했던 참이어서 마침 잘됐다는 생각도 들었다. 나는 마차에서 내리며 퍼킨스를 시켜 헨리 경에게 저녁 시간까지 돌아가겠다는 메시지를 전하도록 하고, 프랭클랜드를 따라 그의 식당으로 들어갔다.

그는 얘기를 하면서도 수없이 키득거렸다.

「오늘은 기가 막힌 날이라오. 평생 최고의 날이지. 이번에 소송을 두 개나 성공했지 뭡니까. 인간들한테 법이 법이며, 여기 법을 두려워하지 않는 인간이 있다는 사실을 깨우쳐 주고 싶었다오. 우선 미들턴 영감의 공원 한가운데를 지날 수 있는 통행권을 확보했지. 그것도 현관에서 1백 미터 안짝에서 말이오. 어때, 멋지지 않소? 저 귀족 놈들이 우리 평민의 권리를 짓밟지 못하도록 단단히 혼을 내줘야 해요! 그리고 또 하나, 펀워디 놈들이 툭하면 소풍을 다니는 숲을 폐쇄했다오. 이 극악무도한 인간들은 소유권을 개똥으로 알고, 아무 데나 빈 병과 쓰레기를 늘어놓고 논다니까. 왓슨 박사, 그 두 사건 모두 내가 이겼다는 것 아니겠소. 존 몰랜드 경이 자기 소유의 야생 조림지에서 사냥했을 때 무단 침입으로 고소해서 승소한 이후 최고의 날이라오.」

「그게 어떻게 가능했습니까?」

「판결문을 읽어 보시오, 박사. 볼만할 거외다. 프랭클랜드 대 몰랜드, 영국 고등 법원. 그 바람에 2백 파운드를 날렸지만 그래도 이기긴 했지.」

「그래서, 무슨 이득이라도 보셨습니까?」

「아뇨, 아무것도 없소. 이득에는 아무 관심도 없다고 자랑스럽게 말할 수 있다오. 순전히 사회 구성원으로서의 의무로 하는 일이니까. 오늘 밤 펀위디 놈들이 틀림없이 내 화형식을 할 거라오. 지난번에 사람들이 화형식을 했을 때 그런 불경스러운 시위를 당장 막아 달라고 경찰에 신고한 적이 있는데, 이 지역 경찰들은 썩을 대로 썩었지 뭐요. 내가 받아 마땅한 보호조차 제공하지 못하니 말이죠. 〈프랭클랜드 대 레지나〉 사건은 그 문제를 공론화해 줄 게요. 그 인간들한테 분명하게 경고했다오. 날 그런 식으로 대한 걸 후회하게 해주겠다고. 그리고 그건 이미 사실이 되고 있소.」

「어떻게요?」

노인이 매우 자랑스럽다는 표정을 지었다. 「그자들이 알고 싶어 환장하는 정보가 내게 있으니까. 하지만 그 악당들한테는 입 하나 까딱하지 않을 거외다.」

처음에는 어떻게든 핑계를 대고 그의 헛소리에서 벗어날 생각이었으나, 아무래도 좀 더 들어 봐야 할 것 같았다. 하지만 워낙에 청개구리 천성인지라, 조금이라도 관심을 드러내면 영감탱이는 당장이라도 입을 다물고 말리라.

「밀렵 사건 애긴가요?」 나는 일부러 무관심을 가장한 채 물었다.

「하하, 박사, 그것보다는 훨씬 더 중요한 문제라오. 그래, 황무지의 탈옥수라면 어떻겠소?」

나는 깜짝 놀랐다. 「설마 그자가 어디 있는지 아는 건 아니겠죠?」

「정확히 아는 건 아니오만, 놈을 잡을 수 있도록 도와줄 수는 있지. 놈이 어디서 식량을 조달받는지 알아내 그 루트를 추적하면 된다는 생각은 안 해보셨소?」

그는 확실히 진실에 접근해 있었다.

「그야 그렇겠지만, 그자가 황무지 어디에 있는지 어찌 안단 말입니까?」

「그자에게 먹을 걸 가져다주는 심부름꾼을 이 눈으로 직접 봤으니까.」

배리모어가 걱정됐다. 이 역겨운 감초 영감의 촉수에 걸리는 건 비극이다. 하지만 노인의 다음 얘기에 난 겨우 마음을 놓을 수 있었다.

「음식을 가져가는 게 어린아이라면 놀라시겠소? 난 지붕에 설치한 망원경으로 매일 그놈을 본다오. 매일 같은 시각에 같은 길을 지나는데, 탈옥수 아니면 누구한테 가겠소?」

세상에, 이런 행운이! 하지만 겉으로는 아무 관심이 없는 척해야 했다. 아이라니! 배리모어도 아이가 미지의 사내를 돕고 있다고 하지 않았던가. 프랭클랜드의 망원경에 걸린 건, 탈옥수가 아니라 바로 그의 거처였다. 영감을 잘만 구워삶으면 길고도 지난한 수색 작업을 하지 않아도 된다는 얘기다.

「황무지 양치기의 아이가 아버지의 저녁 식사를 가져가는 게 아닐까요? 그게 더 확률이 높아 보이는데.」

이 정도의 사소한 도발에도 폭군 영감은 펄쩍 뛰었다. 그는 잡아먹을 듯 나를 노려보았는데, 회색 구레나룻이 화난 고양이의 갈기처럼 바짝 일어났다.

그가 끝없이 펼쳐진 황무지를 가리켰다.

「세상에, 그걸 말이라고! 저쪽에 블랙 토르가 보이시오? 그 너머 가시덤불로 덮인 언덕은? 황무지 전체에서 바위가 제일 많은 곳인데, 양치기가 그런 곳에 무슨 볼일이 있겠소? 세상에, 오래 살다 보니 별 희한한 소리를 다 들어 보겠군, 나 참.」

나는 제대로 알지도 못하고 함부로 말해서 미안하다고 너스레를 떨었다. 이런 식의 양보에 그는 크게 기뻐했고, 그로써 더 많은 비밀을 털어놓기 시작했다.

「박사님도 이제 내가 의견을 내놓을 땐 확실한 근거가 있기 때문이라는 걸 인정해야 할 거요. 소년이 보따리를 가지고 가는 걸 본 게 한두 번이 아니오. 어쩔 때는 하루에도 두 번씩 왔다 갔다 했으니까. 나로 말하자면...... 잠깐만, 왓슨 박사, 지금 내가 헛것을 보고 있는 거요? 아니면 저 언덕에서 정말로 뭔가가 움직이는 거요?」

수 킬로미터 떨어진 곳이지만 암녹색과 회색의 배경 속에서 작고 검은 점 하나가 움직이는 게 내 눈에도 보였다.

「어서, 어서요. 박사가 직접 보고 판단해 보시구려!」 프랭클랜드가 외치고는 이층으로 달려 올라갔다.

거대한 대형 망원경이 평평한 연판 지붕의 삼각대 위에 설치되어 있었다. 프랭클랜드가 한쪽 눈을 갖다 대더니 이내 회심의 탄성을 질렀다.

「어서, 왓슨 박사, 어서! 저놈이 언덕을 넘어가기 전에!」

아이는 정말로 있었다. 어깨에 작은 짐 보따리를 짊어진 소년이 느린 걸음으로 언덕을 오르고 있었다. 그가 정상에 다다랐을 땐 파란 하늘의 배경 속에서 허름하고 더러운 외모까지 확인했다. 아이는 미행을 경계하는 듯 초조하게 주변을 둘러보다가 곧바로 언덕 너머로 사라졌다.

「어떻소? 내 말이 맞지 않소?」

「그렇군요. 뭔가 은밀한 심부름을 하는 아이 같았습니다.」

「그리고 그 심부름이 무엇인지는 이 촌 동네 경찰 놈들도 알 거외다. 하지만 난 죽어도 말 안 할 거요. 물론 박사도 그래야지. 한 마디도 안 되고말고. 이해하시겠소?」

「원하신다면야.」

「놈들은 날 함부로 대했소. 아주 형편없는 놈들이야. 〈프랭클랜드 대 레지나〉 사건의 진실이 밝혀지면 사람들의 분노가 온 나라를 뒤덮고 말 거라오. 무슨 일이 있어도 절대 경찰을 돕지 않겠소. 개자식들이 내 화형식을 거행한다고 해도, 오히려 불에 타는 게 인형이 아니라 나였으면 하고 바랄 놈들이니까. 아니, 벌써 가시게? 이 영광의 순간을 위해 오셨으니 병은 비우고 가셔야지.」

하지만 나는 그의 집요한 간청을 고사하고 집까지 바래다주겠다는 제안도 간신히 사양했다. 그리고 그가 지켜보는 동안까지만 도로를 따라가다가, 곧바로 방향을 틀어 황무지로 들어갔다. 꼬마가 사라졌던 돌 언덕으로 갈 참이었다. 만사가 바람대로 움직여 주는데, 이제 와서 힘이 달리고 끈기가 부족하다는 이유로 이 절호의 기회를 물거품으로 만들 수는 없는 노릇이었다.

언덕 꼭대기에 다다랐을 때쯤엔 해가 지기 시작해 언덕 너머의 긴 비탈 한쪽은 온통 황금빛과 초록빛의 향연을 이루고, 다른 한쪽은 잿빛의 그림자로 덮혀 있었다. 저 멀리 지평선 위로 낮은 연무가 걸려 있고, 그 위로 벨리버와 빅슨 토르[29]의 환상적인 자태가 솟아 있었다. 광활한 황무지 너머로는 어떤 소리도 움직임도 없었다. 갈매기나 마도요로 보이는 커다란 잿빛 새가 파란 하늘로 치솟아 올랐다. 거대한 하늘과 황무지 사이에 그와 나만이 유일한 생명체라는 생각이 들었다. 황량한 풍경, 쓸쓸한 대기, 기이하면서도 긴박하기 짝이 없는 임무까지, 내 마음속에 한기를 불러일으키기에 충분한 요소들뿐이었다. 아이의 모습은 보이지 않았으나 발밑 언덕 사이엔 고대의 돌집들이 둥글게 모여 있었고, 중앙의 돌집에는 모진 날씨를 막아 줄 지붕까지 있었다. 그 광경에 심장이 펄떡거리기 시작했다. 이방인이 숨은 토굴이 분명하다. 마침내 그자의 은신처에 다다른 것이다. 이제 모든 비밀이 내 손안에 들어온 것이나 다름없다.

나는 스태플턴이 나비를 잡기 위해 포충망을 내밀 때만큼이나 조심스럽게 움직였다. 그곳은 정말 은신처로 이용된 것이 분명했다. 바위 사이의 모호한 통로가 문으로 보이는 폐허의 입구로 이어져 있었다. 안에서는 아무 소리도 들리지 않았

---

[29] Belliver, Vixen Tor. 모두 황무지에 있는 바위산을 가리키는 것으로 보인다.

다. 그자는 안에 숨어 있거나 황무지를 배회하는 중이리라. 모험에 동반하는 긴장으로 온 신경이 따끔거렸다. 난 담배를 옆으로 던져 버렸다. 그러고서 리볼버의 손잡이를 잡은 다음, 재빨리 문으로 접근해 안을 들여다보았다. 비어 있었다.

냄새를 잘못 맡은 건 절대 아니다. 분명 그자가 살고 있는 곳이다. 태곳적 신석기 시대의 원시인이 잠들었을 암반 위에는 방수포에 둘둘 말린 담요까지 몇 장 얹혀 있고, 조잡한 난로엔 타다 남은 재가 가득했다. 그 옆으로 조리 기구 일습과 물이 반쯤 찬 양동이도 보였다. 더욱이 잔뜩 어질러진 빈 깡통들을 보니, 사람이 들어와 산 지도 꽤 오래된 것 같았다. 흐릿한 불빛에 익숙해지자, 구석의 작은 컵과 반쯤 남은 술병도 눈에 들어왔다. 오두막 중앙의 평평한 바위는 테이블로 쓰는 듯했는데 그 위에 작은 보따리가 하나 놓여 있었다. 망원경으로 확인했을 때 아이가 어깨에 메고 있던 바로 그 봇짐이었다. 보따리 안엔 빵 한 덩어리, 혓바닥 요리 통조림 하나, 복숭아 통조림 두 개가 들어 있었다. 보따리를 조사하고 내려놓는데, 그 아래 뭔가 적힌 종이가 보였다. 심장이 다시 콩닥거리기 시작했다. 종이에는 다음과 같은 내용이 휘갈겨져 있었다.

〈왓슨 박사, 쿰 트레이시에 찾아갔음.〉

나는 짧은 내용의 쪽지를 손에 들고도 그 의미를 이해하기 위해 한참을 서 있어야 했다. 이 비밀의 사나이가 쫓는 자가 헨리 경이 아니라 나라고? 물론 직접 쫓은 게 아니라 아이를 보냈을 테고, 이건 그의 보고서일 것이다. 어쩌면 황무지에 나올 때마다 감시당했을지도 모를 일이다. 언제나 느낌이 이상하긴 했다. 보이지 않는 그 감시망은 너무도 가볍고 섬세해, 우리가 이미 그물망에 걸려들었다 해도 그 사실을 감지하는 건 거의 불가능에 가까웠을 것이다. 그 엄청난 능력과 솜씨에 온몸에 한기가 돌았다.

보고서가 하나 있다면 당연히 이전의 다른 보고서들도 있을 것이다. 하지만 오두막 안을 아무리 뒤져도 그 비슷한 것도 보이지 않았다. 이 기이한 곳에 살고 있는 사나이의 성격이나 의도를 짐작하게 할 만한 것도 없었다. 기껏해야 수도승처럼 살고 있다는 사실, 삶의 안위 따위에는 관심조차 없다는 사실 정도겠다. 어제의 그 미친 듯한 폭우를 생각하며 이 허름한 지붕을 올려다보고 있자니, 난 가슴까지 답답해졌다. 도대체 증오와 한이 얼마나 깊기에 이런 비인간적인 환경까지 감내하는 것일까? 이자는 우리의 흉포한 적인 걸까? 아니면 우리의 수호신 같은 존재일까? 그렇다, 그 사실을 알아내기 전에는 절대로 이 오두막을 떠나지 않으리라.

밖에서는 이미 태양이 내려앉아 서쪽 하늘이 진홍빛과 황금빛으로 불타오르기 시작했다. 멀리 그림펜 마이어의 작은 웅덩이들에도 붉은 노을빛이 내려앉았다. 언덕 너머 바스커빌 홀의 탑들도 보이고, 아련한 연기 자락들이 피어오르는 그림펜 마을도 보였다. 그리고 두 지역의 중간쯤 어딘가에 스태플턴의 집이 있었다. 이 황금빛 석양 안에서 모든 게 이토록 감미롭고 포근하고 평화롭건만, 내 영혼이 느낀 건 자연의 평화가 아니라 낯선 이와의 만남에 대한 막연한 두려움과 시시

각각으로 목을 조여 오는 공포뿐이었다. 오싹할 정도로 긴장됐으나 확고한 결단으로, 나는 어두운 구석에 웅크리고 앉아 이 돌집의 주인을 기다리기 시작했다.

그리고 마침내 그가 나타났다. 멀리서 돌을 밟는 구둣발 소리가 대기를 찢으며 들려 왔다. 한 걸음, 또 한 걸음, 소리는 점점 가까워 왔다. 나는 더욱 어두운 구석으로 물러나 주머니에 든 리볼버의 공이를 젖혔다. 이 낯선 사내의 정체를 확인할 때까지 절대 내 모습을 드러내지 않을 생각이었다. 잠시 후 긴 침묵이 이어졌다. 그가 걸음을 멈춘 것이다. 그리고 곧 다시 발소리가 들리더니 커다란 그림자가 돌집 입구를 막아섰다.

「멋진 저녁이 아닌가, 친애하는 왓슨. 그 안보다는 바깥이 자네에게도 더 편안할 것 같은데?」 낯익은 목소리였다.

12
황무지의 시체

한동안 숨을 쉴 수 없었다. 내 귀를 믿을 수도 없었다. 마침내 감각과 목소리가 돌아올 때쯤엔, 그동안 내 영혼을 짓누르던 책임감도 한 꺼풀씩 벗겨지고 있었다. 저렇듯 냉정하고 냉철하고 냉소적인 목소리의 주인공은 이 세상에 단 한 사람밖에 있을 수 없다.

「홈스! 홈스!」 내가 울부짖었다.

「이리 나오게. 그놈의 리볼버 조심하고.」 그가 말했다.

나는 허리를 숙이고 허름한 입구를 빠져나왔다. 그는 돌집 바깥의 돌 위에 앉아 있었다. 그의 잿빛 눈은 당혹해하는 내 꼬락서니에 너무 신나 덩실덩실 춤까지 출 판이었다. 전보다 마르고 지쳐 보였으나 단호하고 날카로운 표정이었다. 강인한 인상의 얼굴도 햇볕에 그을고 바람에 거칠어져 있었다. 트위드 정장에 천 모자 차림이라 그런지 영락없이 황무지를 떠도는 여행자의 모습이었다. 하지만 고양이처럼 청결함을 고집하는 성격답게 턱은 부드럽게 면도되어 있고, 리넨 옷도 베이커 가에 있을 때만큼이나 완벽했다.

「이렇게 사람이 반가워 보긴 생전 처음이구먼.」 나는 와락 그의 손을 잡으며 탄성부터 질렀다.

「이렇게 놀라 본 것도 처음 아닌가, 응?」

「그래, 그것도 그렇군.」

「자네만 놀란 게 아닐세. 솔직히 말해서 자네가 내 은신처를 찾아낼 줄은 몰랐네. 하물며 그 안에 들어가 있다니. 문을 스무 발 남기고서야 겨우 눈치챘지 뭔가.」

「발자국 때문이로군, 그렇지?」

「아냐, 왓슨. 세상의 모든 발자국 가운데 자네 발자국을 알아볼 자신은 아직 없다네. 정말로 나를 속이고 싶었다면, 먼저 단골 담배 가게부터 바꿔야 했을 걸세. 〈옥스퍼드 가, 브래들리〉라고 새긴 담배꽁초를 보고 내 친구 왓슨이 방문했다는 사실을 알았지. 저기 길 옆에 있더군. 모르긴 몰라도, 텅 빈 돌집 안으로 돌진해 들어가는 순간 집어 던졌겠지.」

「그래.」

「그 정도는 짐작했네. 자네의 집요한 성격으로 미루어 보아, 지금 무기를 들고 숨어서 주인이 돌아올 때까지 기다리는 중이라고 말이야. 그래서, 정말로 내가 범인이라고 생각한 건가?」

「자네일 줄은 몰랐지만, 기어이 알아낼 참이었지.」

「대단해, 왓슨! 그런데 어떻게 찾아낸 건가? 그래, 탈옥수를 쫓던 날 밤에 나를 본 게로군. 내가 부주의하게 달빛을 등지고 서 있었거든.」

「그래, 그때 자넬 봤네.」

「그럼 이곳을 찾아낼 때까지 온 돌집을 다 뒤지고 다녔겠군그래.」

「아니, 자네 심부름꾼이 걸려들었지. 덕분에 어디를 찾아야 할지 알게 된 걸세.」

「망원경을 가진 영감. 그래, 그 영감이야. 처음 렌즈에 반짝이는 빛을 봤을 땐 나도 정체를 몰랐지 뭔가.」

그는 일어나 오두막 안을 들여다보았다.

「아, 카트라이트가 보급품을 가져왔군. 이 종이는 뭐야? 그래서, 쿰 트레이시에 다녀왔나?」

「그래.」

「로라 리옹 부인을 만나러?」

「그렇다네.」

「잘했네! 우리 수사가 평행선을 그리며 진행된 게 분명하군. 이제 결과를 통합하면 모든 진실을 파헤칠 수 있겠어.」

「자네가 이곳에 와서 진심으로 기쁘이. 그렇잖아도 버거운 책임감에 풀리지 않는 수수께끼까지 더해져 폭발할 지경이었지. 하지만 도대체 어떻게 여기 있는 건가? 지금껏 뭘 하고 있었지? 베이커 가에서 협박 사건을 수사하고 있는 줄 알았는데.」

「자네가 그렇게 생각하길 바란 걸세.」

「그럼 나를 이용한 건가? 나도 못 믿어서? 홈스, 내가 자네한테 그 정도밖에 안 되는 줄은 정말 몰랐군.」 내가 씁쓸하게 내뱉었다.

「이보게 왓슨, 다른 사건에서와 마찬가지로 이 사건에서도 자넨 너무나 소중하다네. 자네를 가지고 논 것처럼 보였다면 부디 용서해 주기를 빌겠네. 사실 이렇게 한 건, 어느 정도는 자네를 위해서라네. 그리고 직접 내려와 사건을 조사하기로 결정한 것도 자네가 처한 위험을 감지했기 때문이었어. 내가 헨리 경과 자네 옆에 있었다면, 내 관점도 자네와 다를 바 없었을 것이고, 또 내가 있음으로 해서 우리의 악독한 상대 또한 더욱 긴장했을 걸세. 사실, 내가 바스커빌 홀에서 지냈더라면 이렇게 마음대로 돌아다니는 것도 불가능했겠지. 덕분에 이 사건에서 난 히든카드로 남아, 위기의 순간에 온 힘을 다해 뛰어들 수 있게 된 거라네.」

「왜 내게 아무 말도 안 한 건가?」

「자네가 알아 봐야 사건에는 전혀 도움이 되지 않았을 거야. 자칫하면 내 신분이 드러날 수도 있고 말이야. 자네는 나에게 뭔가 얘기하려고 했을 테고, 또 친절하게 여러 가지로 날 돕고 챙겨 주었을 걸세. 그러면 결국 불필요한 위험을 떠안게 되지 않았겠나. 대신 카트라이트를 데려왔네. 연락 사무소에 있던 그 작은 아이 기억하지? 그래, 그 애가 간단한 시중을 들고 있네. 빵과 깨끗한 옷깃 같은 것들이지. 사나이에게 뭐가 더 필요하겠나? 게다가 그 아이는 여분의 눈 두 개와 아주 잽싼 두 다리까지 보태 주었다네. 둘 다 더할 나위 없는 도움이었지.」

「그럼 내 보고서는 모두 쓰레기였군그래!」 문득 보고서들을 작성할 때의 고통과 자긍심이 소록소록 떠오르며 목소리까지 떨려 나왔다.

홈스는 주머니에서 종이 뭉치를 꺼냈다.

「이보게 친구, 여기 자네 보고서가 있네. 물론 읽고 또 읽었지. 아주 기발한 방법을 생각해 낸 덕에 내 손에 들어오는 데 하루 정도밖에 지체되지 않았다네. 난해하기 이를 데 없는 사건에 투자한 자네의 열정과 지혜에 최고의 찬사를 보내는 바일세.」

나를 속였다는 생각에 여전히 마음이 상해 있긴 했지만, 홈스의 따스한 위로가 내 마음속의 울분을 걷어 내기 시작했다. 홈스도 내 얼굴에서 그림자가 사라지는 걸 눈치챈 모양이었다.

「다행이군. 그래, 이제 로라 리옹 부인의 집을 방문한 결과를 들려주게나. 자네가 그녀를 만나러 갈 거라는 생각은 했네. 쿰 트레이시에서 우리 사건을 도와줄 사람이긴 했으니까. 사실 자네가 가지 않았다면 내일쯤 내가 찾아갔을지도 모르겠구먼.」

해는 지고 황무지엔 땅거미가 내려앉았다. 기온도 급속히 떨어진 탓에 우리는 보다 따뜻한 돌집 안으로 들어갔고, 나는 남은 여명을 받으며 부인과의 대화를 들려주었다. 홈스의 관심은 지대해, 어떤 부분에서는 그가 만족할 때까지 두 번씩 반복해야 했다.

그는 내 말을 다 듣고 나서야 입을 열었다.

「아주 중요한 얘기였네. 나로서는 도저히 메울 수 없었던 간극을 해결해 주는군. 자네도 어쩌면 그 숙녀와 스태플턴이라는 남자가 보통 사이가 아니라는 사실을 깨달았겠군그래.」

「보통 사이가 아니라니?」

「의심의 여지가 없어. 만나고 서신 교환을 하고……. 둘 사이엔 완벽한 교감이 이루어져 있지. 자, 이제 우리 손에는 아주 강력한 무기가 들어온 것이나 다름없네. 이 무기로 그의 아내를 떼어 낼 수만 있다면…….」

「그의 아내?」

「자네의 얘기에 대한 대가로 나도 몇 가지 정보를 주지. 이곳에서 스태플턴 양으로 통하는 숙녀는 실제로는 스태플턴 부인이라네.」

「맙소사, 홈스! 어떻게 그럴 수가! 그걸 알면서도 헨리 경이 그녀와 사랑에 빠지도록 방치했다는 건가?」

「헨리 경의 사랑은 헨리 경 자신을 제외한 누구에게도 해가 되지 않아. 자네도 목격했겠지만, 스태플턴은 헨리 경이 그녀에게 구애하지 못하도록 안간힘을 쓰지 않던가. 다시 한 번 말하지만 그 숙녀는 여동생이 아니라 아내라네.」

「하지만 왜 그런 성가신 위장을 하는 거지?」

「그녀가 처녀로 있어야 훨씬 더 쓸모가 있다고 판단했기 때문이지.」

그 순간 막연한 직감과 모호한 의문이 구체화되어 박물학자를 중심으로 모여들기 시작했다. 사내의 무색무취한 성격과 밀짚모자, 그리고 나비넥타이 등에서 섬뜩한 무언가를 떠올린 것이다. 더할 나위 없는 인내와 간계, 선한 표정에 극악한 심장을 매단 사나이.

「그럼 그가 적군이라는 말인가? 런던에서 우리 뒤를 쫓은 이가 그자였어?」

「난 그렇게 추리했네.」

「그리고 그 경고……. 그렇다면 그녀가 보낸 것이었겠군!」

「정확하네.」

반은 확실하고 반은 모호한, 악마의 형상이 어둠 속에서 어른거리기 시작했다. 그렇게 오랫동안 나를 좌절하게 했던 바로 그 어둠 속에서.

「정말로 확신하나, 홈스? 그 여인이 아내라는 사실은 어떻게 알아낸 거지?」

「그자가 자네를 처음 만났을 때 그만 깜빡 잊고 자신의 과거 일부를 고백했기 때문이라네. 한때는 북부 지방에서 교장 노릇을 했었다지? 사실 교장보다 추적이 쉬운 상대도 없다네. 그쪽에 몸을 담았던 사람이라면 누구라도 신분을 확인해 주는 교직 소개소가 있으니까. 조금 들춰 보았더니 끔찍한 일을 겪었던 학교 한 곳이 드러나더군. 학교의 주인은 아내와 함께 달아났는데, 이름은 다르지만 여러 가지 정황이 일치해. 게다가 사라진 교장은 곤충학에 몰두했다더군.」

어둠이 깔리고 있었으나, 아직 많은 곳에 그림자가 드리워 있는 채였다.

「여자가 정말로 부인이라면 로라 리옹 부인은 어디에서 끼어든 건가?」

「바로 그 점이 우리의 수사가 빛을 발한 부분이라네. 자네와 그 여자의 면담이 많은 그림자를 없애 줬지. 그녀와 남편

사이의 협의 이혼에 대해서 나는 몰랐네. 스태플턴을 독신으로 알고 있다면, 그녀는 틀림없이 그와 결혼하려고 할 거야.」

「그 사실을 그녀한테도 알려 줄 셈인가?」

「그럼. 그렇게 되면 그 숙녀가 도움이 될지도 모르지. 아무래도 그녀를 만나는 게 내일의 첫 번째 임무가 되어야겠군. 우리 둘 다 말이야. 그런데 왓슨, 자네 의무를 너무 방치해 두는 건 아닌가? 지금쯤은 바스커빌 홀에 있어야 하잖나?」

마지막 붉은 기운마저 서쪽으로 가라앉고 황무지는 완전히 밤의 세계로 바뀌었다. 희미한 별 몇 개가 보랏빛 하늘에서 깜빡거렸다.

「하나만 더 묻지. 물론 자네가 내게 감출 일은 없겠지. 이게 다 무슨 영문인가? 도대체 그자가 원하는 게 뭐야?」 내가 자리에서 일어나며 물었다.

홈스는 목소리를 잔뜩 낮추고 대답했다. 「살인이네, 왓슨. 정교하고 냉혹하고 철저한 살인. 아직 자세한 건 묻지 말게나. 헨리 경을 잡으려는 그의 포충망처럼, 내 포획망도 그자를 노리는 중이니까. 자네의 도움이 있으니 이제 내 손아귀에 잡힌 것이나 다름없지만, 아직 신경 쓰이는 위험이 하나 있긴 하네. 이를테면, 준비가 미처 끝나기도 전에 그가 먼저 치고 들어오는 것이지. 하루, 늦어도 이틀······. 내 추리가 완성될 때까지 자네는 피보호인을 철저하게 지켜보게나. 어머니가 병든 아기를 걱정하듯 말일세. 오늘 자네의 임무도 그 자체로 중요한 일이었지만, 아무래도 그의 곁을 떠나 있는 게 염려스럽구먼······. 저 소리!」

끔찍한 비명 소리였다. 공포와 고통의 기나긴 비명이 황무지의 침묵을 깨고 들려왔다. 그 소름 끼치는 절규에 피가 온통 얼어붙는 듯했다.

「오, 세상에! 이게 뭐지? 도대체 무슨 소린가?」 내가 우는 소리를 했다.

홈스도 자리에서 벌떡 일어나 돌집 문간으로 달려갔다. 이제 그림자로만 남은 그는 어깨를 굽히고 머리만 내민 채 어둠 속을 살피고 있었다.

「쉿, 쉿!」 그가 속삭였다.

비명 소리는 그 격렬함으로 인해 더 크게 느껴지긴 했으나, 그래도 처음엔 어두운 평원 저 너머에 있었다. 그런데 이제는 우리 귀를 때릴 정도였다. 그 어느 때보다도 가깝고 크고 절박한 포효.

「어디지? 어디서 나는 소리인가, 왓슨?」 홈스가 속삭였다. 목소리의 전율로 보아, 강철 같은 그 역시 영혼까지 떨고 있는 게 분명했다.

「저쪽 같은데?」 내가 어둠 속을 가리켰다.

「아냐, 저쪽이야!」

다시 고통의 비명 소리가 고요한 밤을 뒤흔들었다. 조금 전보다 훨씬 더 크고 가까운 소리다. 게다가 이제는 다른 소리까지 섞여 나왔다. 누군가를 노리는 듯한 야수의 그르렁거리는 소리. 그 소리가 마치 바다의 나지막한 불평처럼 오르내렸다.

「사냥개야! 어서, 왓슨, 서둘러! 맙소사, 제발 늦지 않아야 하는데!」

그는 쏜살같이 황무지를 달리기 시작했고, 난 그의 뒤를 바짝 쫓았다. 그 순간 우리 앞의 울퉁불퉁한 대지 어딘가에서 마지막 절규가 터져 나왔고, 곧이어 쿵 하고 뭔가 넘어지는 듯한 둔탁한 소리가 이어졌다. 우리는 잠시 걸음을 멈추고 귀를 기울였다. 더 이상은 아무 소리도 들리지 않았다. 그저 바람 한 점 없는 밤의 무거운 침묵뿐.

홈스는 한 손을 이마에 갖다 댔다. 마치 갈 길을 잃은 사람 같았다. 그가 두 발로 땅을 짓밟았다.

「그자가 이겼네, 왓슨. 너무 늦었어.」

「아냐, 그럴 리가 없어!」

「멍청하게 손을 놓고 있었다니! 왓슨, 자네도 마찬가지야. 자기 임무를 방기한 결과를 보게나! 오, 신이시여, 정녕 최악의 비극이 발생했다면 기어이 그자에게 복수하게 하소서!」

우리는 미친 듯이 어둠을 뚫고 달렸다. 바위에 걸려 넘어지고, 가시덤불을 헤쳐 나가고, 헐떡거리며 언덕을 오르고, 다시 비탈길을 질주해 내려갔다. 그 끔찍한 비명 소리가 들려온 방향을 놓치지 않기가 만만치 않았다. 구릉에 오를 때마다 홈스가 열심히 주변을 살폈으나 황무지의 어둠이 너무나 짙은 탓에 아무것도 볼 수가 없었다.

「뭐가 보이나?」

「아무것도.」

「쉿, 저게 무슨 소리지?」

나지막한 신음 소리가 우리 귀를 때렸다. 이번에는 왼쪽이었다! 산마루 끝으로 가파른 벼랑이 이어지는 곳인데, 그 너머는 바위 투성이의 비탈이었다. 그런데 바로 그 아래 이질적인 무엇인가가 늘어져 있는 것이 아닌가! 우리는 가까이 다가갔다. 모호한 그림자도 점점 또렷해지고 있었다. 그림자는 얼굴을 바닥에 대고 누워 있는 남자의 시체였다. 머리가 기이한 각도로 꺾여 있고 어깨는 잔뜩 굽은 데다 상체는 공중제비를 도는 사람처럼 잔뜩 말려 있었는데, 자세가 어찌나 기묘한지 신음 소리가 그에게서 나왔다는 사실조차 믿기지 않을 정도였다. 지금은 숨소리는커녕 미동조차 느껴지지 않았다. 홈스는 사내에게 손을 댔다가 헉하는 탄식과 함께 다시 거두어들였다. 그가 성냥불을 켜자 희생자의 뭉개진 손과 박살 난 두개골, 그리고 잔뜩 고인 피 웅덩이가 드러났다. 불빛은 또한 우리의 심장을 갈가리 찢어 놓고 말았다. 그것은 바로 헨리 바스커빌 경의 시체였다!

그 붉은빛의 기묘한 트위드 정장을 잊을 수 없다. 첫날 베이커 가에서 만났을 때 입고 있던 바로 그 옷이 아니던가! 잠시 후 성냥불이 깜박거리다가 꺼졌을 때는 마치 우리의 영혼으로부터 모든 희망이 꺼지는 듯했다. 홈스가 신음을 흘렸다. 그의 얼굴은 어둠 속에서 번들거렸다.

「이 죽일 놈! 악마! 오, 홈스, 그를 이렇게 만들다니! 난 영원히 자신을 저주할 걸세.」 내가 주먹을 불끈 쥔 채 울부짖었다.

「왓슨, 정작 비난받을 사람은 나야. 사건을 원만하고 완벽하게 마무리 짓는답시고 고객의 목숨을 던져 버린 꼴이니.

내 평생 이렇게 부끄러운 적이 없었건만. 하지만 내가 어찌 알았겠나? 어찌 알았겠어? 경고를 무시하고 이렇게 혼자서 황무지에 나오다니!」

「우리가 들은 건 바로 그의 비명 소리였어. 오, 신이시여, 그 비명 소리! 그런데도 경을 구하지 못하다니! 그를 죽음으로 몰아간 악마 같은 사냥개는 도대체 어디 있는 건가? 저 바위들 뒤에 숨은 건가? 그럼 스태플턴은? 그자는 또 어디 있지? 기어이 오늘의 복수를 하고 말 걸세.」

「그래야지. 내 기꺼이 복수하겠네. 맙소사, 백부와 조카가 모두 살해되다니. 백부는 짐승을 유령이라고 착각해 심장이 멎고, 조카는 또 그 개를 피해 달아나다가 이런 꼴을 당한 거라네. 우린 반드시 그자와 짐승의 관계를 파헤쳐야 하네. 포효를 들었을 뿐, 짐승의 존재를 증명할 방법이 없기 때문이지. 어쨌든 헨리 경은 벼랑에서 떨어져 죽은 거니까. 하지만 맹세하네. 아무리 교활하다 해도, 놈은 스물네 시간 안에 내 손에 잡히고 말 걸세!」

우리는 처참하게 망가진 시신 양쪽에 서서 비통한 가슴을 쓸고 있었다. 이 돌이킬 수 없는 재앙으로, 그간의 길고도 지난한 노력이 졸지에 물거품이 되고 만 것이다. 이윽고 달이 떠올랐고 우리는 벼랑 위로 다시 올라갔다. 불쌍한 헨리 경이 떨어진 곳이다. 그 꼭대기에 서서 우리는 어두운 황무지를 둘러보았다. 반쯤은 은빛이고, 반쯤은 어두운 그림자에 가린 황무지. 멀리 수 킬로미터 저편, 그러니까 그림펜 마이어가 있는 곳에서 노란 불빛 하나가 반짝이고 있었다. 스태플턴의 외딴집일 것이다. 나는 그 불빛을 바라보며 쓸쓸한 저주를 퍼부었다.

「왜 지금 당장 잡지 않는 거지?」

「수사가 다 끝난 게 아니야. 그자는 철저하고도 교활하다네. 우리가 안다고 끝나는 게 아니잖나. 증명을 해야지. 한 발만 헛디뎌도 놈은 우리 손아귀에서 빠져나가고 말 걸세.」

「그럼 어떻게 할 셈인가?」

「내일은 바쁜 하루가 될 거야. 오늘밤은 불쌍한 친구를 위해 마지막 봉사나 해야 할 것 같군그래.」

우리는 함께 가파른 비탈을 내려가 시체에 접근했다. 은빛 바위를 배경으로 시체는 더욱 검고 선명하게 보였다. 잔뜩 비틀린 수족을 보자 온몸이 분노로 파르르 떨리고 두 눈엔 눈물이 고였다.

「도움을 요청해야 해, 홈스. 우리 힘으로 저택까지 운반하는 건 불가능하네. 맙소사, 자네 미쳤나?」

나는 깜짝 놀랐다. 홈스가 시신을 살피더니, 갑자기 웃고 춤을 추며 내 손을 잡고 흔드는 것이 아닌가! 정녕 이 남자가 심각하고 진중한 내 친구란 말인가? 그에게 이런 면이 숨어 있었다니!

「수염! 수염 말이야! 이 남자에게는 턱수염이 있어!」

「수염?」

「헨리 경이 아닐세. 이 자는…… 세상에, 내 이웃이야! 탈옥수!」

우리가 잔뜩 흥분해 부랴부랴 시신을 뒤집자, 차갑고 선명한 달빛에 피가 뚝뚝 떨어지는 턱수염이 드러났다. 저 앞짱구와 우물처럼 들어간 야수의 눈. 의심의 여지는 없었다. 바위 위에서 촛불 빛을 받으며 나를 노려보던 바로 그 얼굴이었다. 살인마 셀던.

모든 것이 명확해졌다. 헨리 경은 배리모어에게 낡은 옷가지들을 챙겨 주었고, 배리모어는 탈출에 대비해 그것들을 셀던에게 건넨 것이다. 부츠, 셔츠, 모자……. 모두 헨리 경의 물건들 아닌가. 물론 슬픈 일이긴 하나, 그래도 이자는 국법으로 사형을 언도받은 범죄자다. 홈스에게 상황 설명을 하는 동안에도 내 가슴은 감사와 기쁨의 마음으로 한껏 부풀고 있었다.

「그럼 그 옷이 결국 이 불쌍한 친구의 사형 선고가 된 셈이군. 아무튼 사냥개가 헨리 경의 냄새를 쫓고 있었다는 것만은 분명해……. 그래, 그 부츠. 호텔에서 사라진 부츠 말일세. 실종된 부츠의 비밀이 밝혀졌군. 그래서 이 친구를 덮친 거야. 하지만 여전히 이상한 점이 있네. 이 어둠 속에서 사냥개가 쫓고 있다는 걸 셀던이 어떻게 알았을까?」

「개 짖는 소리를 들었을 테니까.」

「황무지에서 개 소리를 들었다고 이런 흉악범이 꿈쩍이나 했을 것 같나? 잡힐 각오까지 하면서 고함을 질렀겠어? 그런데 비명 소리로만 보면, 개한테 쫓긴다는 사실을 알고 달아난 것이 틀림없단 말이지. 도대체 어떻게 알았지?」

「그보다 더 이상한 건, 우리의 추측이 모두 정확했다고 가정했을 때, 왜 이 개가……」

「난 아무것도 가정하지 않아.」

「좋아, 아무튼 오늘밤 왜 이 사냥개가 풀려난 거지? 이런 식으로 황무지를 돌아다니는 개가 아니잖나? 헨리 경이 밖에 있다고 생각할 이유가 없는 한, 스태플턴이 개를 풀어 놓을 리가 없어.」

「그보다 내가 얘기한 문제가 더 난감하다네. 자네의 의문은 곧 밝혀지겠지만 이 문제는 여전히 수수께끼로 남을 테니 말이야. 그건 그렇고……. 이 불쌍한 시신을 어떻게 처리하지? 이곳에 그냥 둘 순 없네. 여우와 까마귀들이 달려들 테니까.」

「경찰에 알릴 때까지 일단 오두막에 넣어 두는 게 어떨까?」

「그게 좋겠군. 그곳 정도라면 자네와 내가 옮길 수 있을 걸세. 맙소사, 왓슨, 저게 누군가? 세상에, 몸소 납시다니! 놀랍고도 뻔뻔하기 짝이 없군그래! 절대 의심을 드러내면 안 되네. 한 마디도 안 돼. 계획이 박살 나고 말 테니까.」

그림자 하나가 황무지를 지나 접근해 오고 있었다. 시가의 검붉은 빛이 먼저 보이더니, 이윽고 박물학자의 말쑥한 외모와 경쾌한 걸음걸이가 달빛에 드러났다. 그는 우리를 보고 잠시 걸음을 멈췄다가 다시 다가왔다.

「이런, 왓슨 박사님, 박사님이 여기 웬일이십니까? 이 야밤에 황무지에 나오실 줄은 상상도 못했는데요. 오, 이런, 그게 뭐죠? 누가 다친 건가요? 세상에……. 오, 제발 우리의 친구 헨리 경이라는 말씀은 말아 주시기 바랍니다.」

그는 황급히 나를 지나 죽은 남자부터 살폈다. 그러고는 헉하고 숨을 삼키더니 손에서 시가까지 떨어뜨렸다.

「이, 이게 누구죠?」 그가 더듬거리며 물었다.

「셀던이에요. 프린스타운에서 탈옥한 남자.」

스태플턴이 하얗게 질린 얼굴로 나를 보았다. 초인적인 노력으로 당혹감과 실망감을 완벽하게 감춘 표정이었다. 그가 다시 홈스를 보고 나를 보았다.

「맙소사! 세상에 이런 일이! 어떻게 죽은 겁니까?」

「저 바위에서 떨어져 목이 부러진 모양이에요. 친구와 황무지를 산책하던 중이었는데 비명 소리가 들렸죠.」

「저도 비명 소리는 들었습니다. 그래서 달려온 거죠. 헨리 경이 걱정됐거든요.」

「헨리 경을 걱정하다니? 무슨 이유라도 있었나요?」 나는 묻지 않을 수 없었다.

「그분에게 놀러 오라고 했는데, 오시지 않아 걱정하던 참이었거든요. 황무지에서 비명 소릴 들었을 땐 가슴까지 철렁 내려앉았죠. 그런데…….」 그는 홈스를 향해 고개를 돌렸다. 「비명 소리 말고 또 다른 소리는 못 들었습니까?」

「아니, 못 들었소. 스태플턴 씨는 다른 소리를 들었습니까?」 홈스가 물었다.

「아뇨.」

「그런데 왜 물은 거죠?」

「아, 농부들이 말하는 유령 개 얘기 같은 거 있잖습니까. 밤에 황무지에 나타난다기에. 오늘 밤에도 혹시 그 소리가 들렸는지 싶어서죠.」

「그런 소리는 못 들었어요.」 내가 대답했다.

「그럼 이 불쌍한 친구는 어떻게 죽은 걸까요?」

「노출과 발각에 대한 두려움 때문에 정신이 나간 모양이죠. 미친 듯이 황무지를 뛰어다니다가 결국 여기까지 와서 목이 부러지고 말았으니.」

「아무래도 그런 모양이군요. 셜록 홈스 선생님, 선생님 생각도 마찬가지인가요?」 그가 한숨을 내쉬며 물었다. 내 눈에는 안도의 한숨으로 보였다.

내 친구가 고개를 숙여 인사를 했다.

「용케 알아보시는군요.」

「왓슨 박사님께서 내려오셨으니, 언젠가는 오실 줄 알았죠. 제때 오셔서 비극을 목격하신 셈이군요.」

「예, 그런 모양이군요. 아무튼 친구의 설명에는 저도 동감입니다. 불행히도 내일 런던으로 떠날 때 안타까운 기억만 하나 들고 가겠군요.」

「오, 내일 떠나신다고요?」

「그럴 생각입니다만.」

「저희를 당혹스럽게 만든 사건들을 해결하기 위해 방문하신 게 아니었습니까?」

홈스가 어깻짓을 했다. 「저라고 뾰족한 수가 있겠습니까? 탐정에게 필요한 건 사실이지, 전설이나 소문이 아닙니다. 그런 점에서 이번 건은 별로 바람직한 사건이 못 되는군요.」

홈스는 매우 솔직하고 담담한 태도로 대답했다. 스태플턴은 한참 동안 그를 바라보다가 다시 나를 보았다.

「이 불쌍한 친구를 내 집으로라도 데려가고 싶지만, 그랬다간 동생이 펄쩍 뛸 겁니다. 얼굴을 뭔가로 덮어 놓으면 아침까지는 안전하지 않겠습니까?」

우리는 그렇게 하기로 결론을 내렸다. 홈스와 나는 스태플턴의 정중한 초대를 뒤로한 채 바스커빌 홀로 향했고, 박물학자도 혼자 집으로 돌아가기로 했다. 한참 후 돌아보니, 광활한 황무지를 넘어가는 느린 그림자 뒤로 은색의 경사 위에 검은 얼룩이 보였다. 끔찍한 최후를 당한 사내의 시신이 있던 자리다.

「마침내 종착역이로군. 대단한 친구야! 자기 음모에 엉뚱한 사람이 희생된 것을 목격했으면 응당 아연실색해야겠건만, 그래도 끝끝내 냉정을 지켜 내니 말일세! 왓슨, 런던에서도 한 말이지만, 우린 정말로 검을 마주칠 만한 호적수를 만난 게야.」

「그가 자네를 본 게 마음에 걸리는구먼.」

「그래, 나도 처음엔 그런 생각을 했네. 하지만 어쩔 수 없는 노릇이었어.」

「저자의 계획에 변화가 있을까? 자네가 이곳에 와 있다는 사실 때문에?」

「좀 더 신중해지겠지. 아니면 당장이라도 최후의 수단을 강구하려 들 수도 있고. 어쩌면 대부분의 교활한 범죄자들이 그렇듯, 자신의 능력을 과신하고 우리를 완전히 따돌렸다고 판단할지도 모르네.」

「왜 당장 체포하지 않는 건가?」

「이런, 왓슨, 자넨 천생 행동파로군그래. 본능적으로 뭔가 움직임이 있어야만 직성이 풀리는 모양이야. 하지만 생각해 보게나. 오늘 밤 저자를 잡아서 우리에게 무슨 이득이 있겠나? 아직 저자에 대해 증명할 수 있는 건 아무것도 없어. 그만큼 교묘한 사건이란 말일세! 인간을 매개로 범행을 저질렀다면 뭔가 증언을 뽑아낼 수 있겠지. 하지만 저 거대한 개를 잡아들인다고 주인의 목에 로프를 걸지는 못해.」

「증거가 있지 않나.」

「증거 같은 건 없어. 오직 추측과 추론뿐이지. 그 정도의 정황과 증거로는 법정에서 웃음거리밖에 되지 않을 걸세.」

「찰스 경의 죽음도 있잖나.」

「폭행당한 흔적도 없는 죽음이야. 자네와 난 그의 사인이 공포라는 것도 알고 그 공포의 원인도 알아. 하지만 어떤 재주로 저 둔감한 열두 명의 배심원들에게 알려 줄 텐가? 사냥개가 달려들었다는 증거가 있던가? 이빨 자국은 어디 있지? 사냥개는 절대로 시체를 물지 않네. 게다가 찰스 경은 그놈의 야수가 덮치기도 전에 죽었어. 문제는 그걸 증명해야 하는데, 아직은 그럴 재간이 없다네.」

「그럼 오늘 밤 사건은?」

「그 역시 다를 바 없어. 다시 얘기하네만, 사냥개와 저 사내의 죽음 사이에 직접적인 관계가 어디 있나? 소리야 들었지만 개가 사내를 쫓아갔다는 사실조차 증명할 수 없다네. 개한테 범행 동기가 있을 리도 없고. 아냐, 안 돼. 이보게, 현재 우리에게 증거가 하나도 없다는 사실을 인정해야 하네. 그 말은 증거를 얻기 위해서라면 무슨 짓이라도 해야 한다는 뜻도 되겠지.」

「그래, 자넨 어떻게 할 셈인가?」

「로라 리옹 부인이 연애 사건의 진실을 듣고 뭔가 해주기를 바라고는 있네. 따로 생각해 둔 것도 하나 있고. 〈하루의 괴로움은 그날에 겪는 것만으로 족하다.〉[30] 어쨌든 내일이 지나기 전에는 우리가 우위를 점할 수 있기를 바라세.」

그에게서 더 이상의 대답을 구하는 건 무리였다. 우리는 각자 생각에 잠긴 채 바스커빌 홀의 게이트까지 걸어갔다.

「자네도 들어갈 텐가?」

「그래, 더 이상 숨을 이유도 없으니까. 하지만 왓슨, 헨리 경에게 사냥개 얘기는 절대로 하지 말게. 스태플턴의 주장처럼 실족사로 믿게 내버려 두자고. 내일 겪어야 할 시련을 위해서라도 지금은 마음 편히 있는 게 좋아. 자네 보고서를 제대로 이해했다면, 내일 그 사람들과 저녁 식사 약속이 있지 아마?」

「그래, 메리피트 저택에서. 나도 가야 하네.」

「아니, 자넨 빠지고 헨리 경 혼자 가게 하자고. 그 정도는 어렵지 않을 거야. 어쨌거나 지금 저녁 식사에 늦으면, 우린 둘 다 부엌 신세를 져야 할지도 모르겠군그래.」

---

30 「마태오의 복음서」 6장 34절을 인용한 것이다.

13
포위망을 좁히며

 헨리 경은 셜록 홈스를 보고 놀란 표정을 지었는데, 그건 너무도 반가웠기 때문이었다. 최근의 사건들 때문에, 그렇잖아도 그가 내려올지도 모른다는 생각을 하고 있었던 것이다. 홈스에게 짐이 하나도 없는 것을 보고 눈썹을 추어올리기는 했다. 집사가 물러간 후 우리는 그의 궁금증을 풀어 주고, 늦은 저녁을 먹으면서 셀던의 죽음에 대해 그가 알아야 할 정도까지만 들려주었다. 하지만 그보다 먼저, 배리모어와 그의 아내에게 슬픈 소식을 전하는 임무는 온전히 내 몫으로 떨어졌다. 남편에게야 더할 나위 없이 기쁜 소식이었을지 모르겠으나, 아무튼 그녀는 앞치마로 얼굴을 가린 채 너무도 서글프게 울기 시작했다. 세상이 보기에는 살인마에 인간의 얼굴을 한 괴물일지 몰라도, 적어도 그녀에게만큼은 어린 시절 누나의 손에 매달려 놀던 개구쟁이에 불과했던 것이다. 진짜 악인이었다면 그를 위해 울어 줄 여인 하나 없었을 것이다.

「아침에 왓슨이 나간 후에 하루 종일 우울해 집안을 서성 댔죠. 그래도 약속을 지켰으니 칭찬 받을 만하잖습니까? 혼자서 나가지 않겠다는 약속만 하지 않았어도 좀 더 즐거운 저녁이 되었을 텐데. 스태플턴한테서 그쪽으로 건너오라는 메시지를 받았거든요.」

「그랬다면야 물론 아주 인상 깊은 저녁 시간이 되었을 겁니다. 아무튼, 목이 부러진 경을 보고 우리 둘이 실컷 통곡을 했다고 고마워할 필요는 없습니다.」 홈스가 아무렇지도 않은 듯 말했다.

헨리가 두 눈을 크게 떴다. 「그게 무슨 말씀이시죠?」

「그 불쌍한 사내가 경의 옷을 입고 있더군요. 아무래도 그 옷을 넘겨받은 경의 하인은 경찰 때문에 한바탕 홍역을 치를 모양입니다.」

「그건 아닐 겁니다. 내가 아는 한 그 옷들엔 아무 표식도 없으니까요.」

「그렇다면 다행이군. 사실 나보다는 경께 다행인 셈이죠. 그 문제에 관한 한, 법을 모조리 어기고 계시니 말입니다. 안 그래도 양심적인 탐정으로서 이 집 식구들을 모조리 잡아들여야 하나 걱정하던 참이지요. 왓슨의 보고서는 거의 완벽한 고발장이나 다를 바 없었으니 말입니다.」

「그래, 사건은 어떻게 되었습니까? 수수께끼들이 조금 풀리긴 했나요? 여기 내려온 이후로 왓슨과 전 여전히 안갯속이랍니다.」

「머지않아 상황을 보다 선명하게 만들어 드리겠습니다. 어쨌든 내 할 일이니까. 사건은 지금까지 어렵고 복잡하게 꼬이기만 했죠. 아직 규명해야 할 문제가 몇 가지 있긴 하지만, 이젠 얼마 남지 않았답니다.」

「왓슨이 말씀드렸겠지만, 이곳에선 특별한 일이 하나 있었습니다. 황무지에 나갔다가 사냥개 소리를 들었죠. 완전히 헛소문만은 아니더군요. 서부에 있을 때 개들을 많이 다뤄 보았기 때문에 저도 웬만큼은 압니다. 홈스 선생께서 저 놈에게 재갈을 물리고 개 줄에 묶을 수만 있다면, 전 기꺼이 선생님을 역사상 가장 위대한 탐정으로 온 세상에 선포하겠습니다.」

「경께서 도와주신다면야, 얼마든지 재갈을 물리고 개 줄로 묶어 드리죠.」

「무슨 지시든 따르겠습니다.」

「고맙군요. 다만 언제나처럼 이유는 묻지 말아 주시기 바랍니다.」

「원하신다면 얼마든지요.」

「그것만 해주신다면 이 사소한 사건은 쉽게 해결될 겁니다. 틀림없이…….」

그가 갑자기 입을 다물더니 내 머리 위의 허공을 물끄러미 바라보았다. 등잔 불빛이 그의 얼굴을 때렸는데, 표정이 어찌나 심각하게 굳었던지 마치 깔끔하게 조각된 그리스 동상을 보는 듯했다. 긴장과 기대의 구현체.

「왜 그러나?」

「무슨 일입니까?」

헨리 경과 내가 동시에 외쳤다.

그가 고개를 내렸을 땐 이미 내면의 감정을 억제하고 난 후였지만, 평소처럼 차분한 표정 속에 두 눈만은 한참 흥겨운 춤을 추고 있었다. 그는 반대편 벽에 길게 걸린 초상화들을 손가락으로 가리켰다.

「외람되지만, 그림 칭찬 좀 하겠습니다. 왓슨은 내가 그림에 문외한이라고 주장하지만, 그건 단지 질투심에서 나온 말에 불과하죠. 그저 주제를 보는 견해가 다를 뿐. 이제 보니 저 초상화들, 기가 막힌 작품들이군요.」

「에, 그렇게 말씀해 주시니 감사합니다. 솔직히 그림에 대해서는 저도 잘 모릅니다. 그보다는 말과 소에 대해 더 잘 알죠. 선생님께서 초상화에 그렇게 조예가 깊으신 줄은 몰랐군요.」 헨리 경이 놀란 눈으로 홈스를 보며 말했다.

「좋은 그림 정도는 구분할 줄 압니다. 저 그림들처럼 말이죠. 저쪽에 붉은 비단옷 차림의 여인은 넬러의 작품이고, 저 가발을 쓴 당당한 신사분은 레이놀즈의 작품이겠군요.[31] 모두 가문 어른들의 초상이죠?」

「예.」

「성함을 모두 아십니까?」

「배리모어가 열심히 가르쳐 준 덕에, 지금은 꽤 많이 외운 편이죠.」

「저기 망원경을 든 신사분은 누굽니까?」

---

31 Godfrey Kneller(1646/49~1723), Joshua Reynolds(1723~1792). 모두 영국의 초상화가이다.

「바스커빌 해군 소장. 서인도에서 로드니[32] 휘하에 싸웠죠. 저기 파란 코트와 두루마리를 들고 있는 분은 윌리엄 바스커빌 경이십니다. 피트[33] 재임 당시 하원 의장을 지내신 분이죠.」

「그럼 내 맞은편의 왕당파 기사는 누구죠? 레이스로 장식된 검은 벨벳을 착용한 분 말입니다.」

「아, 그분이라면 선생님도 꼭 아셔야겠군요. 이 모든 불행의 원흉이시니 말입니다. 바로 바스커빌가의 사냥개를 불러낸 악당, 위고랍니다. 도저히 잊을 수 없는 분이죠.」

나는 호기심과 약간의 놀라움을 표하며 초상화를 올려다보았다.

「실물임에는 의심의 여지가 없습니다. 뒷면에 이름과 〈1647년〉이라는 날짜가 적혀 있으니까요.」

홈스는 더 이상 그림 얘기는 하지 않았으나, 과거의 난봉꾼 그림에 매료되었는지 식사를 하는 동안 연신 그 그림에 눈길을 가져갔다. 그가 속내를 드러낸 것은 헨리 경이 자기 방으로 떠난 후였다. 그는 나를 이끌고 연회장으로 돌아가더니, 손에 들고 있던 침실용 촛대를 들어 세월에 얼룩진 초상화에 갖다 댔다.

「뭔가 보이나?」

나는 챙 넓은 깃털 모자와 곱슬곱슬한 애교머리, 흰색 레이스 칼라와 그 사이에 단단히 박힌 심각한 얼굴을 살펴보았

---

32 George Brydges Rodney(1719~1792). 최초의 로드니 남작으로, 7년 전쟁 당시 서인도 제도 해역에서 활약했다.

33 William Pitt(1759~1806). 영국의 정치인.

다. 야만인의 모습은 아니었으나, 굳게 다문 얇은 입술과 차갑고 무자비한 눈빛으로 보아 딱딱하고 엄격하며 융통성이라고는 하나도 없는 성격 같았다.

「자네가 아는 사람과 닮지 않았나?」

「턱 부근이 헨리 경 비슷하기는 한데.」

「그냥 생각해 본 거지만, 잠깐만 기다려 보게!」

그는 왼손에 촛불을 들고 의자 위에 올라서더니, 오른팔을 굽혀 챙 넓은 모자와 고수머리를 가렸다.

「맙소사!」 나는 경악하여 비명을 질렀다.

스태플턴의 얼굴이 캔버스에서 튀어나온 것이다.

「하, 이제 본 모양이군. 내 눈은 얼굴 주위의 장식이 아니라 얼굴을 보도록 훈련되어 있지. 위장을 꿰뚫고 보는 건 범죄 전문 탐정의 기본 자질이라네.」

「하지만 이건 정말 기막힌데? 그자의 초상화라고 해도 믿겠어.」

「그래, 격세 유전이 이래서 흥미롭지. 신체와 정신 양쪽에 해당되는 듯하니까. 가문 초상화를 연구하면 누구든 영혼 재래설을 믿게 된다네. 저 친구는 바스커빌 가문이야. 그건 확실하네.」

「그럼 상속을 노린 음모로군.」

「정확해. 이 초상화로 가장 중요한 고리 하나를 찾은 거야. 드디어 그자를 잡았네, 왓슨. 잡은 거나 다름없어. 장담하지. 내일 밤이 되기 전 그자는 우리 그물에 걸려 자신이 잡은 나비처럼 버둥거리게 될 걸세. 핀을 꽂고 코르크에 박아 이름표까지 부착한 다음 바스커빌가의 채집 목록에 추가해 주자고.」

초상화에서 돌아서며, 그는 이례적으로 웃음을 터뜨렸다. 그의 웃는 모습을 볼 기회는 극히 드물지만, 그 웃음은 언제나 누군가의 악몽이 된다.

다음 날, 나는 아침 일찍 일어났는데 홈스는 더 일찍 일어난 모양이었다. 옷을 입으며 창밖을 보니 그가 진입로를 따라 저택으로 올라오고 있었다.

「그래, 오늘은 하루 종일 뛰어다녀야 할 거야. 사방에 그물을 쳐두었으니 이제 거두어들일 일만 남았네. 오늘이 지나가기 전에, 저 뾰족 턱의 대어를 잡았는지 아니면 그놈이 그물마저 뚫고 달아났는지의 여부를 알게 될 걸세.」그는 행동 개시의 기대감으로 두 손을 힘껏 비벼 댔다.

「벌써 황무지에 다녀온 건가?」

「셀던의 죽음에 대해 프린스타운에 전보를 쳤지. 그 문제로 곤경에 빠질 사람은 아무도 없을 걸세. 그리고 성실한 카트라이트도 만났네. 내가 무사하다는 사실을 알려 주지 않았다면, 충성스러운 개가 주인의 무덤을 못 떠나듯 그 아이도 돌집에서 울고불고 난리가 났을 걸세.」

「그러면, 다음 작전은?」

「헨리 경을 만나는 것. 아, 저기 오는군.」

「안녕하세요, 홈스. 오늘은 참모장과 함께 전투 작전을 세우는 장군 같군요.」

「바로 맞히셨습니다. 왓슨이 지시를 기다리고 있지요.」

「저에게도 할 일을 주시죠.」

「그러죠. 내가 듣기로는, 오늘 스태플턴 남매와 저녁 식사 약속이 있으시다고요?」

「선생님도 함께 가시죠. 아주 친절한 분들이랍니다. 분명 선생님을 만나면 아주 기뻐할 겁니다.」

「왓슨과 난 아무래도 런던에 다녀와야 할 것 같군요.」

「런던?」

「그래요. 이 시점에는 그곳에서의 일이 더 시급한 것 같아서 말입니다.」

헨리 경의 표정이 눈에 띌 정도로 시무룩해졌다.

「사건이 끝날 때까지 함께 계실 줄 알았습니다. 이 집과 황무지는 혼자 지내기에 그다지 바람직한 곳이 못 된답니다.」

「헨리 경, 무조건 날 믿고 내 말대로 하세요. 경의 친구분들께는, 함께 오고 싶어 했는데 갑자기 런던에 급한 볼일이 생겼다고 전해 주시고요. 우리도 가급적 빨리 데번셔로 돌아오겠지만, 아무튼 꼭 그 말은 꼭 전해야 합니다.」

「굳이 원하신다면야.」

「반드시 필요한 일이에요.」

나는 젊은 귀족의 표정이 어두워지는 것을 보았다. 아무래도 버림받았다는 생각에 큰 상처를 입은 모양이었다.

「그럼 언제 떠나시는 거죠?」 그가 냉랭한 목소리로 물었다.

「아침 식사 후 곧바로. 쿰 트레이시로 마차를 타고 갈 텐데, 다시 돌아온다는 증거로 왓슨의 짐은 모두 두고 가겠습니다. 왓슨, 자네도 참석 못해 유감이라는 메모를 스태플턴에게 보내게.」

「두 분과 함께 런던에 가고 싶습니다. 왜 나만 혼자 여기 남아야 하죠?」 헨리 경은 여전히 불만이 가득했다.

「경이 할 일이 있기 때문이죠. 지시대로 하겠다고 말씀하셨잖습니까. 반드시 여기 있어야 해요.」

「좋아요, 그럼 남도록 하죠.」

「하나만 더! 메리피트 저택에는 마차를 타고 가되, 마차는 다시 돌려보내야 합니다. 그리고 친구분들께는 걸어서 돌아갈 생각이라고 말해 두시죠.」

「황무지를 가로질러서 말입니까?」

「그래요.」

「하지만 절대로 그러지 말라고 하지 않았습니까?」

「이번에는 아무 위험도 없을 겁니다. 경의 의지와 용기를 믿지 못했다면 이런 제안도 하지 않았겠지만, 아무튼 지금은 꼭 필요한 일이 되어서요.」

「그럼 해야죠.」

「그리고 반드시 메리피트 저택에서 그림펜 도로로 이어지는 직선로를 이용해요. 다른 길은 절대로 안 돼요. 그 길이 일반적인 귀갓길 맞죠?」

「예, 말씀하신 대로 하죠.」

「좋아요. 아침 식사가 끝나는 대로 떠나면 런던에는 오후에 도착하겠군요.」

그의 계획에 난 놀라지 않을 수 없었다. 물론 전날 밤 스태플턴에게 그의 방문이 오늘 끝날 거라고 얘기는 했으나, 나까지 데려갈 줄은 상상도 못했기 때문이다. 게다가 자기 입으로 가장 중요하다고 말한 시기에 둘 다 자리를 비운다는 사실이 도무지 이해가 가지 않았다. 어쨌든 중요한 건 절대 복종이었기에, 우리는 낙담한 친구에게 작별 인사를 하고 몇 시간 후 쿰 트레이시 역에 도착했다. 여행을 위해 마차도 돌려보냈다. 플랫폼에서는 어린 소년 하나가 우릴 기다리고 있었다.

「분부하실 일이 있습니까, 선생님?」

「이 기차를 타고 런던으로 돌아가라, 카트라이트. 그리고 도착하는 대로 내 이름으로 헨리 바스커빌에게 전보를 보내거라. 혹시 잃어버린 내 수첩을 발견하면 곧바로 우체국을 통해 베이커 가로 보내 달라고 말이다.」

「예, 선생님.」

「그리고 역장한테 가서 나에게 온 메시지가 있는지 물어봐 다오.」

소년은 전보 한 장을 지니고 돌아왔다. 홈스가 내게 전보를 건넸다.

전보 접수. 서명되지 않은 영장을 지참하고 내려감. 5시 40분 도착 예정 — 레스트레이드.

「오늘 아침 보낸 전보에 대한 답장이야. 내가 아는 최고의 전문가라네. 그의 도움이 필요할 걸세. 자, 왓슨, 드디어 로라 리옹 부인을 만날 때가 된 것 같군그래.」

이제 그의 작전을 이해할 것도 같았다. 헨리 경을 이용한 건, 스태플턴 남매에게 우리가 정말로 떠났음을 믿게 하려는 시도였다. 그동안 우리는 필요할 때 언제든 현장에 뛰어들 준비를 하게 될 것이다. 헨리 경은 런던에서 온 전보를 스태플턴 남매에게 보여 줄 것이고, 그것으로 두 사람의 마음에 남은 마지막 의혹은 완전히 사라질 것이다. 나는 벌써부터 포획망이 뾰족 턱의 대어를 덮치고 있음을 느낄 수 있었다.

로라 리옹 부인은 자신의 사무실에 있었다. 홈스는 아주 솔직하고 단도직입적으로 면담을 이끌어 나갔고, 이러한 그의 태도에 부인도 상당히 고무되는 듯 보였다.

「찰스 바스커빌 경의 죽음과 관련한 상황을 수사 중입니다. 여기 제 친구 왓슨 박사께서 부인과의 면담 내용을 알려 줬죠. 물론 그 문제와 관련하여 숨기고 계신 내용까지 포함해서 말입니다.」

「숨기다니요?」 그녀가 항변했다.

「찰스 경께 10시에 게이트에서 뵙자고 하셨죠? 우린 그 장소와 시각이 그분의 죽음과 밀접한 관계가 있다고 믿고 있습니다. 그런데 부인께서는 편지와 사건의 관계에 대해서는 아무 말씀도 안 하셨더군요.」

「아무 관계가 없으니까요.」

「그렇다면 실로 기막힌 우연의 일치가 되겠군요. 좋습니다. 결국 관계를 찾아내겠지만, 아무튼 지금은 솔직하게 모두 얘기해 드리죠. 저희의 판단으로 찰스 경은 살해당하셨습니다. 그리고 지금까지의 증거로 보건대, 부인의 친구 스태플턴 씨는 물론 그의 부인까지 이 일에 연루되어 있답니다.」

리옹 부인이 의자에서 벌떡 일어섰다.

「부인이라뇨?」

「그건 더 이상 비밀도 아닙니다. 여동생으로 통하긴 했지만, 실제로는 배우자죠.」

리옹 부인은 다시 의자에 앉았다. 두 손은 의자 팔걸이를 움켜쥐고 있었는데, 어찌나 힘이 들어갔던지 핑크색 손톱이 새하얗게 질렸다.

「부인이라니! 말도 안 돼! 결혼도 하지 않은 사람을!」 그녀가 중얼거렸다.

셜록 홈스가 어깻짓을 했다.

「부인이라는 증거가 있나요? 증명해 봐요! 어디 해보란 말이에요…….」 그녀의 이글거리는 두 눈은 말보다 더 많은 얘기를 쏟아 내고 있었다.

「원하신다면 그렇게 하죠.」

홈스는 주머니에서 사진 몇 장을 꺼냈다. 「4년 전 요크에서 찍은 사진입니다. 뒷면에 〈반델루 부부〉라고 적혀 있긴 하지만, 그가 누군지 알아보는 데는 아무런 문제가 없을 겁니다. 물론 여자를 보신 적이 있다면 그녀도 마찬가지겠죠. 여기 반델루 부부를 잘 아는 사람들이 기록한 인상착의도 세 장이나 있습니다. 두 사람이 세인트올리버 초등학교를 운영하던 시절이었는데, 직접 읽고 판단해 보시기 바랍니다.」

그녀는 사진들을 훑어보고는 실의에 빠진 여인의 표정으로 우리를 올려다보았다.

「홈스 선생님, 이자는 남편과의 이혼을 전제로 제게 청혼했답니다. 그러니까 이 간악한 인간이 온갖 거짓말을 해댔다는 얘기군요. 순 거짓말뿐이었어요. 하지만 왜죠? 이유가 뭔가요? 모든 게 나를 위한 것이라고 믿었는데, 지금은 이용당했다는 생각밖에 안 드는군요. 좋아요, 이런 거짓말쟁이를 보호해야 할 이유는 없겠죠. 그의 사악한 행동이 어떤 결과를 낳든 개의치 않겠어요. 뭐든 원하는 대로 물어보세요. 이제 감출 일은 하나도 없으니까. 한 가지 분명히 말씀드릴 것은, 그 편지를 썼을 때 전 그 신사분께 해가 가리라고는 상상도 못했답니다. 저에게 너무도 친절한 분이셨으니까요.」

「부인의 말씀을 믿습니다. 그 사건들을 다시 되새기는 게 무척 고통스러우실 겁니다. 제가 먼저 상황 설명을 하고, 도중에 잘못된 사항이 있다면 부인께서 확인해 주는 방법이 훨씬 수월할 것 같군요. 편지를 보낸 건 스태플턴의 제안에 의한 것이었죠?」

「그가 내용까지 불러 줬어요.」

「부인의 이혼에 필요한 법무 비용을 마련하는 데 찰스 경의 도움을 받게 해주겠다고 했겠죠?」

「맞아요.」

「부인께서 편지를 보낸 후, 약속을 지키지 못하도록 만든 것도 그자인가요?」

「그런 목적으로 돈을 융통한다는 현실이 가슴 아프다면서, 비록 가난하지만 있는 돈을 모두 끌어모아서라도 자신이 우리 사이를 가로막는 장벽을 제거하겠다고 했죠.」

「참으로 심지가 굳은 사내로군요. 그 후 신문에서 사망 소식을 볼 때까지 아무 얘기도 듣지 못한 건가요?」

「예.」

「그리고 그는 찰스 경과의 약속에 대해 아무 말 않겠다고 맹세하게 했겠군요.」

「예, 그랬어요. 그의 죽음이 너무나 기이했던 탓에 그 사실이 새어 나가면 전 곧바로 잡혀갈 거라더군요. 그 바람에 겁이 나서 입을 다물 수밖에 없었죠.」

「이해합니다. 하지만 뭔가 이상하다는 생각을 해본 적은 없습니까?」

그녀가 머뭇거리다가 고개를 떨구었다.

「의심이야 했죠. 하지만 그가 신의를 다했다면 저도 영원히 입을 열지 않았을 거예요.」

「그래도 용케 무사하신 겁니다. 부인께서 그의 약점을 알고 그도 그 사실을 알지만, 부인은 아직 살아 계시니까요. 몇 달 동안 벼랑 끝에 아슬아슬하게 매달려 있는 셈이죠. 이제 저희도 가봐야 합니다, 리옹 부인. 하지만 머지않아 다시 연락드릴 일이 있을 겁니다.」

잠시 후 우리는 역에서 런던발 급행열차를 기다리고 있었다.

「점점 아귀가 맞아떨어지고 엉킨 실타래도 풀려 가고 있네. 이제 곧 이 시대의 가장 기이하고 충격적인 사건의 전모를 설명할 수 있겠지. 범죄학을 공부하는 학생들이라면 1866년 소러시아의 그로드노에서 있었던 비슷한 사건을 기억할 걸세. 물론 노스캐롤라이나의 앤더슨 살인 사건도. 하지만 이 사건은 그 자체만으로 독특한 특성들이 나타난다네. 아직까지도 우린 저 교활하기 짝이 없는 자에게 명백한 증거를 들이댈 수가 없어. 하지만 오늘 밤 잠들기 전에는 모든 게 확실해질 거라고 믿네.」

런던발 급행이 으르렁거리며 역내로 들어서더니, 자그맣고 땅딸한 불도그처럼 생긴 사내가 일등칸에서 폴짝 뛰어내렸다. 우리 셋은 악수를 나눴다. 나는 레스트레이드가 홈스를 바라보는 감탄의 시선을 통해, 그가 이 사건에 합류한 날부터 홈스에게 큰 인상을 받았음을 느낄 수 있었다. 현장에 익숙한 사람들이 이론가의 추리를 얼마나 경멸하는지 너무도 잘 알고 있던 터였다.

「좋은 소식이라도?」

「수년 만의 대어야. 출발 준비를 하기까지 2시간 정도 남았는데, 그사이에 요기나 해두세나. 그다음엔 레스트레이드, 자네 목구멍에 걸린 런던의 안개를 다트무어의 밤공기로 깨끗이 청소해 주겠네. 여긴 처음이지? 아, 그래, 자넨 이번 첫 방문을 영원히 잊지 못할 걸세.」

14
바스커빌가의 개

셜록 홈스의 단점 하나는 — 그걸 단점이라고 부를 수 있다면 — 마지막 순간까지 그 누구에게도 계획 전체를 말하는 법이 없다는 것이다. 아마도 부분적으로는 타고난 오만함 때문일 것이다. 그는 상황을 지배해 주변 사람들을 놀라게 만드는 걸 좋아한다. 물론 전문가다운 신중함 때문이기도 하겠다. 모험은 금물. 그 정도는 이해하겠으나, 그의 대리인이나 도우미로 활약하는 사람들은 죽을 맛이 아닐 수 없다. 나 역시 그로 인해 고생한 바가 적지 않았으나, 그날 어둠 속에서의 기나긴 마차 여행은 그중에서도 최악이었다. 고된 시련을 목전에 두고 있는 데다 바야흐로 최후의 일격을 가할 참인데도 불구하고, 홈스는 끝내 아무 말도 해주지 않았다. 나로서야 앞으로의 진행 상황을 대충 추측해 볼 수밖에, 다른 도리가 없었다. 차가운 바람이 얼굴을 때리고 좁은 도로 양쪽으로 공허한 어둠이 쌓이자 나는 비로소 황무지로 돌아온 것을 실감했고, 그에 따라 내 마음도 기대감으로 부풀기 시작했다. 말발굽 소리와 바퀴 소리가 최대의 모험을 향해 우리를 조금씩 밀어내고 있었다.

임대 마차의 마부 때문에라도 실질적인 대화는 불가능했다. 온 신경이 흥분과 기대감으로 팽팽해졌음에도 불구하고, 할 수 있는 얘기라고는 사소한 잡담이 전부였다. 이 강요된 긴장 끝에 마침내 프랭클랜드의 집을 지날 때쯤에야 난 겨우 안도의 한숨을 내쉴 수 있었다. 작전의 무대인 메리피트 저택이 드디어 바로 코앞이었다. 우리는 집까지 가지 않고 가로수 길 입구에 마차를 세웠다. 마부에게 요금을 지불하고 쿰 트레이시로 곧바로 돌아가라고 지시한 다음, 우리는 메리피트 저택을 향해 걷기 시작했다.

「무기는 있나, 레스트레이드?」

땅딸보 형사가 미소 지었다.

「바지를 입고 있으면 뒷주머니가 있고, 뒷주머니가 있으면 뭔가 들어 있지 않겠소?」

「좋아! 내 친구와 나도 비상시에 대비하고 있지.」

「홈스 탐정, 보아하니 당신, 사건 얘기는 일언반구도 않던데 도대체 지금은 어떤 작전이오?」

「대기 작전.」

형사는 어두운 언덕과 그림펜 마이어를 살짝 덮은 광활한 안개 호수를 둘러보고는 몸을 부르르 떨었다.

「맙소사, 이런 데서 말이오? 벌써부터 소름이 끼치는군. 아, 저기 불빛이 하나 있군.」

「저기가 종착역인 메리피트 저택이라네. 이제부터는 까치발로 걷고, 말을 하고 싶으면 귓속말로 하게나.」

하지만 집으로 향하는 통로를 통해 2백 미터쯤 다가갔을 때, 홈스가 우리를 불러 세웠다.

「그 정도면 됐어. 오른쪽 바위 뒤면 쉽게 지켜볼 수 있을 걸세.」 홈스가 말했다.

「여기서 기다리자고?」

「그래, 여기서 잠시 매복해 있자고. 레스트레이드, 자넨 여기 움푹 꺼진 이곳에 들어가 있게. 왓슨, 저 집에 들어가 봤지? 어디 방 위치를 설명해 보게. 저 끝 격자창들은 뭐지?」

「부엌일 거야.」

「저 너머는? 지금 밝은 불이 켜 있는 데 말이야.」

「식당.」

「블라인드가 걷혀 있군. 자네가 지형을 제일 잘 알 테니까 조심스럽게 접근해서 지금 뭘 하는지 확인해 봐. 하지만 절대로 들키면 안 돼!」

나는 까치발로 통로를 통과해 과수원을 에워싼 낮은 벽 뒤에 잔뜩 웅크렸다가, 다시 벽의 그림자를 따라 창 안이 들여다보이는 지점까지 조심스럽게 다가갔다.

방 안에는 두 남자, 헨리 경과 스태플턴뿐이었다. 두 사람은 원탁 양쪽에 마주 앉아 있었는데, 내 쪽에서는 옆얼굴들만 보였다. 두 사람은 시가를 피우고 있었고 앞에는 커피와 와인이 놓여 있었다. 스태플턴은 신나게 얘기하고 있었으나 젊은 남작은 창백한 표정에 반응도 건성이었다. 아마도 혼자서 섬뜩한 황무지를 지나가야 한다는 생각이 마음을 무겁게 누르고 있는 모양이었다.

 잠시 후 스태플턴이 일어나 방을 나갔다. 헨리 경은 자기 잔을 채운 다음 의자에 기대 시가를 빨았다. 곧이어 문이 삐걱거리는 소리가 들리고 자갈을 밟는 발소리가 이어졌다. 발소리는 내가 숨어 있는 벽의 반대쪽 길을 따라 지나갔다. 살짝 넘겨다보니 박물학자는 과수원 끝의 별관 문 앞에 서 있었다. 딸깍하고 자물쇠 풀리는 소리. 그가 안으로 들어가자 곧 안에서는 잠시 누군가와 다투는 듯한 이상한 소음이 들렸다. 그는 1~2분 정도 안에 머물렀다. 잠시 후 다시 자물쇠 돌아가는 소리가 들렸고, 그는 벽을 지나 집 안으로 돌아갔다. 나는 그가 손님과 재회하는 것을 확인한 다음에야 낮은 포복으로 동료들에게 돌아와 상황을 설명해 주었다.

「그러니까, 여자가 안에 없다는 얘긴가?」 내가 보고를 끝내자 홈스가 물었다.

「없어.」

「부엌을 제외하고는 불 켜진 곳이 없는데, 그럼 어디 있는 거지?」

「그건 나도 모르겠군.」

 그림펜 마이어에 깔린 안개가 우리 쪽으로 천천히 흘러들더니 벽처럼 양쪽을 막아섰다. 두텁고도 선명한 안개의 바다. 저 멀리에서는 바위산 봉우리들이 표면 위로 삐죽삐죽 솟은 데다 아련한 달빛까지 받으니, 안개는 정말로 거대한 빙원(氷原)처럼 보였다. 내가 그 얘기를 하자 홈스는 늘쩡거리는 파도를 보며 초조한 듯 중얼거렸다.

「우리 쪽으로 접근하는군.」

「심각한가?」

「아주 안 좋아. 사실 이곳에서 내 계획을 송두리째 말아먹을 수 있는 유일한 장애라고 할 수 있지. 벌써 10시야. 시간이 얼마 남지 않았군. 우리의 성공은 말할 것도 없고 헨리 경의 목숨도, 그가 길이 안개로 덮이기 전에 저 집에서 나와야만 안전할 수 있을 걸세.」

머리 위의 밤은 청명하기 그지없었다. 별들도 밝고 선명한 빛을 뿌리고, 반달은 부드러운 몽환의 빛으로 지상을 어루만져 주었다. 바로 눈앞의 커다란 저택은 물론, 들쭉날쭉한 지붕과 높이 치솟은 굴뚝들도 은가루가 뿌려진 하늘을 배경으로 검은 위용을 드러내 보였다. 낮은 창의 창살을 뚫고 새어 나온 황금 불빛이 과수원과 황무지를 조용히 비춰 주었다. 그때 창문의 불빛 하나가 꺼졌다. 부엌에 있던 하인들이 떠난 것이다. 이제 조명이 남은 곳은 두 남자가 시가를 피우며 잡담을 나누고 있는 식당뿐이다. 살인마 주인과 아무것도 모르는 손님.

황무지의 반을 점령한 흰 솜털 평원이 시시각각 집을 향해 확장되고 있었다. 안개의 첫 자락은 이미 사각 창의 황금색 불빛을 가로지르기 시작했고, 과수원의 반대편 벽은 아예 보이지도 않았다. 하얀 증기가 넘실거리며 유실수들의 발목을 휘감았다. 어느새 집의 양쪽 모퉁이에서도 안개가 꿈틀거리며 새어 나와 자욱한 제방을 쌓아 가고 있었다. 그 위로 저택의 이층과 지붕은 마치 어두운 바다를 떠다니는 유령선처럼 보였다. 홈스는 초조한 듯 손으로 앞에 있는 바위를 때리고 두 발을 굴렀다.

「15분 안에 나오지 않으면 길이 완전히 덮이고 말 거야. 30분이면 우리 손도 볼 수 없게 된다고.」

「더 높은 곳으로 이동할까?」

「그래, 그게 좋을 것 같군.」

우리는 안개 둑이 점점 높이 쌓이는 동안 집에서 8백 미터쯤 후퇴했다. 짙은 안개의 바다는 은은한 달빛을 반사하며 조금씩 조금씩 무자비하게 황무지를 점령해 나갔다.

「너무 멀어지면 미처 손쓰기도 전에 당할 수 있어. 어떤 일이 있어도 여기서 더 물러설 수는 없네.」 홈스가 무릎을 꿇더니 귀를 땅에다 댔다. 「오, 하느님, 헨리 경이 오는 소리가 들려!」

빠른 발소리가 황무지의 침묵을 깨뜨렸다. 우리는 바위 사이에 숨어 은빛 제방을 노려보았다. 발소리가 점점 커지더니, 안개 속에서 커튼을 열고 나오듯 우리가 기다리는 사내가 모습을 드러냈다. 그는 별빛 찬란한 밤 속으로 빠져나오더니 어리둥절한지 주변을 둘러보았다. 이윽고 재빨리 작은 길을 따라 우리 앞을 지나, 뒤쪽의 기나긴 언덕길을 오르기 시작했다. 걸으면서도 어딘가 불편한지 연신 양어깨 뒤를 넘겨다보고 있었다.

「쉿! 조심해! 놈이 오고 있어!」 홈스가 말했다. 이어서 피스톨의 공이 젖히는 소리가 날카롭게 들려왔다.

저 뭉글거리는 제방 어딘가에서 작지만 힘찬 발소리가 다가오고 있었다. 짐승이 질주하는 소리. 구름 안개는 앞쪽으로 50미터까지 치고 들어왔다. 우리 셋은 그 안에서 어떤 공포가 뚫고 나올지 초조해하며 모두 그쪽을 노려보았다. 나는 홈스 바로 곁에 있던 터라 언뜻 그의 얼굴을 엿볼 수 있었다. 창백하면서도 들뜬 표정. 두 눈이 달빛을 받아 반짝거렸다. 그러다 그가 눈을 크게 뜨며 놀란 표정을 지었다. 동시에 레스트레이드가 소리를 지르며 황급히 땅바닥에 엎드렸다. 나는 벌떡 일어나 곱은 손으로 리볼버를 움켜잡았다. 안개를 뚫고 뛰쳐오른 그 무시무시한 그림자에 정신을 차릴 수가 없었다. 칠흑처럼 새까만 사냥개. 하지만 놈은 보통 사냥개와는 차원부터 달랐다. 세상에! 쩍 벌어진 아가리에서 불이 뿜어져 나오고, 두 눈은 질식할 듯한 광휘로 번득였으며, 주둥이와 갈기와 군턱 주변에서 불꽃이 탁탁 튀고 있던 것이다! 어느 정신병자의 지극히 어지러운 꿈일지언정, 안개의 벽을 뚫고 뛰쳐나온 저 암흑의 사냥개보다 더 흉측하고 흉포하고 흉악한 괴물을 그려 내지는 못할 것이다.

거대한 그림자 괴물은 껑충껑충 뛰면서 젊은 귀족의 발자국을 부지런히 쫓고 있었다. 우리는 섬뜩한 광경에 얼이 빠진 탓에 유령 개가 지나가고 나서야 간신히 정신을 회복했다. 마침내 홈스와 내가 함께 총을 쏘았고, 괴물은 끔찍한 괴성을 토해 냈다. 최소한 한 발은 맞았다는 얘기인데, 그럼에도 불구하고 놈은 멈추지 않고 계속 질주해 갔다. 오솔길 저쪽에서 헨리 경이 이쪽을 돌아보고 있었다. 그의 얼굴이 달빛에 새하얗게 드러났다. 그는 깜짝 놀라 두 손을 들고는 자신을 향해 질주해 오는 가공할 존재를 무기력하게 바라보기만 할 뿐이었다.

다행히 사냥개가 토해 낸 비명 소리에 우리의 두려움도 꿈처럼 씻겨 나갔다. 약점이 있다는 건 잡을 수 있다는 의미이며, 부상을 입힐 수 있다면 죽이는 것도 가능하다. 그날 밤 홈스처럼 미친 듯이 달리는 사람은 맹세코 본 적이 없다. 나도 준족이라는 평가를 받지만, 내가 땅딸보 전문가를 앞선 거리만큼이나 홈스는 나를 따돌려 버렸다. 우리는 헨리 경이 터뜨리는 비명과 사냥개의 으르렁거리는 소리를 들으며 미친 듯이 달려갔다. 마지막으로 내가 본 것은, 야수가 먹이를 땅바닥에 내팽개친 다음 그 목을 노리는 장면이었다. 하지만 다음 순간 홈스는 야수의 옆구리를 향해 총을 다섯 발이나 쏘아 댔다. 야수는 최후의 단말마를 터뜨렸다. 그리고 마지막으로 허공을 한 번 물어뜯고는 등 쪽으로 넘어졌고, 잠시 허공을 향해 네발을 휘젓다가 결국 뻣뻣해진 몸으로 무너져 내렸다. 나는 헐떡거리며 그 무시무시한 야광의 머리를 겨누었다. 하지만 방아쇠를 당길 필요는 없었다. 거대한 사냥개는 이미 죽어 있었다.

헨리 경은 의식을 잃고 쓰러져 있었다. 우리는 그의 옷깃을 뜯어내 상처 자국이 없음을 확인했다. 구조가 늦지 않았다는 것이 분명해지자, 마침내 홈스가 감사의 기도를 중얼거렸다. 헨리 경도 벌써 눈썹을 파르르 떨며 꿈틀거리기 시작했다. 레스트레이드가 남작의 입에 브랜디 병을 밀어 넣자, 헨리 경은 잔뜩 겁에 질린 눈으로 우리를 올려다보았다.

「맙소사, 그게 뭐였죠? 도대체 어떻게 그런 괴물이!」 그가 쉰 목소리로 울부짖었다.

「그게 뭐든, 이제는 죽었다오. 가문의 악귀를 영원히 잠재운 거요.」 홈스가 대답했다.

우리 앞에 뻗은 괴물은 그 크기와 힘만으로도 끔찍한 놈이었다. 섬뜩하고 흉악한 인상과 작은 암사자만큼이나 거대한 체구로 보아, 블러드하운드나 마스티프의 순종이라기보다는 양쪽의 피가 섞인 것으로 보였다. 지금은 비록 죽음의 침묵을 지키고 있으나 거대한 턱에서는 여전히 파란 불꽃이 튀었고, 작고 깊은 두 눈 또한 무자비한 불길로 에워싸인 것처럼 보였다. 나는 번쩍이는 주둥이를 만져 보았다. 손가락이 어둠 속에서 질식할 듯 이글거렸다.

「인 성분이야.」 내가 말했다.

홈스가 죽은 동물의 냄새를 맡아 보았다.

「교활한 놈. 후각을 어지럽게 할 만한 다른 냄새는 아예 없군그래. 헨리 경, 이렇게 놀라게 해드린 데 대해 깊이 사과드립니다. 사냥개인 줄은 알았지만 이런 식의 괴물일 줄은 상상도 못했군요. 게다가 안개 때문에 여유가 거의 없었어요.」

「제 목숨을 구해 주셨어요.」

「위험에 빠뜨린 게 먼저지요. 일어날 수 있겠습니까?」

「그 브랜디 한 모금만 더 주시겠습니까? 그럼 뭐든 할 수 있을 것 같은데. 예, 됐어요. 좀 도와주세요. 이제 어떻게 하실 셈입니까?」

「경은 여기 남아 있어요. 오늘 밤 더 이상의 모험은 무리일 테니까요. 잠시 후에 댁까지 모셔다 드리리다.」

그는 비틀거리며 자리에서 일어났으나, 아직까지도 안색은 백지장 같았고 손발도 하염없이 떨렸다. 우리는 그를 부축해 바위에 기대 주었다. 그는 두 손으로 얼굴을 가린 채 바들바들 떨기 시작했다.

「여기서 기다려요. 아직 할 일이 남았는데, 지금이 가장 중요한 순간입니다. 증거는 있지만 아직 범인을 잡지 못했으니까요.」

우리는 빠른 걸음으로 오솔길을 따라 내려갔다.

「그 집에 놈이 있을 확률은 거의 없다고 봐야겠지. 총소리를 듣고 게임이 끝났다는 걸 알았을 테니.」 홈스가 말했다.

「거리가 상당한 데다 안개 때문에 소리가 퍼져 나가지 못했을 수도 있네.」

「개를 불러들이기 위해서라도 쫓아왔을 걸세. 그건 분명해. 요컨대 지금쯤 이미 달아났다는 얘기야. 어쨌든 확인은 해야겠지.」

현관문은 열려 있었다. 우린 그대로 달려 들어가 이 방 저 방을 뒤졌다. 늙은 하인이 통로에서 우리를 보고 눈을 커다랗게 떴다. 식당을 제외하고는 불이 모두 꺼진 채였으나 홈스는 램프를 들고 집 전체를 이 잡듯 뒤졌다. 스태플턴의 모습은 보이지 않았다. 하지만 이층으로 올라가자 침실 문 하나가 잠겨 있었다.

「여기 누군가 있소! 인기척이 들려. 어서 문 열어요!」 레스트레이드가 외쳤다.

안에서 희미한 신음 소리와 바스락거리는 소리가 새어 나왔다. 홈스가 발바닥으로 잠금장치 바로 위를 걷어차자 문이 뜯겨 나가다시피 하며 활짝 열렸다. 우리는 리볼버를 든 채 방 안으로 달려 들어갔다.

하지만 방 안의 존재는 궁지에 몰린 악당과는 거리가 멀었다. 우리는 예상치 못한 기이한 광경에 한동안 멍하니 서서 바라볼 수밖에 없었다.

방은 작은 박물관처럼 꾸며져 있고, 사방의 벽에는 유리 상자가 빼곡히 들어차 있었다. 모두 그 위험천만한 사내의 여흥거리인 나비와 나방의 채집 표본들이었다. 방 한가운데는 커다란 기둥이 하나 박혀 있었다. 천장 가득 벌레 먹은 서까래를 지탱하기 위해 오래전에 세워 둔 모양인데, 문제는 그 기둥에 누군가 묶여 있다는 사실이었다. 시트로 전신을 감아 둔 탓에 남자인지 여자인지조차 알 수가 없었다. 수건으로 목을 감아 기둥 뒤쪽에서 매듭을 지어 놓았고, 다른 수건으로 얼굴 아래쪽을 동여맸다. 그리고 그 위로 검은 두 눈이 우리를 바라보고 있었다. 비애와 수치와 지독한 의문으로 가득한 눈. 우리는 재빨리 재갈을 풀고 매듭을 끊어 냈다. 이윽고 스태플턴 부인이 바닥에 무너져 내렸다. 그녀가 고개를 떨구자 아름다운 목을 가로지른 빨간 채찍 자국이 선명하게 드러났다.

「더러운 놈! 레스트레이드, 자네 브랜디! 어서 부인을 의자에 앉히게! 학대로 탈진해 정신을 잃은 모양이야.」 홈스가 외쳤다.

그녀가 다시 두 눈을 떴다.

「그분은 안전한가요? 탈출하셨어요?」

「우리의 손에서 빠져나갈 수는 없습니다, 부인.」

「아니, 제 남편을 말하는 게 아니에요. 헨리 경, 경은 안전하신지요?」

「그래요.」

「그럼 사냥개는?」

「죽었습니다.」

그녀가 기나긴 안도의 한숨을 내쉬었다.「오, 하느님, 감사합니다! 오, 신이시여! 그 나쁜 놈이 날 어떻게 했는지 보세요.」

그녀가 소매를 걷어 두 팔을 드러냈다. 맙소사, 팔뚝을 뒤덮은 저 멍들이라니! 우리는 아연실색하지 않을 수 없었다.

「하지만 이건 아무것도 아니에요! 아무것도! 그자가 정말로 학대하고 유린한 건 제 마음과 영혼이랍니다. 전 그 모든 것을 견뎌 냈죠. 학대, 외로움, 거짓말, 그 모든 것을 말이에요. 모두 사랑을 되돌릴 수 있을 거라는 희망 때문이었죠. 하지만 이번 일에서조차 난 기껏 그자의 꼭두각시에 불과했더군요.」그녀는 말을 하면서도 미친 듯이 흐느껴 울었다.

「남편의 처사를 못마땅해하셨군요. 그럼 그자가 어디로 달아났는지 말씀해 주시겠습니까? 그의 악행을 도우셨으니, 이제는 속죄의 뜻으로라도 우리를 도우셔야 합니다.」

「그자가 달아날 곳이라고는 한 곳뿐입니다. 늪 한가운데 오래된 주석 광산이 하나 있어요. 사냥개를 숨겨 둔 곳도 그곳이고, 은신을 대비해 비상 용품을 저장해 둔 곳도 그곳이죠. 분명히 그곳으로 도망갔을 겁니다.」

안개 바다가 하얀 수건처럼 창문을 가로막고 있었다. 홈스가 램프를 창가로 가져갔다.

「이런, 오늘밤엔 그 인간도 그림펜 마이어에 들어갈 수 없겠어.」 그가 말했다.

그녀가 웃으며 손뼉을 쳤다. 어찌나 즐거워하는지, 두 눈과 치아가 광휘로 번득일 정도였다.

「들어간다 하더라도 나올 수는 없겠죠. 이런 밤에 어떻게 이정표를 찾겠어요? 늪지로 통하는 길을 표시하기 위해 그자하고 함께 막대기를 꽂았었답니다. 오, 지금 당장 그 막대기들을 뽑을 수만 있다면! 그렇게만 된다면 정말로 그자를 마음대로 하실 수 있을 거예요.」

안개가 걷힐 때까지는 추적이 불가능했다. 그동안 레스트레이드에게 집을 지키게 하고 홈스와 나는 헨리 경을 바스커빌 홀에 데려다 주었다. 스태플턴 남매의 이야기도 그에게 더 이상 숨길 필요가 없었다. 다행히 그는 사랑했던 여인의 진실을 훌륭하게 이겨 냈다. 하지만 그날 밤의 모험으로 탈진할 대로 탈진한 터라, 그는 아침까지 고열과 환각에 시달려야 했다. 물론 모티머 박사가 곁을 지켜 주었다. 후에 두 사람은 함께 세계 여행을 떠났는데, 헨리 경이 이 불길한 저택의 주인이 되기 전의 꿋꿋하고 성실한 모습을 회복한 것은 역시 그때나 되어서였다.

이 기이한 이야기도 이제 결말을 향해 달려갈 때가 되었다. 난 이제껏 우리의 삶을 그토록 오랫동안 어둡게 했고 또 너무도 비극적으로 끝난 이 캄캄한 공포와 막연한 억측의 일부나마 독자 여러분께 전하기 위해 나름대로 노력을 다했다. 사냥개가 죽은 다음 날 아침, 우리는 스태플턴 부인의 안내를 받아 안개 걷힌 늪지로 갔다. 우리는 그녀가 기꺼이, 그리고 아주 열심히 남편의 비밀 통로를 파헤치는 것을 보며, 지금껏 그녀가 얼마나 끔찍한 삶을 살아야 했는지 실감할 수 있었다. 우리는 그녀를 작고 단단한 토탄질 흙 위에서 기다리게 했다. 길은 그곳에서부터 점점 좁아져, 그 끝은 넓게 퍼진 늪 안으로 들어가 있었다. 거기에서부터는 작은 막대가 여기저기 박혀, 녹색 찌꺼기로 덮인 함정과 추악한 진구렁 사이로 삐뚤빼뚤하게 이어진 작은 골풀 덤불의 통로를 드러내 주었다. 이방인으로서는 도저히 통과할 수 없는 길이다. 썩은 갈대들과 골풀, 미끈거리는 수초들이 악취와 유독 가스를 쏘아 댔고, 발 한번 잘못 디디면 허벅지 깊이의 요동치는 진창 속으로 빠질 지경이었다. 발을 디딜 때마다 진창은 몇 미터씩 퍼져 나가며 우리의 발걸음을 집요하게 물고 늘어졌다. 마치 어떤 악귀의 손이라도 있어 저 불경스러운 무저갱 속으로 우리를 끌어들이려는 것만 같았다. 그만큼 무자비하고 더러운 속내를 숨기고 있는 늪이었다. 누군가 그 위험천만한 통로를 지난 흔적은 딱 하나가 남아 있었다. 늪 위로 자란 황새풀 덤풀 사이에 검은 물체가 삐져나와 있던 것이다. 홈스는 통로에서 벗어나 허리까지 빠진 다음에야 물체를 집어 들 수 있었다. 우리가 끌어내 주지 않았다면, 다시는 단단한 땅에 발을 디딜 수 없었을 것이다. 그는 낡은 검은색 부츠 한 짝을 허공에 들어 보였다. 부츠 안쪽에 〈토론토, 마이어스〉라는 글자가 새겨져 있었다.

「진흙 목욕도 할 만하군. 이건 헨리 경이 잃어버린 부츠야.」
그가 말했다.

「달아나면서 버린 모양이로군.」

「맞아. 사냥개한테 경의 뒤를 쫓게 한 뒤에도 부츠를 버리지 않고 있었던 게지. 게임이 끝났다는 걸 확인하고 달아날 때까지도 꼭 끌어안고 있었어. 그러고는 여기까지 와서야 던져 버린 거야. 최소한 여기까지는 무사했다는 얘기군.」

하지만 그 이상은 우리도 알 길이 없었다. 할 수 있는 것이라곤 추측뿐이었다. 진흙이 솟아올라 금세 덮어 버린 탓에 발자국을 찾아낼 수 없었던 것이다. 늪지를 지나 단단한 땅에 올라선 후에도 사방을 샅샅이 뒤졌으나 발자국은커녕 아무런 흔적도 보이지 않았다. 땅이 거짓말을 하는 게 아니라면, 그날 밤 스태플턴은 은신처가 있는 섬에 다다르지 못했다. 그 뻔뻔한 냉혈한이 저 광대한 그림펜 마이어 한가운데, 더러운 늪지의 진흙 속에 빨려 들어가 영원히 묻혔다는 얘기일까?

야수를 숨겨 둔 늪지 중앙의 섬은 오히려 그의 흔적들로 넘쳐 났다. 거대한 동륜(動輪)과 쓰레기로 반쯤 찬 수갱은 그곳이 버려진 광산임을 증명하고 있었다. 그 옆으로 다 허물어진 막사의 잔해가 어지럽게 방치되어 있었다. 물론 주변 늪지의 더러운 악취에 광부들은 모두 달아났을 것이다. 막사 한 곳에는 사슬이 달린 꺾쇠가 박혀 있고 씹다 버린 뼈다귀들이 주변에 잔뜩 흩어져 있었는데, 분명 그 야수가 갇혀 있었던 곳이리라. 갈색 털이 엉겨 붙은 해골 하나가 파편들 사이에 놓여 있었다.

「개야! 맙소사, 스패니얼! 불쌍한 모티머, 애완견을 다시 보기는 틀렸구먼. 이곳에 더 이상 비밀이 남아 있을 것 같지는 않네. 그래, 숨길 수는 있었지만 짖는 소리까지 막지는 못했겠지. 그 바람에 대낮에도 그 소름 끼치는 괴성이 들렸던 거야. 비상시에는 사냥개를 메리피트 별관에 묶어 둘 수도 있었겠지만 그건 위험 부담이 따랐을 테고. 그래서 지금까지의 노력에 종지부를 찍을 운명의 날을 기다려 개를 끌어냈겠지. 깡통에 든 이 반죽은 그 짐승한테 바른 야광 물질이었겠군. 물론 가문의 악마 개 전설도 있으니, 찰스 경을 죽음으로 몰아넣을 정도의 공포감을 조성하고 싶었을 걸세. 그런 괴물이 어두운 황무지를 따라 껑충껑충 달려오는데, 어디 아무리 흉악한 탈옥수인들 비명을 지르지 않을 재간이 있었겠나. 헨리 경도 그랬지만, 그 지경에 처했다면 우리도 마찬가지였을 걸세. 아주 교활한 술책이었어. 왜냐하면 죽이는 것은 차치하고라도, 그런 괴물을 샅샅이 조사하려는 농부 따위가 존재할 리 없기 때문이지. 이미 많은 사람들이 황무지에서 악마 개를 목격한 마당에 말이야. 왓슨, 런던에서도 얘기했지만 다시 한 번 말하겠네. 저 너머에 누워 있는 저자보다 더 위험한 상대를 만난 적은 없었다네. 〈맹세코.〉」

그는 긴 팔을 뻗어 녹색 얼룩으로 뒤덮인 거대한 늪을 가리켜 보였다. 늪은 저 멀리까지 달려가 황무지의 황갈색 비탈길과 만나고 있었다.

15
회고

11월 말의 춥고 안개 자욱한 밤, 홈스와 나는 베이커 가의 거실에서 활활 타오르는 난로 양쪽에 앉아 있었다. 데번셔의 비극적인 사건 이후, 그는 곧바로 매우 중요한 사건 두 개를 처리했다. 우선 논퍼레일 클럽의 유명한 카드 사기 사건을 둘러싼 업우드 대령의 악랄한 행동을 파헤쳤으며, 두 번째로는 의붓딸 카레르 양의 죽음과 관련한 몽팡시에 부인의 살해 혐의를 벗겨 주었다. 나중에 밝혀진 사실이지만 카레르 양은 6개월 후 뉴욕에서 목격된바, 살아 있었을 뿐 아니라 결혼까지 한 터였다. 홈스는 난해한 사건들을 연이어 해결한 덕에 한껏 들뜬 기분이었다. 그래서 난 그를 부추겨 바스커빌가 사건의 세부 내용들을 복기해 보기로 했다. 사실 지금껏 기회만 노려 왔는데, 그건 그가 여러 사건을 한꺼번에 생각하는 걸 싫어하기 때문이었다. 게다가 냉철하고 논리적인 그가 현재 사건을 미뤄 두고 과거를 더듬는 일을 받아들일 리도 없었고. 마침 헨리 경과 모티머 박사도 런던에 와 있었다. 산산조각 난 경의 심신을 회복하기 위해 박사가 장기적인 여행을 권했고, 그래서 오늘 오후에 떠나는 길이라며 인사차 들른 것이다. 아무튼 덕분에 그 주제는 자연스럽게 우리의 대화에 끼어들었다.

「스태플턴이라는 사내의 관점에서 볼 때, 사건 전체는 단순하고 명료했어. 물론 그의 범행 동기를 알 도리가 없었던 우리로서야 처음에는 사실의 일부만 붙들고 늘어져야 했고, 그래서 엄청 복잡해 보였던 거라네. 나는 스태플턴 부인과 두 차례 대화하면서 모든 상황을 정리할 수 있었네. 지금은 풀리지 않은 문제는 없다는 게 내 판단이야. 내 사건 파일에서 B로 시작하는 목차를 뒤지면 몇 가지 기록을 볼 수 있을 걸세.」

「그보다, 기억나는 대로 사건의 진행 과정을 스케치해 주면 안 되겠나?」

「얼마든지. 하지만 모든 사실을 기억한다고는 장담 못해. 정신을 집중하다 보면 기이하게도 과거 일들이 흐려지고 모호해지니 말일세. 사건을 완전히 꿰뚫고 그 사건에 대해서라면 어느 전문가와도 논쟁이 가능한 변호사라 해도, 한두 주 정도 법정에서 싸우다 보면 사건 전체를 까맣게 잊곤 한다네. 나 역시 새로운 사건이 바로 이전 사건을 지워 버리곤 하지. 이 경우라면 카레르 양 사건이 바스커빌 홀을 밀어낸 셈이야. 내일이면 또 다른 사건이 관심을 끌 터인데, 그렇게 되면 아름다운 프랑스 여인과 악명 높은 업우드도 지워지게 될 걸세. 하지만 사냥개 사건에 관한 한, 아직은 정확히 사건의 경위를 설명해 줄 수 있을 것 같군. 행여 내가 빠뜨린 게 있다면 즉시 지적해 주게나.

내 수사에 따르면, 가문의 초상화는 결국 거짓말을 하지 않았다네. 그자는 정말로 바스커빌가의 일원이었어. 그러니까 찰스 경의 동생 로저 바스커빌의 아들이었지. 왜, 갖은 악명을 떨치다가 남아프리카 공화국으로 달아났다고 하지 않았나. 그곳에서 미혼으로 죽었다고 알려져 있지만, 실제로는 결혼도 했고 아들도 하나 있었지. 제 아비와 이름까지 똑같은 아들이었다네. 그 아들은 베릴 가르시아라는 코스타리카의 미인과 결혼했는데, 그 후 엄청난 액수의 공금을 횡령하고 이름까지 반델루로 바꿔 영국으로 피신했지. 그러고는 요크셔 동부에 학교를 세운 거야. 그 특별한 직업에 뛰어든 이유는, 고국으로 돌아오는 길에 우연히 폐병에 걸린 선생 한 명을 알게 되었기 때문이라네. 로저는 그의 능력을 이용해 사업을 성공적으로 이끌기도 했지. 하지만 프레이저, 그러니까 그 선생이 죽자 잘나가던 학교에 악평이 쏟아지더니 급기야 온갖 추문에 휩싸이고 말았어. 반델루 부부는 성을 스태플턴으로 바꾼 후, 남은 재산과 미래를 위한 희망 그리고 곤충학에 대한 애정을 싸들고 영국 남부로 달아나기로 했네. 대영 박물관에 알아본 결과 그 친구, 곤충학에서만큼은 대단한 권위자로 통하더군. 요크셔 시절 그가 최초로 찾아내고 연구한 나방에는 〈반델루〉라는 이름까지 붙어 있었다네.

이제 그의 인생 역정 중에서도 우리에게 필요한 부분을 다룰 때가 되었군. 이자는 실제로 바스커빌 가문을 조사했어. 그러고는 이 뜻하지 않은 엄청난 재산을 손에 넣는 데 장애가 되는 사람이 단 두 명밖에 없다는 사실을 알아낸 거야. 처음 데번셔에 갔을 때만 해도 거의 뜬구름 잡는 수준의 계획이었겠지만, 아내를 여동생으로 변신시킨 것으로 보아 범행 의지는 처음부터 확고했다고 봐야 할 걸세. 세부 계획을 어떻게 배열할 것인지까지는 아니었더라도, 그녀를 미끼로 이용하겠다는 정도는 결정해 두었다는 얘기지. 그는 어떻게든 바스커빌 홀을 손에 넣을 생각이었네. 그 목표를 위해서라면 누구든 이용하고 어떤 위험이든 감수할 각오였어. 아무튼 최초의 작전은 바스커빌 홀에 가능한 한 가까이 접근하는 것이고, 두 번째는 찰스 바스커빌 경을 비롯해 이웃들과 친분을 쌓는 것이었다네.

찰스 경이 직접 유령 개와 관련한 가문의 전설을 얘기했을 테니, 자기 무덤을 판 셈이 된 게야. 스태플턴은 — 난 계속 이 이름으로 부르겠네 — 노인의 심장이 약해 약간의 충격만으로도 죽을 수 있다는 사실도 알아냈네. 물론 모티머 박사에게서 빼낸 정보지. 뿐만 아니라 찰스 경이 미신에 약하고, 그래서 그 암울한 전설을 심각하게 받아들인다는 사실도 캐냈고. 타고난 모사가인 그는 곧바로 남작을 죽일 방법을 고안해 냈어. 게다가 직접 그를 해치울 진짜 살인범은 죄의식 따윈 느낄 수도 없는 짐승이니, 완벽한 작전이 아닌가.

일단 기본 틀이 마련되자 그는 계속해서 작전을 다듬어 나가기 시작했네. 평범한 모사꾼이라면 그저 사냥개를 이용하는 데 그쳤겠지만, 이 천재는 인위적인 수단을 총동원해 괴물을 더욱더 악마적으로 꾸몄다네. 개는 런던 풀햄의 〈로스 앤 맹글스〉라는 가게에서 데려왔는데, 그 가게에서 제일 힘세고 사나운 놈이었지. 그는 기차를 타고 데번셔 북부에 내린 다음, 그곳에서 황무지까지 그 먼 거리를 걸어서 이동했네. 물론 소리 소문 없이 개를 데려오기 위해서였지. 이미 곤충 채집을 통해 그림펜 마이어를 관통하는 길은 물론, 그 괴물이 안전하게 숨어 있을 장소까지 확보해 둔 터였네. 그는 그곳에 개를 가두고 기회를 노렸어.

하지만 기회가 쉽게 오지는 않았네. 아무리 꼬여도 노인은 밤에 저택 밖으로 나서지 않았으니까. 스태플턴이 사냥개를 데리고 기다린 것도 여러 번이었건만, 소용이 없었지. 그리고 그 와중에 농부들이 사냥개를 목격하게 되고 악마 개의 전설은 새로운 전기를 맞이한다네. 게다가 아내를 시켜 찰스 경을 유혹하려던 애초의 계획은 그녀가 의외의 저항을 시작하면서 틀어지게 되었네. 노귀족의 연애 감정을 자극해 죽음으로 이끈다는 게 그녀로서는 못마땅했던 거야. 협박은 물론 주먹질까지 했지만 결국 그녀를 움직일 수는 없었네. 그녀는 그 일에 관한 한 아무 일도 하지 않으려 했고, 덕분에 한동안은 스태플턴도 막다른 골목에 봉착한 꼴이었다네.

그가 난관을 극복한 것은 찰스 경 본인 덕분이었다네. 스태플턴과의 우의를 확신한 찰스 경이 불쌍한 로라 리옹 부인을 돕는 일에 그를 대리인으로 내세웠던 거야. 그는 자신을 독신으로 소개함으로써 부인에 대한 영향력을 확실히 챙겨 나갔고, 남편과의 이혼을 조건으로 결혼하겠다는 거짓 약속까지 미끼로 던졌다네. 그리고 찰스 경이 모티머 박사의 조언을 받아들이 바스커빌 홀을 떠날 거라는 얘기에 — 물론 그도 겉으로야 동의했지만 — 계획을 곧바로 실행에 옮기기로 한 걸세. 지금이 아니라면 먹이는 손이 닿지 않을 곳으로 영원히 날아가 버리는 거야. 그래서 리옹 부인을 닦달해, 만나 달라는 편지를 쓰게 한 거라고. 그것도 런던으로 떠나기로 한 바로 전날 밤에 말일세. 그다음엔 그럴 듯한 구실로 그녀를 못 가게 막아, 마침내 기다리고 기다리던 기회를 잡은 게지.

쿰 트레이시에서 돌아오는 길에 그는 사냥개를 찾아가 지옥의 분장을 시킨 다음, 노인이 기다리고 있을 게이트로 데려 갔네. 개는 주인의 명에 따라 쪽문을 뛰어넘어, 비명을 지르며 달아나는 불쌍한 남작을 쫓아갔지. 그 암울한 주목 터널에서 불타는 턱과 이글거리는 눈의 거대한 괴물이 펄쩍펄쩍 뛰며 쫓아왔으니, 얼마나 끔찍한 장면이었겠나. 결국 공포와 심장 마비로 오솔길에 쓰러져 죽고 만 걸세. 사냥개는 노인을 쫓는 동안 계속 가장자리의 풀밭으로만 달렸기 때문에 길에는 노인의 발자국을 제외한 아무 흔적도 남지 않았던 거야. 노인이 쓰러진 것을 보고서야 짐승도 다가와 냄새를 맡기는 했겠지만, 결국 죽었다는 사실을 확인하고 다시 돌아간 거라네. 모티머 박사가 개 발자국을 찾아낸 건 그래서였지. 개는 수수께끼만 잔뜩 남긴 채 주인의 명에 따라 다시 그림펜 마이어의 보금자리로 돌아갔네. 덕분에 당국은 긴장하고, 시골 사람들은 공포에 떨게 되었지. 또 그래서 우리에게까지 사건이 넘어왔을 걸세.

찰스 바스커빌 경의 죽음에 대해서는 이 정도로 하자고.

자네도 그 사건이 얼마나 정교했는지 실감했을 거야. 실제로 진짜 살인범을 추적하는 건 거의 불가능했네. 유일한 공범을 잡아 봐야 주범을 고자질할 리가 만무한 데다, 그 그로테스크하고 상상조차 하기 힘든 계책으로 문제는 더욱 꼬이기만 했을 테니까 말일세. 사건과 관련한 두 여인, 스태플턴 부인과 로라 리용 부인이 그를 의심하기는 했어. 스태플턴 부인은 그가 노인을 위해할 목적으로 흉계를 꾸미고 있다는 것도, 사냥개가 있다는 것도 알고 있었지. 리용 부인은 둘 다 몰랐지만 오직 그만이 알고 있는 약속 시간에 살인 사건이 발생했으니 의심하지 않을 수가 없었을 거야. 하지만 둘 다 그의 세력권에 있었기 때문에 스태플턴도 전혀 걱정할 필요가 없었어. 어쨌든 음모의 절반은 성공적으로 끝난 거야. 그리고 이제 더 난제가 남아 있지.

스태플턴이 캐나다의 상속자에 대해 몰랐을 가능성도 있지만, 어차피 결국엔 친구인 모티머 박사한테 듣게 되었을 걸세. 모티머 박사는 헨리 바스커빌의 귀국에 대해서도 상세하게 설명해 주었다네. 스태플턴에게 첫 번째로 떠오른 생각은, 캐나다 출신의 이방인이 데번셔에 내려오기 전에 런던에서 처치해 버리자는 쪽이었어. 그런데 노인에게 올가미 씌우는 일을 거부한 이후로 자기 아내조차 믿을 수가 없었고, 그래서 그녀를 내버려 둔 채 올라올 수 없었지. 그녀가 무슨 짓을 할지 자신이 없었던 거야. 내가 알아낸 바에 의하면, 두 사람은 크레이븐 가의 멕스버러 프라이빗 호텔에 투숙했는데, 실제로 내 대리인이 증거를 찾아 뒤진 곳이기도 하지. 그는 그녀를 방에 가둬 놓고 턱수염으로 변장한 다음 모티머 박사를 미행해 베이커 가까지 따라왔네. 물론 그 후엔 기차역과 노섬벌랜드 호텔에도 나타났었지. 스태플턴 부인도 어렴풋이 음모를 눈치챘지만, 남편을 두려워한 탓에 — 야만적인 학대에서 비롯된 두려움이라네 — 위기에 처한 사내에게 함부로 경고 편지를 쓸 수도 없었네. 스태플턴의 손에 들어가는 날엔 자신의 목숨이 위태로워질 테니 말이야. 결국 우리가 아는 바와 같이, 그녀는 신문을 오려 메시지를 만들고 필체를 바꾸어 주소를 적는 묘안을 생각해 낸 걸세. 그 편지는 젊은 귀족의 손에 들어가 처음으로 위험을 느끼게 해주었다네.

스태플턴에게 무엇보다 중요한 건 헨리 경의 의류 한 점을 손에 넣는 것이었어. 개를 이용할 경우, 놈이 쫓아야 할 목표물을 만들어 주어야 하니까. 그는 특유의 민첩성과 담대함으로 일을 처리했네. 그 정도야 호텔의 구두 담당 종업원이나 객실 청소부를 매수하면 그만 아닌가. 하지만 운이 없었던지 처음 손에 넣은 부츠가 새것이었고, 결국 무용지물이 되고 만 걸세. 그래서 그 부츠를 돌려주고 다른 부츠를 가져간 거야. 아주 의미심장한 에피소드였다네. 그 덕에 결정적으로 우리가 쫓는 놈이 진짜 개라고 확신할 수 있었으니까 말이야. 헌 부츠를 챙기고 새 부츠를 돌려주는 행위에 다른 해석이 무슨 필요가 있겠나. 기이하고 기괴한 사건일수록 더 단순하게 접근해야 하는 법이야. 제대로 들여다보고 과학적으로 분석한다면, 사건을 복잡하게 만드는 사실이야말로 그 사건을 풀어 주는 핵심이 되니까 말일세.

그리고 다음 날 우리는 친구들의 방문을 받네. 알다시피 마차에 탄 스태플턴이 꼬리처럼 붙어 있었지. 전반적인 행동도 의심스러웠지만 우리 사무실과 내 얼굴을 아는 것으로 보아, 스태플턴의 범죄 경력이 이 바스커빌 사건에만 국한된 것은 아니라는 생각이 들더군. 지난 3년 동안 미제로 남겨진 주요 강도 사건이 서부에서만 네 건이 있었는데, 그중 마지막 사건이 내 관심을 끌었네. 5월에 있었던 포크스턴 궁 사건은 가면을 쓴 단독범이 그와 마주친 심부름꾼 소년을 냉혹하게 사살한 것으로 유명하지. 스태플턴은 틀림없이 줄어드는 자금을 이런저런 범죄로 충당했을 거야. 요컨대 지난 몇 년 동안 그는 극단적이면서도 위험천만한 인물이었다는 얘기라네.

그날 아침, 우리를 손쉽게 따돌림으로써 그자는 자신의 능력을 과시해 보였고, 또 마부를 통해 내 이름을 돌려보내는 식으로 대담함을 드러내기도 했지. 그자도 내가 사건을 맡았다는 사실을 확신하고 런던에서는 기회가 없다고 판단했을 걸세. 그래서 다트무어로 돌아가 헨리 경의 도착을 기다리기로 한 거야.」

「잠깐만! 물론 자네는 사건 전반을 체계적으로 설명해 주고 있네만, 설명이 빠진 부분이 있군그래. 주인이 런던에 있는 동안 사냥개는 어떻게 된 건가?」 내가 물었다.

「그 문제도 생각해 봤네. 물론 중요한 문제니까. 스태플턴에게도 심복이 있었던 게 분명해. 물론 그렇다고 범행 계획 모두를 공유할 정도는 아니었겠지만 말이야. 바로 메리피트 저택의 늙은 하인이라네. 이름이 앤서니였지. 그와 스태플턴 부부의 관계는 몇 년 전 스태플턴이 학교 교장으로 있던 시절로 거슬러 올라가기 때문에, 결국 그는 두 사람이 실제 부부임을 알고 있다고 봐야 할 걸세. 영국에서는 흔한 이름이 아니지만, 스페인이나 스페인어권 나라에서라면야 안토니오라는 이름이 낯설지 않겠지. 그는 영어에 능하면서도 묘한 혀짤배기 억양이 남아 있더군. 실제로도 난 스태플턴이 표시해 둔 통로를 따라 노인이 늪지를 건너는 걸 본 적이 있다네. 따라서 주인이 없을 땐 그가 사냥개를 돌보았을 거야. 그 개가 어떤 목적으로 쓰일지는 꿈에도 상상하지 못했겠지만 말이야.

스태플턴 부부는 데번셔로 돌아갔고, 헨리 경과 자네도 곧바로 내려갔지. 당시의 내 입장에 대해 한마디만 하겠네. 신문 활자를 오려 붙인 경고장을 조사하는 도중 워터마크를 확인한 사실을 기억할 걸세. 그때 종이를 눈 가까이 끌어당겼는데 희미하게 화이트 재스민 향이 나더군. 향기에는 무려 75가지 종류가 있는데, 범죄 전문가라면 반드시 구분할 줄 알아야 하지. 현장에서 향수를 구분해 낸 덕분에 사건을 해결한 것만도 두어 번은 된다네. 아무튼 향수 냄새 덕분에 난 여자가 개입되어 있음을 확신했고, 내 직감은 곧바로 스태플턴 부부를 겨냥했지. 더욱이 사냥개의 존재도 분명한 터라, 서부로 내려가기 전부터 이미 범인을 짐작하고 있었다네.

결국 내 목적은 온전히 스태플턴을 감시하는 데 있었지. 물론 자네와 함께할 일이 못 되었네. 그자도 잔뜩 움츠리려 들 테니까 말이야. 자네를 포함해 사람들 모두를 속인 것도 그 때문이었다네. 나는 런던에 있는 것으로 해둔 다음 몰래 그곳으로 내려갔어. 그곳에서의 고생은 사실 자네 생각만큼 심하지는 않았다네. 애초에 그런 하찮은 것들이 사건 수사를 방해할 수도 없고 말이야. 나는 대부분의 시간을 쿰 트레이시에서 지내고, 황무지의 돌집은 상황을 살필 필요가 있을 경우에만 이용했네. 카트라이트를 데리고 내려왔는데, 시골 소년으로 위장한 덕에 큰 도움이 되었지. 식량과 깨끗한 리넨 셔츠 문제도 무난히 해결했고. 더욱이 내가 스태플턴을 감시하는 동안 그 애가 자네를 감시했기 때문에 모든 가닥을 꿰고 있을 수 있었던 걸세.

전에 말했다시피, 자네 보고서는 베이커 가에서 쿰 트레이시로 즉시 회송될 수 있도록 조치해 둔 터라 늦지 않게 확인할 수 있었네. 물론 대단한 도움이 되었지. 특히 스태플턴의 진짜 이력을 적은 보고서 덕분에 두 남녀의 신분을 확인할 수 있었고, 마침내 어디까지 왔는지 정확히 파악할 수 있었네. 탈옥수의 등장, 그리고 배리모어 부부와 그의 관계 등으로 사건이 무척이나 복잡하게 돌아갔는데, 그 역시 매우 효율적으로 해결되었지. 어쨌든 난 그때까지의 수사를 통해 이미 동일한 결론을 내리고 있던 터였다네.

자네가 황무지에서 나를 찾아냈을 때쯤엔 사건 전체를 완벽하게 파악하고 있었네만, 그렇다고 스태플턴을 배심원 앞으로 데려갈 증거까지 확보한 건 아니었네. 그날 밤 애꿎은 탈옥수의 죽음으로 끝난 스태플턴의 공격이 헨리 경을 노린 것이었다는 사실까지 입증할 방도는 없었지. 결국 그를 현장에서 잡는 수밖에 없다는 판단을 내린 걸세. 그래서 헨리 경을 미끼로 내걸 생각을 한 거야. 완전한 단신에 무방비 상태로 말일세. 비록 고객에게 심각한 충격을 주긴 했지만 다행히 성공적으로 사건을 마무리했고 스태플턴을 파멸로 이끌 수 있었지. 그래, 솔직히 말해 헨리 경을 그런 위험에 몰아넣을 수밖에 없도록 사건을 처리한 데 대해서는 나도 할 말이 없네. 하지만 야수가 그 정도로 경악스럽고 소름 끼치는 모습으로 등장할 줄은 꿈에도 생각지 못했다네. 게다가 안개로 인해 놈의 공격에 대비할 시간이 촉박해진 것도 계산에는 없었어. 다행히 헨리 경이 받은 충격에 대해서는, 전문가와 모티머 박사 모두 일시적인 문제로 진단해 주기는 했지. 헨리 경은 이제 긴 여행을 통해 망가진 신경뿐 아니라 상처받은 가슴까지 치유할 수 있을 거야. 그녀를 향한 사랑이 깊고도 진지했기에, 어쩌면 이 어두운 사건의 가장 슬픈 측면은 그가 그녀에게 속았다는 사실이라고도 생각할 수 있겠군.

이제 사건 전체를 통해 그녀가 어떤 역할을 했는지의 문제만 남았네. 그녀가 스태플턴에게 어느 정도 영향을 받았다는 점에 대해서는 의심의 여지가 없네. 그 근원은 사랑일 수도 두려움일 수도 있겠지. 아니, 두 감정이 서로 별개의 것이라고 단정할 수는 없기에, 둘 다였다고 할 수 있을 걸세. 아무튼 그의 지배력은 매우 효과적이었던 것으로 보이네. 그의 명령에 따라 여동생으로 가장할 정도였으니까. 문제는 그녀를 살인의 직접적인 도구로 만들려 했을 때였는데, 결국 그도 자신의 위력에 한계가 있음을 인정해야 했네. 그녀는 남편의 성미를 건드리지 않는 한에서나마 헨리 경에게 경고하려 했고, 또 끝까지 시도를 포기하지 않았네. 사실 스태플턴도 어느 정도 질투의 감정은 있었던 것 같아. 그래서 자신이 꾸민 연극의 결과임에도 불구하고, 남작이 아내에게 구애하는 순간 무의식중에 격정적인 분노를 터뜨리고 만 거라네. 그 바람에 침착하고 냉정한 겉모습 뒤에 교묘히 감춰진 악마의 본성을 드러내기도 했지. 어쨌든 두 사람의 정염을 부추김으로써 그는 헨리 경으로 하여금 메리피트 저택에 자주 들를 것을 종용했고, 그렇게나 기다렸던 순간이 머지않았음을 직감했을 걸세. 하지만 마지막 순간, 아내가 느닷없이 반기를 든 거야. 그녀는 탈옥수의 죽음으로 뭔가 깨달은 게 있었네. 헨리 경과 식사를 하기로 한 저녁엔 별관에 사냥개가 있다는 사실까지 확인했지. 그녀는 예고된 범죄에 대해 남편을 몰아붙이기 시작했고, 한바탕 소동이 벌어지고 말았지. 그리고 그 자리에서 스태플턴은 처음으로 그녀에게 연적이 있다는 사실까지 알렸어. 그때끼지 정질을 시켰넌 그녀도 그 순간 격심한 증오를 드러냈고, 그는 그녀가 결국 배신할 것임을 직감한 걸세. 그래서 그녀를 묶어 둔 거야. 헨리 경에게 경고할 가능성을 애초에 잘라 버린 거지. 물론 촌부들은 남작의 죽음을 가문의 저주에서 비롯된 것으로 여길 테고, 그렇게 되면 아내도 현실을 인정하고 입을 다물 수밖에 없으리라는 판단도 있었을 거야. 하지만 그건 처음부터 판단 착오였어. 우리가 그곳에 없었다 해도, 어차피 그는 파멸할 수밖에 없었을 걸세. 스페인 혈통의 여성은 절대 그런 식의 모욕을 용서치 않는다네. 자, 이보게 왓슨, 이제 나로서도 더 이상의 세

세한 설명은 힘들다네. 필요하다면 내 노트를 확인해도 좋네만, 그래도 중요한 얘기는 빠짐없이 했을 거야.」

「그 무시무시한 사냥개를 데리고, 헨리 경을 단순히 늙은 백부처럼 심장 마비로 죽일 생각은 아니었겠지?」

「그 짐승은 흉포할 뿐 아니라 반쯤 굶주려 있었다네. 피해자가 그 모습에 놀라 죽지는 않았다 해도, 최소한 저항 의지를 마비시킬 수는 있었을 거야.」

「그야 그렇겠지. 아직 하나 남아 있네. 스태플턴이 성공했을 경우 말일세, 상속 당사자가 가명 속에 숨은 채 영지 가까이에 살고 있었다는 사실은 어떻게 설명하려 한 거지? 상속을 주장할 경우 의심과 조사는 불가피할 수밖에 없을 텐데.」

「그거야말로 난공불락의 의문이로군그래. 이젠 내 영역을 초월한 범위까지 수사하라는 얘기인가? 과거와 현재는 수사 범위에 있지만, 미래에 누가 어떻게 움직일지 어찌 대답할 수 있겠나. 스태플턴 부인에 의하면, 남편도 수차례에 걸쳐 그 문제를 거론했다더군. 세 가지 가능한 선택이 있네. 남아프리카 공화국으로 내려가 그곳 관공서에서 신분 확인을 하고 재산권을 주장할 수도 있었겠지. 그렇게 하면 영국에 건너오지 않고도 재산을 손에 넣을 수 있을 테니까. 아니면 당분간 교묘하게 변장한 채 런던에서 지낼 수도 있었을 걸세. 마지막 방법으로는, 공모자에게 증거 자료와 증빙 서류를 주고 그를 상속자로 내세운 다음 수익의 일부를 떼어 줄 수도 있었겠지. 자네도 알다시피, 그자는 어떻게든 방법을 찾아내 그 난제마저 해결했을 거야. 자, 왓슨, 우린 몇 주 동안 고된 시간을 보냈네. 그러니 단 하룻저녁이라도 보다 즐거운 일에 마음을 쏟아 보지 않겠나? 내게 〈위그노 교도들〉[34]의 표가 있네. 자네, 드 레즈케[35]의 노래를 들어본 적 있나? 30분 안에 준비를 하고 가는 길에 마르치니에 들러 가벼운 요기까지 하자고 하면, 자넨 화를 낼 텐가?」

---

34 Les Huguenots. 자코모 마이어베어Giacomo Meyerbeer가 작곡한 5막의 오페라.
35 De Reszkes. 폴란드 출신의 오페라 가수.

역자 해설
코넌 도일, 〈셜록 홈스〉의 모습으로 영원을 살다

『바스커빌가의 개 *The Hound of the Baskervilles*』의 번역 작업을 마치고 나서 얼마 후, 가이 리치Guy S. Ritchie 감독의 영화 「셜록 홈스Sherlock Holmes」가 개봉되었다. 사실 영화에서의 홈스는 『바스커빌가의 개』를 포함한, 기존의 어떤 셜록 홈스와도 닮지 않았다. 슈퍼맨이자 격투기 선수 같은 영화 속 셜록 홈스는 마치 19세기 질풍노도의 시대를 사는 낭만 청년의 전형으로 보였고(사실 소설 속 왓슨의 평가에 따르면 홈스는 지구가 태양을 도는지, 태양이 지구를 도는지에도 관심 없을 정도로 〈철두철미한 실용주의자〉다), 영화의 줄거리 또한 추리보다는 액션에 가까웠다(그나마 비슷한 게 있다면, 20세기 초반의 암울한 영국 뒷골목 분위기와, 홈스가 방에 틀어박혀 파이프 담배를 피우며 추리에 몰두하는 장면 정도겠다).

어쩌면 가이 리치 감독은 주인공 홈스의 모델로 홈스 자신보다 오히려 작가인 코넌 도일을 생각하고 그를 모델로 삼았던 건지도 모르겠다. 엄청난 다작의 작가에 전문 의료인, 불의와 싸운 사회 운동가, 정치 지망생, 그리고 다양한 분야의 스포츠맨……. 코넌 도일이야말로 고금을 통틀어 어느 누구보다 활동적이고 열정적인 인물이기 때문이다. 1876년 영국 에든버러 대학에서 의학을 전공하고 1885년 같은 대학에서 의학 박사 학위를 받은 전문 의료인으로서, 개업의와 선의(船醫) 등으로 바쁜 일정을 소화하는 동안에도(그리고 그 후에도), 그는 「사사싸 계곡의 미스터리 The Mystery of Sasassa Valley」(1879년)를 시작으로 그 어떤 추리 소설 작가보다 많은 작품을 써냈으며 크리켓, 사격, 스키 등을 포함한 다양한 스포츠 분야의 아마추어 선수로 명성을 날렸다. 비록 여러 차례 낙선의 비운을 맞기는 했으나 지방 의회에 출마하고 계몽 캠페인 활동을 벌이는 등 정치적인 열정도 뜨거웠던 것으로 알려져 있으니, 영화 「셜록 홈스」에서 보이는 〈슈퍼맨 탐정〉의 모델로 손색이 없을 듯하다.

〈셜록 홈스 시리즈〉를 포함하여 코넌 도일의 수많은 장·단편 중 가장 유명하며, 또 가장 많이 팔린 작품으로도 알려진 소설 『바스커빌가의 개』 역시 코넌 도일의 그런 열정이 없었다면 세상에 나오지 못했을 것이다.

> 이 이야기는 내 친구 플레처 로빈슨 덕분에 시작되었다. 그는 전체적인 플롯과 지방의 세부 묘사에 도움을 주었다.
> A. C. D.

코넌 도일이 이 소설의 첫머리에 소개한 플레처 로빈슨을 처음 만난 것은, 1900년 보어 전쟁에 자원 의사로 참전했다가(현역으로 지원했으나 〈전투 경력이 전무한 40대〉라는 이유로 불허되었다고 한다) 예기치 않은 장티푸스로 고생하고 귀국하던 선상에서였다. 「데일리 익스프레스Daily Express」의 종군 기자였던 플레처 로빈슨(후에 그는 「데일리 익스프레스」의 편집장이 된다)은 『바스커빌가의 개』의 전반적인 배경을 이루는 데번셔 다트무어 출신으로, 그 지방의 민간 설화를 도일에게 얘기해 주었고, 크게 고무된 도일은 몇 시간 후에 이미 이야기의 전체 골격을 만들어 낸다. 로빈슨의 도움은 거기서 멈추지 않았다. 1901년 5월에는 코넌 도일을 데리고 직접 다트무어를 답사하기도 했고, 이에 코넌 도일은 그의 여러 가지 헌신에 대한 감사의 표시로, 소설을 발표하기로 한 『스트랜드Strand』의 편집장에게 플레처 로빈슨을 공저자로 명기해 줄 것을 요구하기까지 했다.

『바스커빌가의 개』는 〈셜록 홈스 시리즈〉를 비롯한 코넌 도일의 수많은 작품들뿐 아니라, 추리 소설 역사에서 가장 유명한 작품이기도 하다. 하지만 이 걸작의 추리 소설이, 하마터면 셜록 홈스가 아닌 다른 주인공을 얼굴로 출판될 뻔했다는 사실은 아이러니가 아닐 수 없다. 왜냐하면 코넌 도일은 『바스커빌가의 개』 이전, 그것도 이미 8년 전에 「마지막 사건The Final Problem」에서 셜록 홈스를 라이헨바흐 폭포로 밀어 죽였기 때문이다. 홈스를 죽인 이유는, 그 후 그가 홈스 단편집의 서문에서 〈탐정 이야기 같은 유치한 형식의 픽션에 서문은 가당치 않다〉고 밝힌 데서 볼 수 있듯, 〈유치한〉 대중 소설에서 벗어나 소위 〈정통 문학〉으로서의 역사 소설에 매진하기 위해서였다. 그러던 그가 8년의 망설임에 종지부를 찍고, 『바스커빌가의 개』를 홈스 시리즈 부활의 단초로 만들기로 결심한 것은, 아무래도 원고료 문제 때문이었던 것으로 보인다. 1901년 코넌 도일은 『스트랜드』의 편집장 스미스G. Smith에게 다음과 같은 편지를 보낸 바 있었다.

내가 언급했던 고료는 연재 1회분이며, 그 액수는 지난 몇 년간 귀사뿐 아니라 다른 잡지사나 출판사들에 역시 마찬가지였습니다. 하지만 이번만큼은 특별한 경우가 될 것입니다. 홈스의 부활만으로도 대단한 관심을 불러일으킬 것이기 때문이죠. 공개적인 경쟁에 붙이더라도 이번 이야기는 특별한 조건을 이끌어낼 것입니다. 예를 들어 출판사들에게 홈스 없이 평소 고료대로 할 것인지, 아니면 홈스를 주인공으로 회당 1백 파운드로 할 것인지 묻는다면, 과연 어느 쪽을 선택하겠습니까?

『스트랜드』 측에서 주저할 이유는 없었다. 셜록 홈스의 부활이라면 액수를 더 올려도 무방했으나, 어쨌든 〈회당 1백 파운드〉가 홈스의 부활에 결정적인 요인이 된 것은 사실이다. 그리고 『바스커빌가의 개』부터 그 이후의 시리즈는, 홈스가 죽기 전에 남겨 둔 유작의 형식으로 발표되기 시작한다.

이런 독특한 탄생 배경 외에도 『바스커빌가의 개』에서는 여타의 〈셜록 홈스 시리즈〉와 몇 가지 점에서 적잖은 차이가 나타난다. 그리고 그 바람에 실제로 플레처 로빈슨이 이 작품의 대부분을 썼다는 주장도 일긴 했으나, 문체와 기교의 일관성으로 볼 때 코넌 도일의 순수 창작품이라는 평가가 보다 일반적이다.

우선, 이 소설은 정통 추리 기법에 고딕적인 요소가 상당히 가미되어 있다. 대저택 바스커빌 홀의 음산한 분위기, 새벽에 문밖을 지나는 발소리, 어두운 밤 황무지에서의 촛불, 하인 부부의 수수께끼 같은 눈빛……. 이러한 것들은 기존의 고딕 소설에서 전통적으로 구사해 오던 비법이었던 것이다. 『바스커빌가의 개』는 또한 〈셜록 홈스 시리즈〉 중에서 가장 많이 영화화된 작품이기도 한데, 그 역시 당시 범세계적으로 추리 소설보다 고딕 소설이 훨씬 큰 인기를 끌었기 때문일 것이다.

두 번째로 이 소설에는 〈왓슨 박사의 모험〉이라는 부제가 붙어야 한다는 주장이 있을 정도로, 홈스의 친구이자 왓슨 박사가 에피소드의 대부분을 이끌어 나간다. 그에 반해 셜록 홈스는 대부분의 주요 사건에 등장하지 않은 채, 오직 왓슨 박사의 서신에만 의존해 사건을 추리해 나간다. 물론 독자들 역시 왓슨 박사의 판단과 행동에 의존해야 하는 불편을 감수해야 하지만, 『바스커빌가의 개』에 고딕적 요소가 강한 데다 중반 이후 사건으로 복귀하는 홈스의 갑작스러운 등장이 예기치 않은 반전의 효과를 선물하기 때문에, 이 경우엔 그의 부재가 오히려 큰 성공 요인으로 작용했다고도 볼 수 있을 것이다. 더욱이 왓슨 박사가 사건을 서술하는 데 있어 직접 경험은 물론 서신과 일기 등 다양한 방식을 사용한 것도, 자칫 이야기가 단조롭게 흐를 수 있었던 위험을 막는 데 큰 도움이 되었다.

벌써 110년 전에 발표된 시리즈이건만 셜록 홈스의 인기는 여전한 모양이다. 영화 「셜록 홈스」가 그 인기의 반영물인지 아니면 과거의 영광을 되살리려는 시도였는지는 모르겠지만, 국내에서도 최근 몇 년 동안 셜록 홈스 관련 도서의 출간이 늘어만 가는 추세인 것만큼은 분명하다. 『바스커빌가의 개』 또한 일본어 중역 및 영어 완역을 포함해 몇 가지 종류가 이미 독자 앞에 나와 있는 것으로 알고 있다. 그런 와중에 또다시 『바스커빌가의 개』를 한 권 더 완역해 내는 게 무슨 의미인지 물을 수도 있겠다. 하지만 셜록 홈스 시리즈는 이미 〈추리 소설〉의 범위를 넘어 그 가치를 인정받는 고전이며, 무엇보다 독자들에게 선택의 폭을 넓혀 준다는 가장 중요한 가치를 들어 새 번역본의 출간 의의를 밝히고 싶다. 무엇보다 탐정, 범죄, 추리 소설 등의 번역을 즐기는 역자 자신에게, 전 세계를 매혹시킨 카리스마의 소유자 셜록 홈스의 이야기는, 그중에서도 『바스커빌가의 개』와 같은 매력적인 작품은 일종의 〈통과 의례〉 같은 의미를 지닐 수밖에 없으니, 처음부터 마다할 일이 못되었다. 귀한 소설을 선뜻 맡겨 주신 열린책들 편집부에 그저 감사할 따름이다.

조영학

아서 코넌 도일 연보

1859년 출생 5월 22일 에든버러Edinburgh 피카르디Picardy 11번지에서, 공무원 찰스 도일Charles Altamont Doyle과 메리 도일Mary Doyle의 열 자녀 중 둘째로 태어남.

1868~1870년 9~11세 랭커셔Lancashire의 호더Hodder 예비 학교에서 공부함.

1870~1875년 11~16세 랭커셔의 대표적인 신학교 스토니허스트Stonyhurst에서 공부함.

1875~1876년 16~17세 오스트리아 펠트키르히Feldkirch의 신학 대학에서 공부함.

1876년 17세 에든버러 대학에서 의학 전공. 에든버러 병원의 외과의 조셉 벨Joseph Bell을 사사함.

1878년 19세 셰필드Sheffield의 의사 리처드슨Richardson 박사의 조수가 됨. 런던을 처음 방문하여 친척 마이다 베일Maida Vale의 집에서 지냄. 소설 『존 스미스 이야기 *The Narrative of John Smith*』를 집필하나, 직장에서 잃어버린 후 영원히 찾지 못함. 슈롭셔Shropshire 및 버밍햄Birmingham의 병원들에서 조수로 일함.

1879년 [20세] 9월 에든버러 주간지 『챔버스 저널*Chamber's Journal*』에 최초의 단편 「사사싸 계곡의 미스터리The Mystery of Sasassa Valley」 발표.

1880년 [21세] 그린란드 포경선 〈희망호〉에서 선의(船醫)로 근무.

1881년 [22세] 서아프리카 화물 증기선 〈마윰바Mayumba〉의 선의로 근무. 의학사로 에든버러 졸업.

1882년 [23세] 플리머스Plymouth의 조지 버드George T. Bird 박사와 동업을 시작하지만 실패함.

1884년 [25세] 『콘힐 매거진*Cornhill Magazine*』에 「J. 하바쿡 제퍼슨의 증언J. Habakuk Jephson's Statement」 발표. 〈메리 셀레스테Mary Celeste호〉의 미스터리에 대한 본격적인 분석으로 명성을 얻음.

1885년 [26세] 루이스 호킨스Louise Hawkins와 결혼. 매독에 관한 논문으로 에든버러에서 박사 학위 획득.

1886년 [27세] 최초의 셜록 홈스 이야기, 『주홍색 연구*A Study in Scarlet*』 집필. 『콘힐 매거진』 편집장 애로스미스Arrowsmith에게 반려된 후, 워드 록Ward Lock이 접수하나 출간하기 전 1년간 원고를 붙들고 있었음.

1887년 [28세] 『비턴의 크리스마스 연감*Beeton's Christmas Annual*』을 통해 『주홍색 연구』 발표.

1889년 [30세] 장녀 메리 루이스Mary Louise 탄생. 코넌 도일의 첫 번째 역사 소설 『마이카 클라크*Micah Clarke*』 출간. 잡지사 편집장 리핀코트Lippincott가 주관한 모임에서 두 번째 셜록 홈스 이야기를 쓰기로 약속함.

1890년 [31세] 『리핀코트』지에 두 번째 셜록 홈스 이야기 『네 개의 서명*The Sign of Four*』 발표. 안과학을 연구하기 위해 오스트리아 비엔나로 출발.

1891년 32세　런던 베이커 가Baker Street에서 8백 미터 떨어진 메릴본Marylebone에 안과 병원을 개업하나 실패함. 『스트랜드*Strand*』지에 최초의 셜록 홈스 단편소설 6편 발표. 의사 경력을 포기하고 런던 남동부 노우드Norwood로 이사 후, 전업 작가로 새 출발. 『화이트 컴퍼니*The White Company*』 출간.

1892년 33세　아들 킹슬리Kingsley 태어남. 단편선 『셜록 홈스의 모험*The Adventures of Sherlock Holmes*』 출판.

1893년 34세　딸 루이스가 결핵으로 고생함. 『스트랜드』에 셜록 홈스 단편을 몇 편 발표하고, 후에 『셜록 홈스의 회상*The Memoirs of Sherlock Holmes*』으로 출간함. 그중 「마지막 사건The Final Problem」에서 코넌 도일은 셜록 홈스를 라이헨바흐 폭포Reichenbach Falls로 밀어 죽임. 같은 해 아버지 찰스 도일 사망. 『도망자*The Refugees*』 출간.

1894년 35세　동생 인스Innes와 함께 미국 강연 여행을 성공적으로 마침. 의학 단편선 『홍등을 돌아서*Round The Red Lamp*』 출간.

1896년 37세　『로드니 스톤*Rodney Stone*』과 『경기병 제라르의 위업*The Exploits of Brigadier Gerard*』 출간. 에든버러 대학 학생지에 코넌 도일의 모방작이자, 홈스의 〈죽음〉 이후 최초의 홈스 작품인 『필드 바자*Field Bazaar*』가 발표됨. 서리Surrey의 힌드헤드Hindhead로 이사함.

1897년 38세　『엉클 버낙*Uncle Bernac*』 출간. 진 레키Jean Leckie를 만나 사랑에 빠짐.

1898년 39세　『코로스코의 비극*The Tragedy of The Korosko*』과 『악시옹의 노래*Songs of Action*』 출간.

1900년 41세　보어 전쟁 중, 남아프리카 공화국에서 자원 의사로 복무. 『위대한 보어 전쟁*The Great Boer War*』에서 갈등에 대해 묘사함. 에든버러 선거구에서 자유주의 연맹 후보로 나서나 낙선함.

1901년 42세 「마지막 사건」에서의 홈스의 공식적인 〈사망〉 이전을 배경으로 한, 『바스커빌가의 개*The Hound of the Baskervilles*』를 『스트랜드』에 연재하기 시작.

1902년 43세 기사 작위 수여. 『바스커빌가의 개』가 책의 형태로 출간됨.

1903년 44세 『스트랜드』의 「빈집The Adventure of the Empty House」을 통해 홈스 본격 부활.

1905년 46세 「빈집」으로 시작되는 마지막 홈스 단편집 『셜록 홈스의 귀환*The Return of Sherlock Holmes*』 출간.

1906년 47세 스코틀랜드 변경의 하윅Hawick 지방 의회에 통일당원으로 출마하나 낙선함. 『나이젤 경*Sir Nigel*』 출간. 아내 루이스 코넌 도일 사망.

1907년 48세 진 레키와 결혼. 『마술 문을 열고*Through the Magic Door*』 출간.

1908년 49세 『화롯가 이야기*Round the Fire Stories*』 출간. 서섹스Sussex의 크로보로Crowborough로 이사함. 새로운 홈스 단편 「존 스코트 에클스 경의 이상한 모험The Singular Experience of Mr John Scott Eccles」을 『스트랜드』에 발표.

1909년 50세 저널리스트인 모렐E. D. Morel과 함께 벨기에령 콩고 통치 반대 캠페인을 주도하고, 『콩고의 죄*The Crime of the Congo*』 출간. 아들 데니스Denis 태어남.

1910년 51세 아들 아드리안Adrian 태어남. 런던 애들피Adelphi에서 홈스를 주인공으로 한 연극 『얼룩무늬 끈*The Speckled Band*』 공연. 홈스 단편 「악마의 발The Devil's Foot」을 『스트랜드』에 발표.

1911년 52세 홈스 단편 「레드 서클The Red Circle」과 「프랜시스 카팩스 부인의 실종The Disappearance of Lady Frances Carfax」을 『스

트랜드』에 발표.

1912년 53세 도일의 비(非)홈스 소설 중 가장 유명한『잃어버린 세계 The Lost World』를『스트랜드』에 연재하기 시작하여 10월 책 형태로 출판.

1913년 54세 『유독 지대 The Poison Belt』발표. 홈스 단편 「빈사의 탐정 The Dying Detective」을『스트랜드』에 발표.

1914년 55세 제1차 세계 대전의 발발에 지원단 구성. 홈스 소설『공포의 계곡 The Valley of Fear』을『스트랜드』에 연재 시작.

1915년 56세 『공포의 계곡』, 책 형태로 출판.

1916년 57세 전선을 수회 방문한 후 프랑스에 가서 영국의 군사 행동에 대해 설명. 더블린에서의 이스터 봉기 후, 아일랜드의 애국자 로저 케이즈먼트 Roger Casement 경의 반역죄 사형 집행을 연기하려는 운동을 주도하나 실패함.

1917년 58세 〈셜록 홈스의 실전〉이라는 부제가 붙은 「홈스의 마지막 인사 His Last Bow」를『스트랜드』에 발표. 최신의 홈스 단편들을『홈스의 마지막 인사』라는 제목으로 출간.

1918년 59세 장남 킹슬리가 솜 전투에서 부상을 입은 후 결핵으로 사망. 신비주의에 대한 최초의 서적『신(新) 계시록 The New Revelation』출판. 신비주의에 대한 열정적인 옹호자로서의 새로운 삶을 시작함.

1919년 60세 동생 인스도 결핵으로 사망.

1921년 62세 어머니 메리 도일 사망.

1924년 65세 자서전『회상과 모험 Memories and Adventures』발표.

1926년 67세 신비주의 테마를 다룬 이야기『안개의 땅 The Land of Mist』출판.

1927년 68세   최근의 단편들을 모아 홈스의 마지막 단편집 『셜록 홈스의 케이스북 *The Case-Book of Sherlock Holmes*』 출판.

1930년 71세   7월 7일 크로보로의 자택에서 사망.

열린책들 세계문학 102 바스커빌가의 개

옮긴이 조영학 한양대학교 영어영문학과 박사 과정을 수료했다. 현재 추리, 스릴러, 호러 등 장르 문학 전문 번역가로 활동하고 있다. 옮긴 책으로는 리처드 매드슨의 『나는 전설이다』, 로버트 해리스의 『임페리움』, 엘리자베스 코스토바의 『히스토리언』 (전3권), 버나드 콘웰의 『윈터 킹』, 길레르모 델 토로와 척 호건의 『스트레인』, 비카스 스와루프의 『6인의 용의자』, 스티븐 킹의 『듀마 키』와 『스티븐 킹 단편선』 등 40여 편의 소설이 있다.

지은이 아서 코넌 도일 **옮긴이** 조영학 **발행인** 홍예빈·홍유진
발행처 주식회사 열린책들 **주소** 경기도 파주시 문발로 253 파주출판도시
전화 031-955-4000 **팩스** 031-955-4004 **홈페이지** www.openbooks.co.kr
Copyright (C) 주식회사 열린책들, 2010, *Printed in Korea.*
ISBN 978-89-329-1102-1 04840 **ISBN** 978-89-329-1499-2 (세트)
발행일 2010년 3월 5일 세계문학판 1쇄 2021년 1월 15일 세계문학판 5쇄

이 도서의 국립중앙도서관 출판예정도서목록(CIP)은 서지정보유통지원시스템 홈페이지(http://seoji.nl.go.kr)와 국가자료공동목록시스템(http://www.nl.go.kr/kolisnet)에서 이용하실 수 있습니다.(CIP제어번호 : CIP2010000444)

# 열린책들 세계문학
Open Books World Literature

001 **죄와 벌** 표도르 도스또예프스끼 장편소설 | 홍대화 옮김 | 전2권 | 각 408, 504면

003 **최초의 인간** 알베르 카뮈 장편소설 | 김화영 옮김 | 392면

004 **소설** 제임스 미치너 장편소설 | 윤희기 옮김 | 전2권 | 각 280, 368면

006 **개를 데리고 다니는 부인** 안똔 체호프 소설선집 | 오종우 옮김 | 368면

007 **우주 만화** 이탈로 칼비노 단편집 | 김운찬 옮김 | 416면

008 **댈러웨이 부인** 버지니아 울프 장편소설 | 최애리 옮김 | 296면

009 **어머니** 막심 고리끼 장편소설 | 최윤락 옮김 | 544면

010 **변신** 프란츠 카프카 중단편집 | 홍성광 옮김 | 464면

011 **전도서에 바치는 장미** 로저 젤라즈니 중단편집 | 김상훈 옮김 | 432면

012 **대위의 딸** 알렉산드르 뿌쉬낀 장편소설 | 석영중 옮김 | 240면

013 **바다의 침묵** 베르코르 소설선집 | 이상해 옮김 | 256면

014 **원수들, 사랑 이야기** 아이작 싱어 장편소설 | 김진준 옮김 | 320면

015 **백치** 표도르 도스또예프스끼 장편소설 | 김근식 옮김 | 전2권 | 각 500, 528면

017 **1984년** 조지 오웰 장편소설 | 박경서 옮김 | 392면

019 **이상한 나라의 앨리스** 루이스 캐럴 환상동화 | 머빈 피크 그림 | 최용준 옮김 | 336면

020 **베네치아에서의 죽음** 토마스 만 중단편집 | 홍성광 옮김 | 432면

021 **그리스인 조르바** 니코스 카잔차키스 장편소설 | 이윤기 옮김 | 488면

022 **벚꽃 동산** 안똔 체호프 희곡선집 | 오종우 옮김 | 336면

023 **연애 소설 읽는 노인** 루이스 세풀베다 장편소설 | 정창 옮김 | 192면

024 **젊은 사자들** 어윈 쇼 장편소설 | 정영문 옮김 | 전2권 | 각 416, 408면

026 **젊은 베르테르의 슬픔** 요한 볼프강 폰 괴테 장편소설 | 김인순 옮김 | 240면

027 **시라노** 에드몽 로스탕 희곡 | 이상해 옮김 | 256면

028 **전망 좋은 방** E. M. 포스터 장편소설 | 고정아 옮김 | 352면

029 **까라마조프 씨네 형제들** 표도르 도스또예프스끼 장편소설 | 이대우 옮김 | 전3권 | 각 496, 496, 460면

032 **프랑스 중위의 여자** 존 파울즈 장편소설 | 김석희 옮김 | 전2권 | 각 344면

034 **소립자** 미셸 우엘벡 장편소설 | 이세욱 옮김 | 448면

035 **영혼의 자서전** 니코스 카잔차키스 자서전 | 안정효 옮김 | 전2권 | 각 352, 408면

037 **우리들** 예브게니 자마찐 장편소설 | 석영중 옮김 | 320면

038 **뉴욕 3부작** 폴 오스터 장편소설 | 황보석 옮김 | 480면

039 **닥터 지바고** 보리스 빠스쩨르나끄 장편소설 | 박형규 옮김 | 전2권 | 각 400, 512면

041 **고리오 영감** 오노레 드 발자크 장편소설 | 임희근 옮김 | 456면

042 **뿌리** 알렉스 헤일리 장편소설 | 안정효 옮김 | 전2권 | 각 400, 448면

044 **백년보다 긴 하루** 친기즈 아이뜨마또프 장편소설 | 황보석 옮김 | 560면

045 **최후의 세계** 크리스토프 란스마이어 장편소설 | 장희권 옮김 | 264면

046 **추운 나라에서 돌아온 스파이** 존 르카레 장편소설 | 김석희 옮김 | 368면

047 **산도칸 ― 몸프라쳄의 호랑이** 에밀리오 살가리 장편소설 | 유향란 옮김 | 428면

048 **기적의 시대** 보리슬라프 페키치 장편소설 | 이윤기 옮김 | 560면

049 **그리고 죽음** 짐 크레이스 장편소설 | 김석희 옮김 | 224면

050 **세설** 다니자키 준이치로 장편소설 | 송태욱 옮김 | 전2권 | 각 480면

052 **세상이 끝날 때까지 아직 10억 년** 스뜨루가츠끼 형제 장편소설 | 석영중 옮김 | 224면

053 **동물 농장** 조지 오웰 장편소설 | 박경서 옮김 | 208면

054 **캉디드 혹은 낙관주의** 볼테르 장편소설 | 이봉지 옮김 | 232면

055 **도적 떼** 프리드리히 폰 실러 희곡 | 김인순 옮김 | 264면

056 **플로베르의 앵무새** 줄리언 반스 장편소설 | 신재실 옮김 | 320면

057 **악령** 표도르 도스또예프스끼 장편소설 | 박혜경 옮김 | 전3권 | 각 328, 408, 528면

060 **의심스러운 싸움** 존 스타인벡 장편소설 | 윤희기 옮김 | 340면

061 **몽유병자들** 헤르만 브로흐 장편소설 | 김경연 옮김 | 전2권 | 각 568, 544면

063 **몰타의 매** 대실 해밋 장편소설 | 고정아 옮김 | 304면

064 **마야꼬프스끼 선집** 블라지미르 마야꼬프스끼 선집 | 석영중 옮김 | 320면

065 **드라큘라** 브램 스토커 장편소설 | 이세욱 옮김 | 전2권 | 각 340, 344면

067 **서부 전선 이상 없다** 에리히 마리아 레마르크 장편소설 | 홍성광 옮김 | 336면

068 **적과 흑** 스탕달 장편소설 | 임미경 옮김 | 전2권 | 각 376, 368면

070 **지상에서 영원으로** 제임스 존스 장편소설 | 이종인 옮김 | 전3권 | 각 396, 380, 388면

073 **파우스트** 요한 볼프강 폰 괴테 희곡 | 김인순 옮김 | 568면

074 **쾌걸 조로** 존스턴 매컬리 장편소설 | 김훈 옮김 | 316면

075 **거장과 마르가리따** 미하일 불가꼬프 장편소설 | 홍대화 옮김 | 전2권 | 각 364, 328면

077 **순수의 시대** 이디스 워튼 장편소설 | 고정아 옮김 | 448면

078 **검의 대가** 아르투로 페레스 레베르테 장편소설 | 김수진 옮김 | 376면

079 **예브게니 오네긴** 알렉산드르 뿌쉬낀 운문소설 | 석영중 옮김 | 328면

080 **장미의 이름** 움베르토 에코 장편소설 | 이윤기 옮김 | 전2권 | 각 440, 448면

082 **향수** 파트리크 쥐스킨트 장편소설 | 강명순 옮김 | 384면

083 **여자를 안다는 것** 아모스 오즈 장편소설 | 최창모 옮김 | 280면

084 **나는 고양이로소이다** 나쓰메 소세키 장편소설 | 김난주 옮김 | 544면

085 **웃는 남자** 빅토르 위고 장편소설 | 이형식 옮김 | 전2권 | 각 472, 496면

087 **아웃 오브 아프리카** 카렌 블릭센 장편소설 | 민승남 옮김 | 480면

088 **무엇을 할 것인가** 니꼴라이 체르니셰프스끼 장편소설 | 서정록 옮김 | 전2권 | 각 360, 404면

090 **도나 플로르와 그녀의 두 남편** 조르지 아마두 장편소설 | 오숙은 옮김 | 전2권 | 각 328, 308면

092 **미사고의 숲** 로버트 홀드스톡 장편소설 | 김상훈 옮김 | 416면

093 **신곡** 단테 알리기에리 장편서사시 | 김운찬 옮김 | 전3권 | 각 292, 296, 328면

096 **교수** 샬럿 브론테 장편소설 | 배미영 옮김 | 368면

097 **노름꾼** 표도르 도스또예프스끼 장편소설 | 이재필 옮김 | 320면

098 **하워즈 엔드** E. M. 포스터 장편소설 | 고정아 옮김 | 508면

099 **최후의 유혹** 니코스 카잔차키스 장편소설 | 안정효 옮김 | 전2권 | 각 408면

101 **키리냐가** 마이크 레스닉 장편소설 | 최용준 옮김 | 464면

102 **바스커빌가의 개** 아서 코넌 도일 장편소설 | 조영학 옮김 | 264면

103 **버마 시절** 조지 오웰 장편소설 | 박경서 옮김 | 400면

104 **10 1/2장으로 쓴 세계 역사** 줄리언 반스 장편소설 | 신재실 옮김 | 464면

105 **죽음의 집의 기록** 표도르 도스또예프스끼 장편소설 | 이덕형 옮김 | 528면

106 **소유** 앤토니어 수전 바이어트 장편소설 | 윤희기 옮김 | 전2권 | 각 440, 480면

108 **미성년** 표도르 도스또예프스끼 장편소설 | 이상룡 옮김 | 전2권 | 각 512, 544면

110 **성 앙투안느의 유혹** 귀스타브 플로베르 희곡소설 | 김용은 옮김 | 584면

111 **밤으로의 긴 여로** 유진 오닐 희곡 | 강유나 옮김 | 240면

112 **마법사** 존 파울즈 장편소설 | 정영문 옮김 | 전2권 | 각 512, 552면

114 **스쩨빤치꼬보 마을 사람들** 표도르 도스또예프스끼 장편소설 | 변현태 옮김 | 416면

115 **플랑드르 거장의 그림** 아르투로 페레스 레베르테 장편소설 | 정창 옮김 | 512면

116 **분신** 표도르 도스또예프스끼 장편소설 | 석영중 옮김 | 288면

117 **가난한 사람들** 표도르 도스또예프스끼 장편소설 | 석영중 옮김 | 256면

118 **인형의 집** 헨리크 입센 희곡 | 김창화 옮김 | 272면

119 **영원한 남편** 표도르 도스또예프스끼 장편소설 | 정명자 외 옮김 | 448면

120 **알코올** 기욤 아폴리네르 시집 | 황현산 옮김 | 352면

121 **지하로부터의 수기** 표도르 도스또예프스끼 장편소설 | 계동준 옮김 | 256면

122 **어느 작가의 오후** 페터 한트케 중편소설 | 홍성광 옮김 | 160면

123 **아저씨의 꿈** 표도르 도스또예프스끼 장편소설 | 박종소 옮김 | 304면

124 **네또츠까 네즈바노바** 표도르 도스또예프스끼 장편소설 | 박재만 옮김 | 316면

125 **곤두박질** 마이클 프레인 장편소설 | 최용준 옮김 | 528면

126 **백야 외** 표도르 도스또예프스끼 소설선집 | 석영중 외 옮김 | 408면

127 **살라미나의 병사들** 하비에르 세르카스 장편소설 | 김창민 옮김 | 296면

128 **뻬쩨르부르그 연대기 외** 표도르 도스또예프스끼 소설선집 | 이항재 옮김 | 296면

129 **상처받은 사람들** 표도르 도스또예프스끼 장편소설 | 윤우섭 옮김 | 전2권 각 296, 392면

131 **악어 외** 표도르 도스또예프스끼 소설선집 | 박혜경 외 옮김 | 312면

132 **허클베리 핀의 모험** 마크 트웨인 장편소설 | 윤교찬 옮김 | 416면

133 **부활** 레프 똘스또이 장편소설 | 이대우 옮김 | 전2권 각 308, 416면

135 **보물섬** 로버트 루이스 스티븐슨 장편소설 | 머빈 피크 그림 | 최용준 옮김 | 360면

136 **천일야화** 앙투안 갈랑 엮음 | 임호경 옮김 | 전6권 각 336, 328, 372, 392, 344, 320면

142 **아버지와 아들** 이반 뚜르게네프 장편소설 | 이상원 옮김 | 328면

143 **오만과 편견** 제인 오스틴 장편소설 | 원유경 옮김 | 480면

144 **천로 역정** 존 버니언 우화소설 | 이동일 옮김 | 432면

145 **대주교에게 죽음이 오다** 윌라 캐더 장편소설 | 윤명옥 옮김 | 352면

146 **권력과 영광** 그레이엄 그린 장편소설 | 김연수 옮김 | 384면

147 **80일간의 세계 일주** 쥘 베른 장편소설 | 고정아 옮김 | 352면

148 **바람과 함께 사라지다** 마거릿 미첼 장편소설 | 안정효 옮김 | 전3권 각 616, 640, 640면

151 **기탄잘리** 라빈드라나트 타고르 시집 | 장경렬 옮김 | 224면

152 **도리언 그레이의 초상** 오스카 와일드 장편소설 | 윤희기 옮김 | 384면

153 **레우코와의 대화** 체사레 파베세 희곡소설 | 김운찬 옮김 | 280면

154 **햄릿** 윌리엄 셰익스피어 희곡 | 박우수 옮김 | 256면

155 **맥베스** 윌리엄 셰익스피어 희곡 | 권오숙 옮김 | 176면

156 **아들과 연인** 데이비드 허버트 로런스 장편소설 | 최희섭 옮김 | 전2권 464, 432면

158 **그리고 아무 말도 하지 않았다** 하인리히 뵐 장편소설 | 홍성광 옮김 | 272면

159 **미덕의 불운** 싸드 장편소설 | 이형식 옮김 | 248면

160 **프랑켄슈타인** 메리 W. 셸리 장편소설 | 오숙은 옮김 | 320면

161 **위대한 개츠비** 프랜시스 스콧 피츠제럴드 장편소설 | 한애경 옮김 | 280면

162 **아Q정전** 루쉰 중단편집 | 김태성 옮김 | 320면

163 **로빈슨 크루소** 대니얼 디포 장편소설 | 류경희 옮김 | 456면

164 **타임머신** 허버트 조지 웰스 소설선집 | 김석희 옮김 | 304면

165 **제인 에어** 샬럿 브론테 장편소설 | 이미선 옮김 | 전2권 | 각 392, 384면
167 **풀잎** 월트 휘트먼 시집 | 허현숙 옮김 | 280면
168 **표류자들의 집** 기예르모 로살레스 장편소설 | 최유정 옮김 | 216면
169 **배빗** 싱클레어 루이스 장편소설 | 이종인 옮김 | 520면
170 **이토록 긴 편지** 마리아마 바 장편소설 | 백선희 옮김 | 192면
171 **느릅나무 아래 욕망** 유진 오닐 희곡 | 손동호 옮김 | 168면
172 **이방인** 알베르 카뮈 장편소설 | 김예령 옮김 | 208면
173 **미라마르** 나기브 마푸즈 장편소설 | 허진 옮김 | 288면
174 **지킬 박사와 하이드 씨** 로버트 루이스 스티븐스 소설선집 | 조영학 옮김 | 320면
175 **루진** 이반 뚜르게네프 장편소설 | 이항재 옮김 | 264면
176 **피그말리온** 조지 버나드 쇼 희곡 | 김소임 옮김 | 256면
177 **목로주점** 에밀 졸라 장편소설 | 유기환 옮김 | 전2권 | 각 336면
179 **엠마** 제인 오스틴 장편소설 | 이미애 옮김 | 전2권 | 각 336, 360면
181 **비숍 살인 사건** S. S. 밴 다인 장편소설 | 최인자 옮김 | 464면
182 **우신예찬** 에라스무스 풍자문 | 김남우 옮김 | 296면
183 **하자르 사전** 밀로라드 파비치 장편소설 | 신현철 옮김 | 488면
184 **테스** 토머스 하디 장편소설 | 김문숙 옮김 | 전2권 | 각 392, 336면
186 **투명 인간** 허버트 조지 웰스 장편소설 | 김석희 옮김 | 288면
187 **93년** 빅토르 위고 장편소설 | 이형식 옮김 | 전2권 | 각 288, 360면
189 **젊은 예술가의 초상** 제임스 조이스 장편소설 | 성은애 옮김 | 384면
190 **소네트집** 윌리엄 셰익스피어 연작시집 | 박우수 옮김 | 200면
191 **메뚜기의 날** 너새니얼 웨스트 장편소설 | 김진준 옮김 | 280면
192 **나사의 회전** 헨리 제임스 중편소설 | 이승은 옮김 | 256면
193 **오셀로** 윌리엄 셰익스피어 희곡 | 권오숙 옮김 | 216면
194 **소송** 프란츠 카프카 장편소설 | 김재혁 옮김 | 376면
195 **나의 안토니아** 윌라 캐더 장편소설 | 전경자 옮김 | 368면
196 **자성록** 마르쿠스 아우렐리우스 명상록 | 박민수 옮김 | 240면
197 **오레스테이아** 아이스킬로스 비극 | 두행숙 옮김 | 336면
198 **노인과 바다** 어니스트 헤밍웨이 소설선집 | 이종인 옮김 | 320면
199 **무기여 잘 있거라** 어니스트 헤밍웨이 장편소설 | 이종인 옮김 | 464면
200 **서푼짜리 오페라** 베르톨트 브레히트 희곡선집 | 이은희 옮김 | 320면
201 **리어 왕** 윌리엄 셰익스피어 희곡 | 박우수 옮김 | 224면

202 **주홍 글자** 너대니얼 호손 장편소설 | 곽영미 옮김 | 360면

203 **모히칸족의 최후** 제임스 페니모어 쿠퍼 장편소설 | 이나경 옮김 | 512면

204 **곤충 극장** 카렐 차페크 희곡선집 | 김선형 옮김 | 360면

205 **누구를 위하여 종은 울리나** 어니스트 헤밍웨이 장편소설 | 이종인 옮김 | 전2권 | 각 416, 400면

207 **타르튀프** 몰리에르 희곡선집 | 신은영 옮김 | 416면

208 **유토피아** 토머스 모어 소설 | 전경자 옮김 | 288면

209 **인간과 초인** 조지 버나드 쇼 희곡 | 이후지 옮김 | 320면

210 **페드르와 이폴리트** 장 라신 희곡 | 신정아 옮김 | 200면

211 **말테의 수기** 라이너 마리아 릴케 장편소설 | 안문영 옮김 | 320면

212 **등대로** 버지니아 울프 장편소설 | 최애리 옮김 | 328면

213 **개의 심장** 미하일 불가꼬프 중편소설집 | 정연호 옮김 | 352면

214 **모비 딕** 허먼 멜빌 장편소설 | 강수정 옮김 | 전2권 | 각 464, 488면

216 **더블린 사람들** 제임스 조이스 단편소설집 | 이강훈 옮김 | 336면

217 **마의 산** 토마스 만 장편소설 | 윤순식 옮김 | 전3권 | 각 496, 488, 512면

220 **비극의 탄생** 프리드리히 니체 | 김남우 옮김 | 304면

221 **위대한 유산** 찰스 디킨스 장편소설 | 류경희 옮김 | 전2권 | 각 432, 448면

223 **사람은 무엇으로 사는가** 레프 똘스또이 소설선집 | 윤새라 옮김 | 464면

224 **자살 클럽** 로버트 루이스 스티븐슨 소설선집 | 임종기 옮김 | 272면

225 **채털리 부인의 연인** 데이비드 허버트 로런스 장편소설 | 이미선 옮김 | 전2권 | 각 336, 328면

227 **데미안** 헤르만 헤세 장편소설 | 김인순 옮김 | 272면

228 **두이노의 비가** 라이너 마리아 릴케 시 선집 | 손재준 옮김 | 504면

229 **페스트** 알베르 카뮈 장편소설 | 최윤주 옮김 | 432면

230 **여인의 초상** 헨리 제임스 장편소설 | 정상준 옮김 | 전2권 | 각 520, 544면

232 **성** 프란츠 카프카 장편소설 | 이재황 옮김 | 560면

233 **차라투스트라는 이렇게 말했다** 프리드리히 니체 산문시 | 김인순 옮김 | 464면

234 **노래의 책** 하인리히 하이네 시집 | 이재영 옮김 | 384면

235 **변신 이야기** 오비디우스 서사시 | 이종인 옮김 | 632면

236 **안나 까레니나** 레프 똘스또이 장편소설 | 이명현 옮김 | 전2권 | 각 800, 736면

238 **이반 일리치의 죽음·광인의 수기** 레프 똘스또이 중단편집 | 석영중·정지원 옮김 | 232면

239 **수레바퀴 아래서** 헤르만 헤세 장편소설 | 강명순 옮김 | 272면

240 **피터 팬** J. M. 배리 장편소설 | 최용준 옮김 | 272면

241 **정글 북** 러디어드 키플링 중단편집 | 오숙은 옮김 | 272면

242 **한여름 밤의 꿈** 윌리엄 셰익스피어 희곡 | 박우수 옮김 | 160면

243 **좁은 문** 앙드레 지드 장편소설 | 김화영 옮김 | 264면

244 **모리스** E. M. 포스터 장편소설 | 고정아 옮김 | 408면

245 **브라운 신부의 순진** 길버트 키스 체스터턴 단편집 | 이상원 옮김 | 336면

246 **각성** 케이트 쇼팽 장편소설 | 한애경 옮김 | 272면

247 **뷔히너 전집** 게오르크 뷔히너 지음 | 박종대 옮김 | 400면

248 **디미트리오스의 가면** 에릭 앰블러 장편소설 | 최용준 옮김 | 424면

249 **베르가모의 페스트 외** 옌스 페테르 야콥센 중단편 전집 | 박종대 옮김 | 208면

250 **폭풍우** 윌리엄 셰익스피어 희곡 | 박우수 옮김 | 176면

251 **어센든, 영국 정보부 요원** 서머싯 몸 연작 소설집 | 이민아 옮김 | 416면

252 **기나긴 이별** 레이먼드 챈들러 장편소설 | 김진준 옮김 | 600면

253 **인도로 가는 길** E. M. 포스터 장편소설 | 민승남 옮김 | 552면

254 **올랜도** 버지니아 울프 장편소설 | 이미애 옮김 | 376면

255 **시지프 신화** 알베르 카뮈 지음 | 박언주 옮김 | 264면

256 **조지 오웰 산문선** 조지 오웰 지음 | 허진 옮김 | 424면

257 **로미오와 줄리엣** 윌리엄 셰익스피어 희곡 | 도해자 옮김 | 200면

258 **수용소군도** 알렉산드르 솔제니찐 기록문학 | 김학수 옮김 | 전6권 | 각 460면 내외

264 **스웨덴 기사** 레오 페루츠 장편소설 | 강명순 옮김 | 336면

265 **유리 열쇠** 대실 해밋 장편소설 | 홍성영 옮김 | 328면

각 권 8,800~15,800원